Werner Leichtle

Im Spiegel der Sprachlosigkeit

Bibliografische Information der Deutschen Nationalbibliothek.

Die Deutsche Nationalbibliothek verzeichnet diese Publikation in der Deutschen Nationalbibliographie; detaillierte bibliographische Daten sind im Internet über http://dnb.dnb.de abrufbar.

Die automatische Analyse des Werks, um daraus Informationen insbesondere über Muster, Trends und Korrelationen gemäß §44b UrhG («Text und Data Mining») zu gewinnen, ist untersagt.

Verlag: BoD · Books on Demand GmbH, In de Tarpen 42,

22848 Norderstedt, bod@bod.de

Druck: Libri Plureos GmbH, Friedensallee 273, 22763 Hamburg

Cover: Aquarell von Wolfgang Hauber

ISBN: 978-3-7597-8801-6

Für meine Enkel:

Elias, Niklas, Sophie,

Charlotte, Constantin, Theresa,

Leon, Ben, Laura.

Kapitel 1

Die Hitzewelle Anfang Mai war ungewöhnlich. Auf dem mit alten Betonplatten gepflasterten Pausenhof des Gymnasiums in Sonthofen im Allgäu verlief das Leben in Zeitlupe. Lukas, sonst einer der wildesten Schüler, hatte sich in den Schatten der großen, alten Linde zurückgezogen und überlegte, wie er das attraktive Mädchen ansprechen konnte, das es sich, abgeschieden von den anderen ihres Alters, auf einer der Bänke vor dem Schulgebäude in der prallen Sonne gemütlich gemacht hatte. Er kannte das Mädchen nur vom Sehen. Eine Gelegenheit, mit ihr in Kontakt zu treten, hatte sich einfach noch nicht ergeben. Dass sie in ihrer schlichten, unauffälligen, fast ärmlichen Kleidung, die sie üblicherweise trug, ohne Weiteres übersehen werden konnte, war für Lukas lange Zeit auch der Grund, sie zu ignorieren. Heute hatte die Hitze dafür gesorgt, dass nur wenig Stoff ihre reizvolle Figur verbarg. Sie war groß, hatte lange, mittelbraune Haare, die sie aber nur selten offen trug. Meistens hatte sie ihre Haarpracht zu einem Pferdeschwanz gebunden. Da er mit seinen Freunden heute nichts vorhatte und es ihm langweilig war, fasste er den Entschluss, dieses Mädchen näher kennenzulernen.

«Hey, ist es dir nicht zu heiß in der prallen Sonne? Setz dich doch mit in den Schatten, dann können wir miteinander quatschen, wenn du willst. Ich bin übrigens der Lukas.»

Das Mädchen drehte sich gemächlich um und neigte kaum merklich ihren Kopf zur Seite und blinzelte, von der Sonne geblendet, in Lukas Richtung. Sie machte nicht den Eindruck, dass sie von dieser Anmache begeistert war. Sie wirkte eher gelangweilt. Immerhin antwortete sie ihm:

«Hey Lukas, bevor du mich weiter nervst, ich bin die Lea.»

«Ich will dich ganz bestimmt nicht nerven, Lea. Komm doch mit in den Schatten. Mir ist es in der Sonne zu heiß.»

«Bist auch einer von den verwöhnten Herren, die nichts mehr aushalten. Hast Glück, hab heute einen guten Tag. Ich komme zu dir in den Schatten.»

«Was für eine Fügung des Schicksals, dass die Gnädigste ein offenes Ohr für das gemeine Volk hat.»

Kaum hatten sich beide im Schatten der Linde niedergelassen, löcherte Lukas das Mädchen mit Fragen:

«Du bist mir noch nie so richtig aufgefallen. Bist du neu hier in der Schule? Von Sonthofen bist du auch nicht, sonst würde ich dich kennen.»

«Erst einmal, mit mir kannst du ganz normal reden. Musst nicht so gestelzt daher kommen. Zu deiner Frage: Die Mama, meine kleine Schwester und mein Bruder sind schon vor ein paar Jahren nach Burgberg gezogen. Die Mama hat damals eine Stelle als Näherin in einer Schneiderei bekommen. An diesem Gymnasium bin ich erst seit einem Jahr.»

«Einen Papa gibts nicht?»

«Du bist ganz schön neugierig für einen Jungen. Keine Angst, bekommst schon deine Antwort. Tut mir auch mal gut, über den ganzen Mist mit meinem Papa zu reden. Über den sprech ich nicht gerne. Ohne ihn ginge es uns um einiges besser, besonders meinem Bruder. Der musste am meisten unter ihm leiden. Paul wollte sich ihm nicht unterordnen. Das brachte den Vater jedes Mal so auf die Palme, dass er ihn fürchterlich verprügelte. Seinen wilden Zorn lud er nicht nur bei Paul ab, sondern auch bei uns. Er schlug dann grundlos die Mama und wenn ich in der Nähe war, auch mich.»

«Hat sich dein Bruder nicht gewehrt?»

«Das ist es ja, er hat den Vater ignoriert und ihn dadurch noch wütender gemacht. Du musst wissen, der Paul ist anders als wir, er ist sehr seltsam. Bei Leuten, die er kennt, ist er einigermaßen normal. Es kann aber passieren, dass er dann auf einen Schlag so tut, als kenne er dich nicht. Bei Fremden ist es besonders schlimm. Und was ich ganz blöd finde, er spricht nicht, mit keinem, nicht mal mit mir. Dabei hab ich mit ihm die engste Verbindung. Wir sind Zwillinge. Ich denke, dass ich nur deshalb so gut mit ihm zurechtkomme, weil ich ihm sein eigenartiges Leben lasse. Das Beste ist, wenn man ihm nicht zu nahe auf den Pelz rückt.»

Lukas merkte Lea an, wie gut es ihr tat, über Dinge zu reden, die sie belasteten. Es war also kein leeres Gerede vorher. Sie hatte wohl sonst niemanden, mit dem sie reden konnte.

«Ich frag auch nie nach, wenn er tagelang in den Wäldern am Grünten herumrennt und was er da so alles anstellt. Seit der Vater aus dem Haus ist, treibt er sich nur noch in den Bergen herum. Früher hätte er sich das nie getraut, so sehr hatte er vom Vater Angst. Der Arzt sagt, er hat Autismus. Schon mal was davon gehört? Scheint nicht so oft vorzukommen. Schon nervig, dass er so seltsam ist.»

Erschrocken über ihr reges Mitteilungsbedürfnis stoppte Lea und starrte auf ihre Füße. Es war ihr nun auf einmal doch peinlich, vor ihrem Mitschüler, den sie kaum kannte, diese Familienprobleme auszubreiten. So mitteilungsbedürftig kannte sie sich sonst nicht. Warum war sie bei Lukas so vertrauensselig? Es hatte ihr gerade noch gefehlt, wenn dieser Junge seinen Freunden alles brühwarm weiter erzählte. Wie peinlich wäre das denn? Sie nahm sich fest vor, künftig etwas zurückhaltender zu sein.

Lukas dagegen genoss das vertraute Gespräch mit Lea. Es hörte sich aufregend an, was mit Paul los war. Er war voller Neugier und wollte das herausfinden. Anscheinend mochte sie ihn, sonst würde sie ihm nicht so viel über ihre sonderbare Familie erzählen. Er nahm sich vor, rücksichtsvoll mit ihr umzugehen. Was er, wenn er nachdachte, mit anderen Mädchen nicht immer tat. Lea schwieg weiter und Lukas fand diese plötzliche Stille nicht einmal unangenehm. Trotzdem überlegte er, wie er die unterbrochene Unterhaltung wieder aufnehmen könnte. So vor sich hin schweigen, war nicht seine Sache. Sollte er von sich zu Hause erzählen? Warum nicht? Auch seine Probleme? Dieses Mädchen war es wert:

«Bei mir daheim läuft auch nicht alles glatt. Meine Eltern sind beide Lehrer. Kannst dir vorstellen, was das für mich bedeutet. Ich soll rund um die Uhr funktionieren. Das kann ich aber nicht. Meine jüngere Schwester eher. Die ist meistens zu Hause und lernt regelmäßig für die Schule. Sie ist natürlich der Augenstern meiner Eltern. Ich bin lieber mit Freunden zusammen und mache zum Ärger meiner Eltern nur das Nötigste für den Unterricht. Ich bin der Ansicht, solange ich passable Noten heimbringe, passt es für mich. Mir sind Freunde einfach wichtiger, als zu Hause bei den Eltern rumzusitzen, um darauf zu warten, was ich als Nächstes machen sollte oder zu erfahren, dass der Nachbar sich schon wieder über mich ausgelassen hatte, ob mein Umgang in letzter Zeit das Richtige sei.»

Lea atmete tief durch. Ihr fiel ein Stein vom Herzen. Wenn dieser Junge von sich so viel preisgab, plauderte er auch nicht aus, was sie ihm vorher anvertraut hatte. Bahnte sich hier etwa eine neue Freundschaft an? Lukas fuhr fort:

«Hat denn dein Bruder keine Freunde, mit denen er abhängt? Ohne einen Kumpel und nur auf dem Sofa rumzuliegen ist auf Dauer doch auch langweilig.»

«Das ist ja das Problem. Er ist immer alleine, soweit ich das mitbekomme. Früher, so mit neun Jahren, hatte er einen Freund. Mit dem hat er seine ganze Zeit verbracht. Wenn der Freund bei uns zu Hause war, schafften es auch keine zehn

Pferde, Paul aus dem Haus zu bringen. Seit wir hierher gezogen sind, hat er keinen Freund mehr. Mir ist auf jeden Fall keiner bekannt.»

Mitten in ihr Gespräch läutete schrill die Schulglocke, die das Ende der großen Pause ankündigte. Lea und Lukas verabredeten, sich am nächsten Tag mittags in der Eisdiele in Sonthofen wieder zu treffen. Vielleicht konnte Lea ihren Bruder überreden, mitzukommen, falls er überhaupt zu Hause in Burgberg aufkreuzte. Lukas war begeistert. Er wollte Paul unbedingt kennenlernen. Auf dem Weg ins Klassenzimmer flüsterte ihm Lea noch ins Ohr:

«Falls Paul mitkommt, verhalte dich bitte ganz passiv. Keine Berührungen und am besten, du sprichst ihn erst gar nicht an. Wenn er nichts gegen dich hat, merkst du das daran, dass er dich nicht ablehnt, dass ihn deine Anwesenheit nicht stört. Das ist etwas schwierig, am Anfang jedenfalls. Später merkt man das gleich. Halte Abstand, komm ihm auf keinen Fall zu nahe.»

Lukas nickte und begab sich auf den Weg zu seinem Platz im Klassenzimmer. Konzentrieren konnte er sich auf den Unterricht heute nicht mehr. Seine Gedanken kreisten nur noch um Leas Bruder.

Die Eisdiele war das zweite Zuhause von Lukas. Hier verabredete er sich mit seinen Eroberungen oder seinen Freunden. Dieser Ort gab ihm Sicherheit. Jeder Tisch und jeder Stuhl hatte seine eigene Geschichte für ihn. Er freute sich auf das Zusammentreffen mit Paul, aber gleichzeitig spürte er ein leichtes Unbehagen in der Magengegend. Bei einem Treffen mit einem begehrten Mädchen hätte er das ja noch verstanden, aber bei einem Jungen leuchtete ihm das absolut nicht ein. Mitten in seinen Überlegungen entdeckte er Lea, wie sie auf seinen Tisch zusteuerte. Alleine. Ohne Bruder. Sicher hatte der keine Lust verspürt, mit seiner Schwester in ein Eiscafé zu gehen.

«Ganz alleine, ohne Bruder?»

Lea merkte sofort die Enttäuschung in den Worten von Lukas und beschwichtigte ihn:

«Ich denke, dass Paul noch kommt. Gesagt hab ich es ihm auf jeden Fall. Du wirst dich daran gewöhnen müssen, dass er immer nur das macht, was ihm gerade passt. Ich bin zuversichtlich, dass er bald auf der Bildfläche erscheint. Meistens dann, wenn keiner mehr mit ihm rechnet. So ist er halt, der Paul. Wir können uns ja schon einmal eine Kugel Eis holen, du magst doch Eis?»

«Klar! Ich bring dir eins mit. Lade dich ein. Was ist deine Lieblingssorte?»

«Schokolade!»

Als Lukas an der Theke die Eistüten in Empfang nahm, beobachtete er einen eher schmächtigen Jungen in seinem Alter, der auf den Tisch von Lea zusteuerte. Ohne Begrüßung, wie ein Fremder, setzte er sich auf einen freien Stuhl und blickte zur Eistheke. Lukas ging auf seinem Rückweg in Gedanken nochmals die Empfehlungen durch, wie er sich Paul gegenüber verhalten sollte. Am Tisch angekommen, reichte er Lea die Eiswaffel. Dann setzte er sich wortlos neben sie auf seinen Stuhl.

«Dank dir, Lukas. Das hier ist übrigens Paul».

Sie drehte dabei nur kurz ihren Kopf in Richtung des Zwillingsbruders.

«Paul, das ist mein Schulfreund Lukas.»

Nach dieser kurzen Vorstellung beachtete sie ihren Bruder nicht weiter, keine Begrüßung. Sie verhielt sich ihm gegenüber wie zu einem Fremden. Niemand hätte auf die Idee kommen können, dass sie Geschwister, erst recht nicht Zwillinge waren.

Lukas war verwirrt. So sehr, dass er vergaß, seine Eiskugel abzuschlecken. Dass dabei sein Hemd sich rot vom Erdbeereis färbte, registrierte er erst, als Lea ihn ansprach:

«Pass auf, Lukas, du bekleckerst dein T-Shirt.»

Hastig schleckte er das tropfende Eis ab. Dann stand er auf und begab sich in Richtung der Eistheke, um mit einem feuchten Tuch den Schaden in Grenzen zu halten. Als er etwas linkisch an seinem Hemd herumhantierte, bemerkte er, wie Paul direkt auf ihn zukam. Doch er beachtete ihn nicht, sondern steuerte die verschiedenen Eistöpfe der Kühltheke an. Als die Eisverkäuferin ihn fragte, welche Eissorte er wünschte, reagierte er nicht. Dann, nachdem er einige Male die Theke auf und abgegangen war, deutete er auf das Schokoladeneis. Zwillinge, dachte Lukas sofort. Danach kehrten beide zum Tisch zurück, nicht zusammen, sondern in gebührendem Abstand.

Die Unterhaltung zwischen Lea und Lukas kam nicht so richtig in die Gänge. Lukas schielte permanent zu Paul, um irgendeine Regung von ihm zu erhaschen. Lea kam sich dabei irgendwie überflüssig vor. Nachdem Paul sein Eis verspeist hatte, stand er plötzlich auf, nickte Lukas im Vorbeigehen wie beiläufig zu und verschwand durch die Glastür der Eisdiele. Nicht nur Lukas, auch Lea war verwundert, dass Paul ihn mit einem Mal beachtet hatte. Auch sie hatte die Reaktion ihres Bruders auf Lukas nach so dieser kurzen Zeit des Beisammenseins nicht erwartet. Sie bemerkte sofort, dass Lukas die Geste ihres Bruders nicht verstanden hatte, und flüsterte ihm zu:

«Paul will, dass du ihm folgst. Mach schnell, bevor du ihn aus den Augen verlierst. Es ist ein gutes Zeichen, dass er dich so schnell akzeptiert. Er sieht dich nun als Freund. Du kannst jetzt mit ihm ganz normal sprechen. Wenn er etwas von dir will, macht er Zeichen. Musst halt aufpassen, damit du sie auch mitbekommst. Wenns wichtig ist, schreibt er dir eine kurze Notiz auf einen Zettel. Jetzt ab mit dir! Sonst holst du ihn nicht mehr ein. Mein Bruder hat eine unheimliche Kondition. Ich habe immer das Gefühl, als wäre er ständig auf der Flucht.»

Dieser Tag mit Paul blieb Lukas noch lange im Gedächtnis. Er war sich recht dämlich vorgekommen, als er Leas Bruder hinterhergetrottet war. Wortlos. Sehr ungewöhnlich für den jungen Burschen, dessen Markenzeichen in der Schule war, ohne Punkt und Komma seine Mitschüler zu beschwatzen.

Die gaben selten Widerpart, was Lukas wiederum erfreute. Er war der uneingeschränkte Macher.

Bereits nach kurzer Zeit kam seine fehlende Kondition zum Vorschein, er konnte dem flotten Schritt von Paul kaum mehr folgen. Dass er ihn später, als es auf die Berge zuging, bitten musste, doch etwas langsamer zu laufen, wurmte ihn gewaltig. Lukas war es gewohnt, den Takt anzugeben und nicht anderen nachzurennen. Er machte sich bereits Gedanken, ohne Erklärung Paul gegenüber umzukehren und das Experiment Paul, wie er es insgeheim für sich nannte, frühzeitig zu beenden. Aber schon beim Gedanken daran regte sich in ihm heftigster Widerstand, bereits am Anfang aufzugeben. Das vertrug sich nicht mit seinem Ego. So blieb ihm nichts anderes übrig als mächtig schwitzend hinter Paul den Berg hinaufzustapfen. Er wollte sich gar nicht ausmalen, wie anstrengend es in der prallen Sonne gewesen wäre. Jetzt, im kühlenden Schatten der Fichtenwälder, war es ihm schon heiß genug. Das alles konnte er nur ertragen, weil er die Welt des Autisten näher kennenlernen wollte.

Fast beklemmend empfand er es, als Paul plötzlich vom befestigten Weg abbog und sich rechts in den dichten Wald schlug. Er schien nicht darauf zu achten, ob Lukas hinter ihm war und ob er ihm überhaupt noch folgen konnte. Lukas musste über bemooste und entwurzelte Stämme klettern, kleine Gräben überspringen und sich in dicht gewachsenen Fichtenschonungen zwischen dürren Zweigen hindurchkämpfen. Dabei schlug ihm der eine oder andere Ast schmerzhaft ins Gesicht. Den Gedanken, warum er sich wegen eines ihm nahezu fremden Jungen sich so abmühte, konnte er nicht abschütteln. Dass er wegen Lea diese Tortur auf sich nahm, verwarf er sofort. So besonders fand er sie auch nicht. Sicher, er empfand das Mädchen anziehend, aber er vermisste das elektrisierende Gefühl bei ihr.

«Autsch»

Erneut traf ihn ein Fichtenzweig im Gesicht und riss ihn aus seinen Gedanken. Er nahm sich fest vor, von nun an mehr auf den Weg zu schauen. Das war nicht einfach bei dem Tempo, das Paul weiterhin anschlug. Er schrie ihn an:

«Hast du einen Vogel? Was wird das jetzt, musst du die Bahn kriegen? Wenn du weiter so hetzt, kannst du mich den Rest tragen.»

Von Paul kam keine Reaktion. Er rannte weiter, als wäre er nie angesprochen worden. Dann endlich waren sie am Ziel. Eine alte, halb eingestürzte Hütte auf einer Lichtung, von Wacholder und Brennnesseln umwuchert, schien das Refugium von Paul zu sein. Das hatte er nicht erwartet. War es ein Signal für Vertrauen, dass er an diesen Ort mitgenommen wurde? Für Lukas fühlte es sich eher wie eine Prüfung an, ob er das Vertrauens wert und den Ansprüchen von Paul gewachsen war? Paul schien das Heft des Handelns weiterhin in der Hand zu behalten. Er bestimmte, wie er mit Lukas, dem Großmaul, umging.

Das war also Pauls Rückzugsort, von dem Lea gesprochen hatte. Dieser Ort schützte ihn vor den Anfeindungen seiner Mitmenschen. Er musste sich niemandem erklären. Keiner konnte ihm zu nahe kommen, wenn er es nicht wollte. Hier musste er keine Anweisungen und Belästigungen befürchten. Hier war er sein eigener Herr. Dieser Ort war sein Reich.

Auch für Lukas gab es keine Ausnahme. Er musste nun nach der Pfeife von Paul tanzen. Hoffentlich konnte sich Lukas soweit zurücknehmen. Er musste es versuchen. Er war selbst neugierig, wie weit er mit seinem Experiment vorankam. Oder musste er befürchten, selbst Teil von ihm zu werden. Unabhängig davon, hier herrschte Ruhe. Geräusche lieferte einzig die Natur.

Lukas fand sich in dieser Umgebung nicht wohl, er fühlte eher Unbehagen. Zuerst dieser düstere Wald, der ihn an einen Urwald erinnerte, dann dieses nahezu undurchdringliche Gestrüpp auf dieser Waldlichtung. Wie konnte sich ein Mensch hier nur wohlfühlen und freiwillig seine gesamte freie Zeit verbringen? Es musste an Pauls Autismus liegen, dass dieser Ort ihn hier mit Leib und Seele anzog. Was sollte es sonst sein? War es diese Stille? Er suchte ja auch nach einem friedlichen Ort ohne Gezänk. Aber dies hier war schon eine Schippe zu viel der Einsamkeit. Er würde es noch erfahren.

Paul ging nicht in die Hütte. Ein Bretterverschlag, der angebaut war, wurde sein Ziel. Er öffnete eine notdürftig mit alten Latten zusammengenagelte Tür und verschwand im Inneren. Voller Neugier folgte ihm Lukas. Was ihn hier erwartete, übertraf alle seine kühnsten Vorstellungen.

«Hier stinkt`s ja schlimmer als am Scheißhaus auf der Alm. Wenn du da noch einen fahren lässt, ist das wie Frischluft. Allmächtiger, wie hältst du das bloß aus? Lang bleib ich nicht in diesem Kabuff!»

Paul schien davon nicht berührt zu sein. Von ihm kam keine Reaktion. Lukas erkannte im schummrigen Licht einige Tiere, die in dem fürchterlichen Bretterverschlag gefangen gehalten wurden. Zwei Vögel krächzten um die Wette, wobei der Größere von beiden, am Flügel verletzt, in seinem Gefängnis herumhopste. In einer Holzkiste daneben warteten Dutzende verschiedene Käfer darauf, von den Vögeln verspeist zu werden. Damit sie nicht flüchten konnten, war die Kiste mit einem dichten Drahtgeflecht akribisch verschlossen. In der Ecke hatte Paul einen kleinen Verschlag mit dünnen Fichtenstämmen gebaut, in dem ein junges Rehkitz apathisch in der Ecke kauerte. Bei genauerem Betrachten fiel auf, dass es nur noch drei Beine besaß.

«Was ist denn mit dem Kitz passiert? Das hat ja nur noch drei Beine. War das der Fuchs oder ist das Reh in eine Falle geraten?»

Paul zuckte teilnahmslos mit den Schultern, ohne die Fütterung der Tiere zu unterbrechen. Lukas überwand sich schließlich, weiter ins Innere vorzudringen. Er entdeckte einen Käfig mit Mäusen, die sich bei seinem Erscheinen flugs in die Ecke ihres Gefängnisses unter einem Heuhaufen verkrochen. Was Paul mit ihnen vorhatte, ahnte er. Wahrscheinlich waren sie die Nahrung für ein Wildtier, das er aber erst noch fangen musste.

Lukas schwitzte. Sein Hemd klebte an seinem Körper. Er fand das alles unerträglich. Er machte kehrt und stürmte ins Freie. Aus der Entfernung betrachtete er Paul durch die offene Türe, wie er sich um seine gefangenen Tiere kümmerte. Sie schienen keine Angst vor ihm zu haben. Unaufgeregt, fast in Zeitlupe berührte er sie. Ohne jede Aufgeregtheit griff er in eine Holzkiste und fütterte seine Vögel mit den Käfern. Dem Rehkitz streckte er mit der flachen Hand Blätter von Himbeer- und Brombeersträuchern entgegen, die das Tier, überraschend für Lukas, ohne Scheu gierig ableckte. Mit dem Abstand zu dem Verschlag verringerte sich auch sein Ekel. Er erkannte, dass Paul hier seine Erfüllung gefunden hatte. Er war beschäftigt, ohne sich mit irgendjemandem unterhalten zu müssen. Alles geschah nach seinem Willen und er musste sich niemandem unterordnen. Auch keinem Vorgesetzten Rechenschaft ablegen. Erstaunlicherweise gewährte er Lukas Einblick in sein eigenartiges Leben. Könnte die Freundschaft mit seiner Schwester Lea der Grund dafür sein?

Ohne ihn eines Blickes zu würdigen, erschien Paul mit einem alten, verbeulten Eimer und stapfte ein paar Meter den Berg hinauf. Er machte mit einem Mal Halt und füllte ihn mit Wasser aus einem winzigen Rinnsal, das er hier entdeckt hatte. Damit versorgte er seine gefangenen Tiere. Hier fand er auch den Klee, die Waldblumen, die junge Fichten- und Buchenzweige sowie viele Himbeer- und Brombeerblätter, die er für die Nahrung seiner Tiere benötigte. Nachdem er seine Tiere getränkt und gefüttert hatte, begab er sich zur Hütte und verschwand darin. Auch jetzt nahm er keinerlei Notiz von seinem neuen Begleiter. Lukas folgte ihm unaufgefordert, er wollte unbedingt wissen, welche Überraschung noch auf ihn wartete.

Er war verblüfft. An den Wänden der alten Holzhütte hing ein halbes Dutzend Allgäuer Masken. Eine war wilder als die andere. Lukas wähnte sich in einem wahren Gruselkabinett. Ihm lief es eiskalt den Rücken herunter. Diese Masken zeigten furchterregenden Grimassen. Eine davon fiel mit einer überproportional großen Hakennase auf. Dazu streckte die Maske ihre überlange Zunge aus dem gruseligen Maul. Die wild funkelnden Glasaugen, die aus dem Maskengesicht herauszufallen drohten, ließen die gewaltigen, spitz zulaufenden Ohren gar nicht mehr so unheimlich erscheinen. Unterhalb dieser Larven, wie sie im Allgäu genannt wurden, befanden sich verschiedene Schnitzmesser, die penibel in einer Linie auf einem wackeligen Tisch aus Fichtenholz aufgereiht waren. Seine Sprachlosigkeit hielt nicht lange an:

«Wow, wo hast du denn diese Masken her? Die hast du doch nicht selbst geschnitzt?»

Paul nickte ganz aufgeregt mit dem Kopf und pochte mit der rechten Faust gegen seine Brust. Dabei errötete er unmerklich.

«Wo hast du denn das gelernt. So was kann man ja nicht aus dem Handgelenk heraus schnitzen. Diese Schnitzmesser haben sicher ein Vermögen gekostet. Hast du im Lotto gewonnen? Oder alles geklaut? Das gibt es doch gar nicht!»

Paul stand so abrupt auf, dass sogar der Hocker umfiel. Er verharrte erstarrt vor Lukas und stierte an ihm vorbei ins

Leere. Seine Gesichtszüge mutierten zu einer Maske. Ähnlich einer, die er selbst geschnitzt hatte.

Lukas dagegen stand sprachlos vor Paul. Hatte er ihn beleidigt? Hatte er es ihm übel genommen, dass er ihn des Diebstahls bezichtigt hatte. Aber das war doch nur so dahergesagt und nicht ernst gemeint. Nach einer Weile hatte sich Lukas wieder im Griff. Er versuchte, Paul zu besänftigen:

«Das war doch nicht so gemeint. Stell dich nicht so an und spiele die beleidigte Leberwurst. Verstehst du den überhaupt keinen Spaß?»

Die Reaktion war heftig und nicht vorhersehbar. Paul trat mit seinem Fuß gegen die halb geöffnete Tür. Er beruhigte sich nicht. Immer wieder donnerte er dagegen. Dann herrschte beängstigende Ruhe. Beide Burschen standen sich wortlos gegenüber. Paul blickte erneut an seinem Freund vorbei durch das Fenster in den Wald. Lukas schaute fest in dessen Augen, um irgendeine Regung in ihnen abzulesen. Plötzlich entspannte sich die Miene von Paul, das Maskenhafte verschwand. Er verließ die Hütte. Ohne sich umzudrehen, winkte er an Lukas gewandt, ihm hinterherzukommen. Der war sichtlich von dieser Reaktion überrumpelt und gespannt, was jetzt wohl folgen würde. Fragen war ganz sicher zwecklos, er würde eh keine Antwort bekommen.

Und so trottete er hinter Paul her, darauf achtend, nicht über Wurzeln oder morsche Äste zu stolpern. Paul würde nach diesem Theater in der Hütte sicher nicht auf ihn warten, sollte er stürzen und sich verletzen. So gut glaubte er sein neuen Freund einschätzen zu können. Aber dieser Kontrast beschäftigte ihn. Vor ein paar Minuten der Wutanfall und die starre Mimik, davor diese liebevolle Hingabe zu seinen Tieren und seine entspannten Gesichtszüge. Anscheinend kam er mit Tieren besser zurecht als mit Menschen. Aber was könnte der Grund dafür sein? Waren die Reaktionen von Tieren vorhersehbarer, übersichtlicher? War der Mensch in seinem Verhalten zu kompliziert für Paul? Wenn das zuträfe, würde dies sein unerklärliches Benehmen in ein anderes Licht rücken.

Als sie wieder den Forstweg erreichten, war Lukas erleichtert. Nun konnte er Paul problemloser folgen. Dafür war die Einsamkeit dahin. Ihnen begegneten jetzt Wanderer, die von den Wasserfällen kamen, die oberhalb von Pauls Hütte lagen. Lukas erwiderte die zahlreichen «Servus» und «Grüß Gott» mit einem Schmunzeln. Paul dagegen ignorierte die Wanderer, die sie überholten. Lukas bekam danach die enttäuschten und empörten Reaktionen zu hören. «So ein Stoffel» war noch eine von den harmloseren Kommentaren. Lukas fand es unterhaltsam, zu beobachten, wer ihnen da begegnete: Es fehlte weder das japanische Pärchen in Lederhose, Dirndl und zünftigem Filzhut noch der norddeutsche Wanderer in Bundhose, Wanderstock und getupftem roten Halstuch, der ununterbrochen redete.

Als sie das Tal erreicht hatten, blieb Paul abrupt vor einem unscheinbaren Bauernhaus stehen und deutete darauf. Lukas schloss zu ihm auf und entdeckte eine beachtliche Anzahl an Masken am Eingang, die denen seines Freundes auffällig glichen. Er ahnte sofort, warum ihn Paul hierher geführt hatte. Kaum betraten sie den Hof, kam ein alter, aber noch rüstiger Allgäuer auf sie zu. Er war nicht groß und machte einen wachen, lebensfrohen Eindruck. Sein gebräuntes, tief zerfurchtes Gesicht beeindruckte Lukas sofort.

«Das ist ja eine Überraschung Paul! Hast einen Freund mitgebracht?»

Da von Paul keine Antwort zu erwarten war, antwortete Lukas an dessen Stelle dem Maskenschnitzer:

«Ich bin der Lukas. Ich habe heute die Masken bei Paul gesehen und da war ich neugierig, wo er dieses Schnitzen gelernt hat. Zudem wollte mich unser junger Riemenschneider mal mit seinem Meister bekannt machen.»

Der Alte lächelte in sich hinein und klopfte Paul dabei auf die Schultern. Dieser drehte sich erschrocken ab und stand dann wie angewurzelt am Zaun. Der Alte mochte Paul, das spürte Lukas. Nur hatte er vergessen, wie empfindlich sein Schützling auf Berührungen reagierte. Er begutachtete Lukas und murmelte kaum hörbar, mehr zu sich selbst:

«Ja, ja, das ist ein Guter.»

Zu mehr ließ sich der alte Holzschnitzer nicht hinreißen. Als Lukas ihn genauer anschaute, konnte er in seinen Augen ein Leuchten erkennen. Dieses tief gebräunte, zerfurchte Gesicht drückte Stolz aus. Für seine Verhältnisse war dieser einzige, kurze Satz bereits das höchste Lob, zu dem er fähig war. Lukas war klar, dass er nicht mehr über die Geschichte der beiden erfahren würde. Er wollte sich gerade verabschieden, als der Alte die jungen Burschen wie beiläufig anknurrte:

«Schnaps?»

Paul wandte sich abrupt ab. Lukas dagegen nahm die Einladung, ohne lange zu überlegen, gerne an:

«Da sag ich nicht nein. Vielen Dank!»

Der Holzschnitzer hatte eine Flasche Obstler und zwei Stamperl in Griffweite am Fensterrahmen stehen. Die Gläser waren alles andere als sauber und sicher schon des Öfteren in Gebrauch, ohne gesäubert worden zu sein. Der Alte war wohl der Meinung, dass der Alkohol seine Schnapsgläser schon desinfizieren würde und eine Säuberung nach jedem Gebrauch unnötig wäre. War er vorher etwas bedächtig in seinen Bewegungen, jetzt hatte er es eilig, beide Gläser mit dem Obstler zu füllen und eines an Lukas weiterzureichen. Angesichts der schmutzigen Gläser war es Lukas schon etwas mulmig zumute. Bevor er das Glas zum Mund führte, frotzelte er, halb zu sich, halb zu dem Holzschnitzer:

«Das Glas hat schon lange kein Wasser mehr gesehen.»

Der Alte lächelte müde und erwiderte dem jungen, aufmüpfigen Burschen:

«Wasser desinfiziert auch nicht! Merk dir das für dein späteres Leben.»

Mit der Ruhe eines gestandenen Allgäuers nahm er sein Glas und leerte es in einem Zug. Es blieb nicht das einzige Glas.

Dieses Schnapstrinken hätte ein böses Ende nehmen können. Zum Glück begann es zu dämmern. So verabschiedeten sich die beiden Freunde rechtzeitig von dem Holzschnitzer. Der konnte es sich nicht verkneifen, Lukas hinterherzurufen:

«Vergiss nicht, Schnaps desinfiziert, Wasser nicht!»

Auf dem Heimweg betrachtete Lukas Paul, wie er neben ihm daher trottete. Bis auf das abrupte Zurückweichen bei der Begrüßung durch den alten Maskenschnitzer hatte er die ganze Zeit keine Regung gezeigt. Dabei war er doch freundschaftlich mit ihm verbunden. Aber war eine Freundschaft mit Paul überhaupt möglich?

Lukas wollte es versuchen und war sich sicher, es zu schaffen. Dieses Anderssein zeigte bei ihm, dem Gesunden, eine enorme Wirkung. Er war beeindruckt. Lea verblasste hinter ihrem Bruder. Mit ihr kam er nur noch in Kontakt, wenn es sich um Belange von Paul handelte. Ihr schien das nichts auszumachen. Trafen sie sich doch einmal, begegnete sie ihm ausgesprochen freundschaftlich.

Dann erfuhr Lukas von ihr, dass Paul damals in einer Behinderteneinrichtung etwas Lesen und Schreiben gelernt hatte. Zu Hause bemühte er sich dann unermüdlich, die erworbenen Kenntnisse weiter zu vertiefen. Er war ein fleißiger Junge. Zuletzt las er sogar Bücher und schrieb für ihn Wichtiges auf Notizblätter, die er immer bei sich trug. Bei seiner Mutter und seiner Schwester fühlte er sich sicher und geborgen. Wäre da nicht der Vater gewesen. Mit ihm gab es andauernd Streitereien. Von klein an bezog er Prügel, oft täglich, weil er sich seinem jähzornigen Vater nicht unterordnen wollte. Für diesen Tyrannen war es einfach nicht akzeptabel, dass sein eigenes Fleisch und Blut andersartig war. Er schämte sich zutiefst für diesen Makel und ließ seine Frustration an seinem Sohn aus. Lea konnte sich nicht daran erinnern, dass ein Tag vergangen war, an dem sie ihren Bruder ohne blaue Flecken erlebt hätte.

Diese schwer zu ertragenden Erniedrigungen vom Vater, der zum Glück nicht mehr bei der Familie wohnte, hatten Paul damals sehr zugesetzt und ihn jetzt, lange Zeit danach, in die Wälder, in die Einsamkeit getrieben. Hier war er sicher vor seinen Schlägen und Demütigungen. Dafür waren nun die Tiere seine Gefährten. Ihnen schenkte er jetzt seine Zuneigung. Es offenbarte sich aber auch noch eine andere Seite von ihm. Er zeigte seinen Tieren, dass in seinem Reich er der Herr war und er jetzt Gewalt über sie besaß.

Und keiner verlangte hier von ihm, dass er sprach. Niemand forderte ihn auf, sich zu rechtfertigen. Nicht einer beschimpfte ihn. Er fand hier Ruhe, die er zeit seines noch jungen Lebens immer gesucht hatte. Lea meinte, dass er hier auf dem besten Weg zu einem unbeschwerten Dasein sei, fügte aber gleich an, dass man das bei Paul nie wirklich wisse.

Paul und Lukas trotteten gerade am Friedhof in Sonthofen vorbei, als Paul unvermittelt abbog und Lukas zuwinkte, ihm zu folgen. In der entlegensten Ecke, hinter dem Denkmal der Opfer der Fliegerangriffe, machte er Halt und zeigte auf einen Mauerspalt. Danach setzt er sich auf eine Bank, die sich gegenüber befand, und beschrieb ein Blatt Papier:

«Für dich. Unser Briefkasten. Geheim. Erste Nachricht: Treffen in der Waldhütte in 2 Tagen am Nachmittag.»

Diese Aktion hatte Lukas nicht erwartet:

«Das ist eine ausgezeichnete Idee. Das geht klar. Es kann bei mir später werden, wir haben Sport am Nachmittag. Bis ich dann geduscht habe, dauert es noch etwas. Aber ich beeile mich.»

Paul nickte und zeigte sich zufrieden. Ohne Abschiedsgruß trottete er nach Hause.

Lukas fieberte ungeduldig dem Treffen in der Waldhütte entgegen. Er war voller Neugier. Was Paul wohl vorhatte? Auf dem Zettel hatte er nur das Notwendigste vermerkt. Das war nachvollziehbar. Er konnte ja nicht jedes Mal einen halben Roman schreiben, nur um eine kurze Nachricht zu übermitteln.

In der Schule war der Sportunterricht ausgefallen. Deshalb machte Lukas sich früher als vereinbart bereits zur Mittagszeit auf den Weg zu ihrem Treffpunkt. Wohl war ihm nicht dabei. Hatte er sich doch zu einem späteren Zeitpunkt angekündigt und Pünktlichkeit war für ihn ganz wichtig. Um Paul nicht zu erschrecken, näherte er sich unauffällig der Waldhütte.

Er wollte zuerst nicht glauben, was er sah: Vor der Hütte stand Paul einfach nur da, regungslos mit verschränkten Armen. Er war nicht allein. Vor ihm stand im Abstand von vielleicht zwei Meter ein Mädchen mit langen, schwarzen Haaren, bildhübsch wie Lukas registrierte. Sie war höchstens

16 Jahre alt. Er war sofort von ihr eingenommen. So stellte er sich seine Traumfrau vor.

Aber was ging da vor sich. Wie kam Paul zu solch einer Bekanntschaft. Wie konnte er ein Mädchen kennenlernen, wenn er sich nicht in Kneipen und bei den bekannten Treffs sehen ließ? Hier in den Wald verirrte sich doch kein Mädchen. Freiwillig schon gar nicht. Er schüttelte ratlos den Kopf.

Keiner von beiden vor der Hütte sprach ein Wort. Es war aus der Ferne nur das Rufen eines Kuckucks zu vernehmen und ein paar Mücken surrten. Sonst herrschte Totenstille. Das Mädchen, das bisher ebenso regungslos dagestanden hatte, begann plötzlich, unaufgeregt und mit ruhiger Hand, die Knöpfe ihre Bluse zu öffnen. Ganz bedächtig. Wie in Zeitlupe. Sie schien keine Eile zu haben und blickte dabei Paul direkt in die Augen. Beide waren völlig entspannt. Dafür pochte bei Lukas das Herz bis zum Hals. Das Mädchen öffnete auch noch den letzten Knopf ihres weißen Hemds und gab Paul den Blick auf ihre kleinen Brüste frei. Achtlos ließ sie die Bluse auf den Waldboden gleiten. Auch jetzt zeigte Paul immer noch keine Reaktion. Er machte keine Anstalten, das mit bloßem Oberkörper dastehende Mädchen zu berühren. Lukas konnte diese Zurschaustellung der Brüste und dieses emotionslose Gegenüberstehen nicht begreifen. Er war verwirrt. Er würde anders handeln und diese Situation ausnützen. Hatte er in seinem Leben etwas verpasst? Was trieb ein so schönes Mädchen dazu, sich so zu verhalten? Noch dazu vor einem jungen Burschen, der sich von den Menschen abkapselte und nicht sprach. Der womöglich gar nicht begriff, was Liebe bedeutet. Auch jetzt kam keine Reaktion von ihm, absolut nichts. Bezahlte er sie am Ende noch für ihre Freizügigkeit. Und berührt hatte er sie auch nicht, Lukas wäre das nicht passiert. Was wollte sie damit erreichen? Wollte sie Gefühle erwecken, die Paul bisher nicht zugelassen hatte? War sie eine von diesen Frauen, die solche Aktionen zur eigenen Selbstbestätigung brauchten? Oder war es nur ein Spiel, das sich die beiden aus lauter Langeweile ausgedacht hatten?

Lukas plante, sich demnächst ausgiebig um dieses Mädchen zu kümmern. Er musste sie einfach näher kennenlernen. Sie strahlte so etwas unheimlich Erotisches aus. Zart und verletzlich und doch selbstbewusst und eigenständig. Und so hübsch! Diese warmen, dunklen Augen, die einen sofort in seinen Bann zogen. Die zerzausten Haare, die ihn an eine kämpfende Amazone erinnerten. Die schlanke Figur, die fast zerbrechlich anmutete. Die wohlgeformten, festen Brüste, die eine frappierende Ähnlichkeit mit der antiken Büste der Venus von Milo besaßen! Lukas spürte deutliche Erregung, die er krampfhaft zu unterdrücken suchte.

Er verstand die Welt nicht mehr. In seinem Kopf ging nun alles durcheinander. Denn das Mädchen hatte nicht nur seine Neugierde geweckt. Er wollte mehr. Dabei kam es Lukas gar nicht in den Sinn, dass Paul ein Rivale für ihn sein könnte. Wie auch, bei diesen zahlreichen Beeinträchtigungen, mit denen er behaftet war. Und dazu war er ohne Schulabschluss.

Aber was würde Paul dann von ihm denken, wenn er ihm dieses Mädchen ausspannte?

Die Unbekannte hob die Bluse wieder vom Boden auf, schlüpfte hinein, knöpfte sie zu und verabschiedete sich mit einem kurzen Winken von Paul. Der stand immer noch wie versteinert vor der Hütte. Bezahlt hatte er auch nicht.

Auf dem Rückweg bemerkte Karla, so hieß das Mädchen, das sich eben so spontan vor Paul entblößt hatte, dass sie ihre Bluse falsch zugeknöpft hatte. Sie versicherte sich, dass sich niemand in der Nähe aufhielt, und brachte die Kleidung wieder in Ordnung.

Lukas wartete noch ein paar Minuten ab, bevor er sich zur Hütte aufmachte. Sollte er Paul auf diese Szene ansprechen? Er entschied sich, darüber zu schweigen. Aber er würde fragen, wer dieses Mädchen war und ob er mit ihr befreundet sei.

Als Paul seinen Freund erblickte, löste sich seine Starre und er verschwand im Inneren seiner Hütte. Eigenartig, dachte sich Lukas. Aber er kannte diese Reaktionen bereits von Leas Erzählungen. Paul war halt anders.

Voller Neugierde betrat er die Hütte und traf einen völlig teilnahmslos an der Werkbank sitzenden Paul. Umrahmt von den selbstgeschnitzten Allgäuer Masken starrte er Lukas an. Man hätte meinen können, er wollte sich seinen Masken angleichen. Schließlich schrieb er auf einen Zettel eine Nachricht, die er seinem Freund reichte:

«*Futter für die Tiere!*»

Während der Futtersuche herrsche unter den beiden Burschen eine gedrückte Stimmung. Lukas entschloss sich,
etwas dagegen zu unternehmen, und sprach Paul an:

«Wo ist dir die heiße Braut zugelaufen, die gerade weg-
gegangen ist. Oder hast du sie im Wald gefunden?»

Paul kramte erneut seinen Zettel hervor und schrieb
unwirsch: «*Nicht zugelaufen, kein Tier!*»

«So war das doch nicht gemeint! Ich wollte nur wissen,
wie du zu einem so klasse Mädchen gekommen bist?»

Jetzt zog er aus seiner Hosentasche einen kleinen
Schreibblock und notierte aufgeregt: «*Beim Schnitzer. Ist
Verwandtschaft. Meine Freundin.*»

«Gratuliere!»

Paul, der gerade Birkenblätter in seinen Korb füllte, hielt
kurz inne und nickte. Dann sammelte er seine Blätter weiter
ein.

«Die habe ich noch nie bei dir gesehen. Kennst du sie
schon lange?»

Erneut folgte ein kurzes Nicken. Lukas ließ nicht locker:

«Hat sie auch einen Namen?»

Jetzt unterbrach Paul seine Tätigkeit, brach einen dürren
Ast ab und schrieb in den feuchten Waldboden:

«*Karla*»

Danach warf er den Zweig in hohem Bogen in das
Brombeergestrüpp, drehte sich abrupt um und machte sich
auf den Rückweg zur Hütte.

Mit dieser Reaktion hatte Lukas nicht gerechnet. War er
seinem Freund zu nahe gekommen? Was hatte er falsch

gemacht? Zu Hause würde er Lea um Rat fragen. Sicher konnte sie ihn aufklären. Paul nachzulaufen, war keine gute Idee. Deshalb machte er sich auf den Heimweg.

Im ging diese Verhaltensweise nicht mehr aus dem Sinn. Vage erinnerte er sich daran, dass Lea ihm erzählt hatte, dass Paul viel Ruhe benötigte, wenn etwas nicht so lief, wie er es sich vorstellte. Dass er dann andere Menschen mied, weil er sie nicht ertragen konnte.

Vielleicht sollte er das alles nicht so wichtig nehmen und beim nächsten Treffen sich verhalten, als wäre nichts gewesen. Laut Aussage von Lea vergaß Paul eh alles recht schnell. Sie hatte auch erwähnt, dass er wegen dieser Vergesslichkeit kaum Freunde besaß. Wer wollte sich schon mit ihm verabreden, wenn er sich an ein Treffen nicht mehr erinnern konnte. Er musste nochmals bei Lea nachfragen, nicht, dass er etwas falsch verstanden hatte. Jetzt ärgerte er sich, dass er das letzte Mal nicht richtig zugehört hatte.

Aber brauchte Paul überhaupt Freunde? Und war er wirklich ein Freund? Oder blieb es bei dem Experiment, auf das sich Lukas eingelassen hatte? Und wer war eigentlich jetzt das Experiment? Paul oder benutzte Paul ihn? Sein Grübeln wollte gar nicht enden und drohte einen misslichen Verlauf zu nehmen. Bis er sich zusammenraffte. «Stop», sagte er sich, «du musst das Heft in der Hand behalten.»

Kapitel 2

Lukas rutschte auf der Parkbank unruhig von einer Seite zur anderen. Er wartete auf Lea, mit der er in der großen Pause ein Treffen für den Nachmittag vereinbart hatte. Anfangs war sie überhaupt nicht begeistert, da sie sich vorgenommen hatte, sich mit einer Freundin in Kempten einen entspannten Tag zu machen und bummeln zu gehen. Als Lukas aber andeutete, dass es um ihren Bruder ging und es wichtig wäre, lenkte sie auf der Stelle ein. Jetzt stand sie ungeduldig vor ihm.

«Gibt es etwas Ernstes, dass ich gleich antanzen muss? Hat Paul was angestellt?»

«Keine Sorge, er hat sich nichts zu Schulden kommen lassen. Es geht um sein Verhalten vor ein paar Tagen, mit dem ich überhaupt nicht zurechtkomme. Wusstest du, dass er eine Freundin hat? Und was für eine super Braut. Schaut total gut aus. Ich frage mich, was die an ihm findet.»

Dabei lachte er angeberisch. Lea erwiderte gekränkt:

«Willst du vielleicht meinem Bruder das Mädchen ausspannen und suchst Rat bei mir? Das kannst du auf der Stelle vergessen! Ich glaub, ich spinne. Deshalb hast du mich hierher zitiert?»

«Schmarren, das hat einen anderen Grund. Aber eines muss ich vorher schon noch klarstellen: Weil ich seine Freundin toll finde, spanne ich sie ihm ja nicht gleich aus.»

Dabei klang Lukas nicht gerade überzeugend. Er fuhr fort, jetzt etwas weniger forsch:

«Tut mir leid, wenn ich mich im Ton vergriffen habe. Es geht um etwas anderes. Als ich vor ein paar Tagen bei seiner Hütte ankam, sah ich ein Mädchen bei ihm. Ich wartete, bis sie gegangen war und fragte ihn nach ihrem Namen und was man halt so fragt, wenn einer eine Neue hat. Und stell dir vor, mit einem Schlag drehte sich Paul um und verschwand schmollend in seiner Hütte, als hätte ich etwas Beleidigendes zu ihm gesagt. Ich glaube, er war für einen Moment sogar wütend auf mich. Ich will nun von dir wissen, ob er sich öfters so benimmt und einfach so mit Wut im Bauch abhaut. Oder gibt es einen anderen Grund dafür? Ich habe lang darüber gerätselt, aber mir ist nichts eingefallen, was ich falsch gemacht haben könnte.»

Lea lachte lauthals auf. Sie kannte ja diese Reaktion ihres Bruders und konnte es sich bestens vorstellen, wie frustriert sich Lukas fühlte.

«Keine Angst, du hast nichts Falsches getan. So reagiert er immer, wenn er mit einem Haufen Fragen bombardiert wird. Er ist dann heillos überfordert und verliert eine Menge Kraft. Zu viele Antworten auf einmal geben zu müssen, überfordert Paul. Er ist dann oft tagelang nicht ansprechbar. Meistens verkriecht er sich die folgenden Tage in der Hütte. Und wehe, er wird in dieser Erholungsphase gestört. Dann kann es tatsächlich passieren, dass er total ausflippt. Aber das habe ich dir doch schon einmal alles erklärt. Hast wieder nicht zugehört.»

Lukas atmete tief durch. Der Druck der letzten Tage fiel von ihm ab.

«Und ich hab schon gedacht, ich hätte Paul etwas Schlimmes angetan. Jetzt bin ich beruhigt. Danke dir. Was würde ich nur ohne dich machen.»

Erneut lachte Lea lauthals:

«Alles gut, aber übertreib nicht schon wieder. Du kommst, glaube ich, ganz gut ohne mich zurecht. War das jetzt alles?»

Dabei schaute sie auf ihre Uhr und nickte zufrieden. Es blieb genügend Zeit für einen Stadtbummel mit ihrer Freundin.

Nach dieser Aussprache mit Lea war für Lukas wieder der Alltag eingekehrt. Er wollte seinem Freund die nötige Ruhe gönnen und blieb der Hütte fern. Er wartete ab, bis sich Paul aus eigenem Antrieb melden würde. Er schaute täglich an ihrem geheimen Briefkasten beim Fliegerdenkmal vorbei. Doch vergebens. Keine Nachricht von Paul. Nach einer Woche endlich ein Lebenszeichen von seinem Freund. Auf einem akkurat gefalteten Blatt Papier stand geschrieben:

Donnerstag – Hütte -- Überraschung

Die Nachricht war knapp gehalten, aber gut verständlich. Am liebsten wäre Lukas sofort zum Treffpunkt aufgebrochen. Aber er wollte Paul nicht vor den Kopf stoßen und eine erneute Überforderung riskieren. Die heftige Reaktion von letzter Woche musste er nicht noch einmal miterleben. Aber was führte sein Freund im Schilde? Welche Überraschung hatte er sich für ihn ausgedacht? Er hatte auf jeden Fall erreicht, dass Lukas erwartungsvoll diesem Treffen entgegenfieberte.

Lukas war noch nicht an der Lichtung vor der Hütte angekommen, da bemerkte er schwachen Brandgeruch. Sofort drängten sich ihm Bilder von einer brennenden Hütte auf, mit einem Paul, der verloren um Hilfe flehte. Lukas hielt inne. Ob er überhaupt um Hilfe flehen kann, fragte er sich? Was ist, wenn er verbrennt, ohne um Beistand zu rufen, weil er es nicht kann? Dieser Gedanke ließ Lukas seine Schritte beschleunigen.

Als er die Waldlichtung erreichte, stellte er erleichtert fest, dass seine Fantasie mit ihm durchgegangen war. Neben der Hütte kniete Karla vor einem kleinen Feuer. Sie war in einem weißen Leinenkleid, das mit gelben und blauen Punkten gesprenkelt war, auffällig herausgeputzt. Den Hals zierte eine Kette aus bunten Blumenblüten. Lukas war sprachlos. Es entfuhr ihm kaum hörbar:

«Alter Schwede! Ist das geil!»

Lukas stand wie versteinert hinter einer Tanne und beobachtete Karla, die ein kleines Stück vom glühenden Holz in eine runde Messingschale schob. Was hatte sie vor?

Da fiel ihm ein, dass Paul vor Wochen schon auf einem Zettel notiert hatte, in einer feierlichen Zeremonie seine Hütte ausräuchern zu wollen, um alle bösen Geister zu vertreiben und eine ausgeglichene Atmosphäre zu schaffen. War das die Überraschung, die ihm sein Freund mit der Nachricht im Briefkasten mitteilen wollte? Als Karla Zweige in die Glut warf, verbreitete sich überall im Nu herrlicher Duft nach Harz und Tannennadeln. Er war sich jetzt sicher, dass dies eine rituelle Ausräucherung werden sollte.

Aber warum war Karla ohne Paul. Wo befand er sich? Hatte sie ihn alleine in der Hütte gelassen? War es vielleicht doch nur eine spontane Idee des Mädchens? Wollte sie mit dem Ritual den Freund mit etwas Ausgefallenem aus der Isolation locken? Ihn mit diesem Duft überlisten, sich ihr zu öffnen? Lukas war äußerst gespannt, was nun folgen würde, und hielt sich deshalb weiterhin im Hintergrund. Vielleicht würde sie sich noch einmal entblößen! Der Anblick der nackten Brüste hatte ihm schon gefallen. Er hätte nichts dagegen, wenn sich diese Vorstellung wiederholen würde. Oder war das damals eine einmalige Aktion? Er wollte auf jeden Fall erst mal abwarten, was geschehen würde. Könnte ja sein, dass er dabei erfuhr, wie das Verhältnis zwischen Karla und Paul war. Auch wenn er Lea gegenüber ein Interesse an diesem Mädchen vehement verleugnet hatte, zog ihn diese Karla unglaublich an. Er fühlte bereits nach dieser kurzen Zeit, die er das Mädchen kannte, eine Abhängigkeit von ihr, die er sich nicht erklären konnte. Das machte ihm richtig Angst. Andererseits überlegte er: Je mehr er über das

Mädchen wusste, desto besser standen seine Chancen, dass er sie für sich interessieren konnte. Das wäre doch gelacht, wenn er nicht den Vorzug vor Paul erhalten würde. Denn eines war für ihn völlig unumstritten, sie beide wären schon das glanzvollere Paar.

Lukas war so mit seinen Fantastereien beschäftigt, dass er fast übersehen hatte, dass Karla aufgestanden war. Mit der wohlduftenden Glut betrat sie die Hütte. Die Tür ließ sie halb offen. Danach war Stille. Nichts drang zu ihm nach draußen. Er löste sich aus dem Schatten der Tanne und schlich unauffällig zur Hütte. Auf halbem Weg hielt er inne und lauschte, ob er einen Hinweis erhielt, der verriet, was sich im Inneren abspielte. So sehr er sich auch konzentrierte, kein Laut drang zu ihm. Was er aber wahrnahm, Rauch aus der verströmte nun den feierlichen Duft von Weihrauch und Myrrhe. Diesen Geruch kannte er, auch wenn er nur sporadisch am Sonntag die Kirche besuchte. Jedes Mal dem dringlichen Wunsch der Eltern folgend. Wobei er sich eingestehen musste, dass er schon auch Gefallen an den nahöstlichen Düften fand, die das Weihrauchfass während der sonntäglichen Messe verströmte. Und dies, obwohl ihn religiöse Riten mit diesen monotonen Abläufen immens störten. Er stellte sich vor, wie Karla und Paul mit den selbstgeschnitzten Masken vor dem Gesicht um die kupferne Schale tanzten und mit beschwörenden Gesängen die bösen Geister vertrieben. Es musste in der Hütte etwas anderes ablaufen, denn es herrschte weiterhin völlige Stille.

Lukas wollte gerade den letzten Rest des Wegs zur Hütte zurücklegen, als er einen dumpfen Schlag vernahm. Er blieb unversehens stehen. Da riss ihn die freundliche, aber bestimmte Stimme von Karla aus seiner Gespanntheit:

«Lass das jetzt! Paul, ich will das nicht!»

Ihre Stimme klang, als würde sie von einer Maske gedämpft. Also doch eine Maske, dachte sich Lukas, der jetzt hinter der Tür stand und lauschte. Was geschah da gerade? Belästigte Paul Karla? Benötigte sie Hilfe? Sollte er ihr beispringen und damit Punkte machen im Wettstreit um die Gunst des Mädchens? Lukas wartete ab. Vielleicht war alles halb so schlimm. Dann hörte er das Scharren von Füßen auf den Bodenbrettern. Irgendetwas fiel um. Es zerbrach etwas. Was war da los? Das klang ja wie ein Handgemenge.

Lukas wusste, spätestens jetzt sollte er nachschauen, was sich da in der Hütte zwischen den beiden abspielte. Das alles hörte sich bedrohlich an. Er musste jetzt unbedingt dazwischengehen. Am Ende ging Paul auf Karla los und tat ihr etwas an. Aber Lukas blieb untätig, er stand wie angewurzelt vor der Hütte. Er zauderte. Wie sollte er reagieren? Ein Schrei von Karla:

«Nimm deine dreckigen Pfoten von mir, du widerliches Arschloch!»

Etwas prallte von innen gegen die Bretterwand der Hütte. War das ihre Holzmaske, die sie nach Paul geworfen hatte? Die Tür wurde nun vollends aufgerissen. Karla stürzte mit hochrotem Kopf panisch an Lukas, der verdutzt hinter einem Baum kauerte, vorbei ins Freie und verschwand im Wald. Hatte sie ihn entdeckt?

Lukas kämpfte mit sich. Vielleicht müsste er Paul beruhigen und trösten, ihm irgendwie beistehen. Es wäre seine Pflicht gegenüber einem Freund. Was hatte Paul mit Karla gemacht? War nicht sie es, die er beschützen und der er helfen musste? Wie versteinert blieb Lukas stehen. Und so fühlte er sich auch, regungslos wie ein Stein. Erneut hörte er einen Schlag. Er merkte, wie Wut in ihm aufstieg. Er war verzweifelt und gelähmt. Er fühlte sich hilflos seinen Gefühlen und seiner Ratlosigkeit ausgeliefert. Er war unfähig, irgendetwas zu tun. Seine Untätigkeit machte ihn kopflos. Das ist doch nicht meine Angelegenheit, redete er sich ein. Paul ist selbst schuld. Hätte er seine schmutzigen Griffel von Karla gelassen. Dass er sie gegen ihren Willen berührt hatte, verzieh er ihm nie. Was aber war jetzt passiert? Sicher war nur, dass Paul Karla rücksichtslos angefasst hatte und er jetzt alleine in der Hütte war und tobte.

Der aus der Hütte strömende Duft hatte sich verändert. Es roch anders, verkohlt. Plötzlich drang durch den Türspalt dunkler Rauch, der mal rötlich und mal gelb schimmerte, als wäre er von einem Scheinwerfer bestrahlt. Lukas war sich nun sicher, es brannte in der Hütte! Schon knisterte es, nun aber übertönt von den Angstschreien der Tiere.

Lukas schoss es heiß durch den Kopf, dass sich Paul in seinem derzeitigen Zustand nicht von der Stelle rühren würde. Wahrscheinlich konnte er es gar nicht. Bis es zu spät war, die nun lichterloh brennende Hütte zu verlassen. Er würde qualvoll sterben, wenn ihm keiner half.

Lukas war nicht fähig, einen klaren Gedanken zu fassen. Wäre er nur nicht hierher gekommen! Bis jetzt hatte ihn niemand gesehen. Wenn ich weg bin, kann mir auch keiner Vorwürfe machen. Er drehte sich abrupt von der Tür weg und jagte in panischer Angst quer durch den dichten Wald hinunter ins Tal, immer in gebührendem Abstand zu den Wanderwegen. Er wollte schließlich ja nicht gesehen werden. Weder Brombeer- und Himbeersträucher noch Tannen- und Fichtenzweige konnten seinen von Angst getriebenen Lauf aufhalten. Dornen und Nadeln peitschten gegen sein Gesicht. Er bemerkte sie nicht. Er fasste an seine Wange, er spürte das Blut an seinen Fingern und fühlte die Kratzer. Plötzlich hörte er wieder die Schreie der Tiere, die Paul gefangen hatte. Von einer Sekunde auf die andere herrschte Totenstille. Wurde er verrückt? Nein! Ihm wurde aber bewusst, dass die so unvermittelt abgebrochen Schreie nur bedeuten konnten, dass alle Tiere elend zugrunde gegangen waren. Die schlagartige Ruhe verstärkte seine Panik nur noch. Es war eine tödliche Stille. Aber die Angstschreie hatten sich tief im Kopf eingegraben. Sie wollten nicht enden. Und Paul? War er überhaupt noch am Leben? Hatte er sich trotz seiner momentanen Hilflosigkeit vor den lodernden Flammen in Sicherheit bringen können?

Ein schlechtes Gewissen kroch in ihm hoch. Er spürte, wie sein Puls pochte, wie trocken sein Mund war, wie eine fürchterliche Übelkeit von seinem Magen bis in den Rachen aufstieg, wie sie ihn heftig würgte und wie dieses ekelhafte Würgen und diese Beklemmung ihn nicht mehr losließen. Er erbrach sich und fand trotzdem keine Erleichterung.

Was für ein Angsthase er doch war, ein Feigling, der sich versteckt hielt, der sich wegduckte, sobald er unter Druck geriet und der mit seiner Feigheit alles nur noch schlimmer machte. Solche Menschen hatte er immer verachtet. Sein Körper hatte mit dem Erbrechen umgehend reagiert. Wie würde sich seine Psyche zur Wehr setzen? Dass sie es tat, war unbestritten. Nur wann und wie, damit ließ sie Lukas im Unklaren. In diesem Moment war er ratlos und wusste nicht, wie es weitergehen sollte.

Im Gegensatz zu Karla, die entrüstet die Flucht ergriffen hatte, war Paul wütend auf der nackten Erde im hintersten Winkel seiner Hütte sitzengeblieben. Er kramte aus seiner Hosentasche umständlich einen kleinen Notizblock und kritzelte ein paar Worte auf ein Blatt. Danach riss er es ab und starrte sekundenlang auf das Geschriebene. Er zerknüllte es hastig und warf es in die Messingschale mit der Glut, die immer noch wohlriechenden Duft verströmte. Kaum kam das Papier mit der Glut in Kontakt, loderte mit kraftlosem Zischen ein kurzes Feuer auf. Scheinbar unbeteiligt betrachtete Paul das Geschehen. Plötzlich sprang er auf und trat wie ein Irrer gegen die brennende Schale. Sofort stob Glut durch den Raum. Paul beobachtete ungerührt, wie sich die Glut Nahrung suchte, sich in die Wandbretter einfraß, genährt von Holzspänen, die reich verstreut auf dem Boden der

Hütte herumlagen. Feuer brach aus. Erst als Paul die Angstschreie der Tiere nebenan hörte, wachte er aus seiner Lethargie auf. Er wollte, ja er musste sie unter allen Umständen retten. Er stürzte ins Freie und versuchte, in dem Flammenmeer seine Tiere zu finden. Er sah, dass nicht nur die Hütte, sondern auch die Kisten, in denen sie eingesperrt waren, lichterloh brannten. Einen Hasen konnte er trotz der um sich greifenden Hitze greifen. Für die restlichen Tiere kam jede Hilfe zu spät. Eine einzelne, kleine Träne rann über das Gesicht von Paul. Es war lange her, dass er geweint hatte. Sichtbare Gefühlsregungen kannte man bei ihm nicht. Er selbst bemerkte die Träne nicht. Er sah das Feuer, die brennende Hütte, die in Flammen stehenden Kisten mit seinen Tieren und er hörte ihre Todesschreie. Regungslos nahm er auch die Vernichtung seiner mit so viel Mühe geschnitzten Masken wahr. Er erlebte dieses Fiasko, als ginge ihn das alles überhaupt nichts an.

Bei der Rettung des Hasen hatten auch seine Hose und die Jacke Feuer gefangen. Als die Hitze der Flammen seine Haut erreichten, war er zuerst einmal ungläubig überrascht, dann schrie er vor Schmerzen auf und wälzte sich im feuchten Gras vor der Hütte. Dann wurde es Nacht um ihn herum.

Es verging keine halbe Stunde, dass die Feuerwehrsirenen zu hören waren. Wanderer waren auf das Feuer aufmerksam geworden und hatten die Rettung alarmiert. Der Brandherd war schnell gefunden. Eine schwarze Rauchsäule zeigte untrüglich den Weg zur Brandstelle. Zu Löschen gab es nicht mehr viel. Der Großteil der Hütte war niedergebrannt. Bei einzelnen Bohlen loderten noch ein paar Flammen. Zuerst kümmerten sich die Floriansjünger um den verletzten Burschen, der bei ihrer Ankunft bewusstlos und zusammengekrümmt mit versengter Kleidung vor der Hütte lag. Zwischenzeitlich war Paul wieder ansprechbar. Aber er machte einen völlig teilnahmslosen Eindruck auf die Retter. Ein Feuerwehrmann ging in die Knie und sprach ihn an:

«Hast du Schmerzen? Bleib ganz ruhig, wir helfen dir. Kannst du mir antworten? Wie heißt du?»

Aber er bekam keine Antwort. Keine Reaktion. Geduldig fragte der Feuerwehrmann weiter:

«Verstehst du mich? Oder schmerzt dich das Sprechen? Einfach nicken.»

Erneut kam nichts, keine Regung bei Paul. Als sich ein neu hinzugekommener Sanitäter mit einem Kollegen behutsam daranmachte, den Verletzten auf eine Bahre zu heben, schrie Paul auf. Er stieß mit seinen Armen und Beinen wie wild um sich. Die Retter konnten sich gerade noch mit einem Sprung zur Seite in Sicherheit bringen.

«So ein Irrsinniger hat uns gerade noch gefehlt. Willst ihm helfen und wirst zum Dank auch noch tätlich angegriffen. Zum Kotzen!»

Zu seinen Kollegen gewandt, fuhr er fort:

«Wir müssen ihn aber in die Klinik nach Kempten bringen. Man kann ihn ja nicht liegenlassen in diesem Zustand. Wer weiß, wie ausgedehnt die Verbrennungen sind. Hier können wir gar nichts machen, solange der Bursche so renitent ist. Und ich habe heute Abend noch Musikprobe. Wie es ausschaut, fällt die wieder einmal flach.»

Zu viert schafften sie es mit viel Zureden und der Gabe von Schmerztropfen, den Verletzen in den Rettungswagen zu verfrachten. Kurze Zeit später setzte sich ein Polizist an seine Trage. Aber seine Fragen an Paul blieben genau so unbeantwortet wie jene der Sanitäter zuvor. Der Gesetzeshüter fragte ruhig und geduldig:

«Haben Sie das Feuer gelegt. Einfach mit dem Kopf nicken, wenn Sie es waren.»

Keine Reaktion.

«Sollen wir Sie einsperren? Wenn Sie mit uns nicht kooperieren wollen, bleibt nichts anderes übrig, als Sie dem Haftrichter vorzustellen. Ist das klar?»

Wieder keine Reaktion.

«Verstehen Sie mich? Sprechen Sie englisch, französisch, türkisch?»

Keine Reaktion. Ein Sanitäter, der dabeistand, meinte, dass er dieselben Fragen gestellt hätte und auch keine Antwort erhalten habe. Paul wurde auf der Trage in die Klinik gefahren. Auch auf der Fahrt blieb er stumm. Ein Sanitäter wollte ihm eine Infusion anlegen, wie er das für solche Vorfälle gelernt hatte. Paul wehrte sich aber vehement gegen jede Berührung. Er schlug um sich, wenn ihm jemand zu nahe kam. Sie hatten vier Mann gebraucht, um ihn auf der Trage festzubinden.

In der Klinik versuchte es zuerst eine Krankenschwester, dann ein Arzt, mit Paul eine Verbindung herzustellen, was nicht gelang. Auch konnten sie ihn nur mit größter Mühe untersuchen. Immer noch wehrte er sich gegen jede Berührung. Erleichtert stellte der junge Arzt, der kaum älter wirkte wie Paul, aber durchaus ein gewisses Selbstbewusstsein ausstrahle, fest, dass alles halb so schlimm war. Allenfalls würden später ein paar Narben bleiben.

Für Feuerwehr, Polizei und Ärzte blieb das Problem, dass keine Personalien erhoben werden konnten und und über den Hergang des Feuers weiterhin Unklarheit herrschte. Von Karla und Lukas wusste niemand etwas. Und Paul weigerte sich nach wie vor, mit jemand in Kontakt zu treten. Dem behandelnden Arzt fiel nichts anderes ein, als seinen Patienten in eine größere Klinik zu überweisen.

Karla war immer noch wütend auf Paul, als sie das Tal erreichte. Ihr linker Knöchel schmerzte zunehmend und begann, anzuschwellen. Bei ihrer überhasteten Flucht hatte sie nicht auf die vielzähligen Wurzeln geachtet, die sich am Waldboden als gefährliche Fallen entpuppten tdddd. An einem dieser Hindernisse war sie hängengeblieben und gestürzt. Als sie die Rettungsfahrzeuge hörte, blieb sie kurz stehen. Voller Sorge bemerkte sie, dass die Fahrzeuge offensichtlich in Richtung Pauls Hütte fuhren. Der ganze Ärger mit seiner Übergriffigkeit war mit einem Schlag vergessen. Den verletzten Knöchel spürte sie nicht mehr. Eine Vorahnung kroch in ihr hoch. Als dann der Krankenwagen mit Blaulicht und Sirene Richtung Kempten fuhr, war sie aufs Äußerste beunruhigt und machte sich auf den Weg in die

Klinik, die sie wegen ihrer Verletzung eh aufsuchen wollte. «Hoffentlich ist Paul nichts Ernstliches geschehen», murmelte sie an der Bushaltestelle in Sonthofen kaum hörbar vor sich her. Sie war jetzt fest davon überzeugt, dass er sich in dem Rettungsfahrzeug befand.

Eine Krankenschwester in der Aufnahme bestätigte dies. Sie berichtete Karla hinter vorgehaltener Hand von einem seltsamen Burschen, der mit Brandverletzungen eingeliefert worden war. Keiner hatte eine Ahnung, wie dieser hieß und woher er kam. Da er nicht sprach, vermuteten sie in der Aufnahmeabteilung, dass es sich um einen Ausländer handeln musste, der kein Deutsch verstand. Diese Informationen erhielt Karla auch nur, weil die Schwesternschülerin auch aus Burgberg kam und ihr nun unter dem Siegel der Verschwiegenheit das seltsame Verhalten dieses Patienten berichten wollte.

Besuch durfte Paul nicht bekommen. Die Polizei hatte diesen Fall übernommen und jeden Kontakt nach außen verboten. Da Mutter und Schwester von Paul keine Vermisstenanzeige aufgegeben hatten - sie waren der Meinung, dass sich Paul wie schon häufiger wieder einmal eine Auszeit genommen hatte - konnten sie auch nicht benachrichtigt werden.

Besorgt wegen der Hilflosigkeit von Paul kehrte Karla, nachdem ihr Bein bandagiert war, nach Burgberg zurück und überlegte, wie sie ihm helfen konnte. Er musste sich schließlich wehren und verteidigen können. Dazu musste er aber sprechen. Sie wollte herausfinden, wie sie sein Schweigen aufbrechen konnte und ihm dabei helfen, sich seinem näheren Umfeld mehr zu öffnen.

Kapitel 3

Auf dem Weg in die Chirurgie in Kempten lag Paul teilnahmslos auf einer Liege. Er ließ ohne Gegenwehr alles mit
sich geschehen. Der Brand und die erlittenen Verbrennungen, hauptsächlich aber die vorausgegangene Auseinandersetzung mit Karla hatten ihm die letzten Kräfte geraubt.
Was hatten diese jungen Sanitäter, die ihn gerade in einen
Sanka schoben, mit ihm vor? Wohin brachten sie ihn?
Warum wurde er wie ein Möbelstück behandelt? Er war
doch ein Mensch wie jeder andere auch. Er wollte nur in
Ruhe gelassen werden. Das alles war zu viel für ihn und das
unruhige Geschäft in der Klinik eine weitere zusätzliche
Bedrohung. Am liebsten wäre er aufgesprungen und davon-
gelaufen. Seine Gedanken wurden durch das Gespräch der
Sanitäter unterbrochen:

«...die Polizei nicht zu beneiden. Wie sollen die den
Brand aufklären, wenn der nicht antwortet? Zwingen kann
man ihn ja nicht.»

Sein Kollege runzelte die Stirn und meinte:

«Die Inge von der Verwaltung ist schon ganz nervös,
weil sie ohne Personalien keine Kosten abrechnen kann. Für
sie ist das nur Mehrarbeit. Kannst dir ja vorstellen, was für
eine Stimmung da herrscht.»

«Hast du was mit der? Du steigerst dich ganz schön in diese Geschichte hinein.» Und nach einer kurzen Pause: «Die könnte auch etwas mehr auf den Rippen vertragen.»

«Kümmere dich lieber um deine eigene Frau. Stimmt es, dass sie bei ihrer Mutter im Hessischen ist? Hast du vielleicht Stress mit ihr?»

«Schmarrn. Ihre Mama ist nach einem Krankenhausaufenthalt noch recht schwach. Da hilft sie ihr im Haushalt. Du glaubst auch jeden Käse, der die Runde macht.»

«Dann hat die Inge was falsch verstanden.»

«Das glaube ich auch!»

«Was passiert jetzt mit dem Stummen?»

«Ich möchte nicht in seiner Haut stecken. Die stecken ihn eh in die Psychiatrie. Dort finden sie sicher Mittel und Wege, um ihn gesprächig zu machen. Wer weiß, was der auf dem Kerbholz hat.»

«Eigentlich macht er keinen so schlechten Eindruck. Zum Schluss kann er gar nicht reden. Was ist, wenn sich alle täuschen? Ich würde ihm keine Böswilligkeit unterstellen. Die armen Kriminaler können einem aber heute schon leidtun. Vorrangig ist für sie erst einmal, ob der Bursche überhaupt schuldfähig ist.»

«Meinst du, er hat den Brand selber gelegt?»

«Da war doch niemand anderes da!»

«Das ist wahrscheinlich wieder so ein Spinner. Ich hab sowieso das Gefühl, dass die immer mehr werden.»

«Das herauszufinden ist Aufgabe von Spezialisten! Ich bin gespannt, ob sie ohne ein Gespräch etwas erreichen können. Wenn der Kerl weiter stumm bleibt, sind die doch aufgeschmissen. Das kann heiter werden.»

«Die bringen ihn schon zum Reden. Die haben doch schließlich gelernt, wie man mit so einem umgeht.»

«Eigentlich tut er mir leid. Der hat doch überhaupt keine Möglichkeit, seine Meinung zu äußern. Der junge Mann kommt mir wie ein Säugling vor, dem alle Entscheidungen abgenommen werden.»

«Ist das so blöd? Keine Sorgen mehr. Musst dich um nichts kümmern. Das würde ich mir auch mal für einen Tag wünschen.»

«Für einen Tag ja, aber sein ganzes Leben lang? Ohne mich!»

«Hast du die Reaktion von der kleinen Heidi bemerkt? Ich glaub, die hat Angst vor ihm. Traut sich nicht in seine Nähe. Macht immer einen großen Bogen um ihn.»

«Die hat doch so etwas noch nie gesehen. Sie hat ja erst vor zwei Wochen angefangen.»

«Ob die sich nicht einen anderen Beruf aussuchen sollte?»

«Ich denke, dass sie nur jetzt am Anfang so reagiert. Sie gewöhnt sich schon noch an diese seltsamen Typen wie den da.»

«Da muss sie aber noch viel lernen. In dem Beruf geht es gar nicht, andere Menschen auszugrenzen. Egal, welches Leiden oder welchen Tick sie haben. Genau so ist es mit Patienten, die, aus welchem Grund auch immer, nicht sprechen.»

«Da hast du vollkommen recht! Wo kämen wir da hin, wenn wir bei unserer Hilfe für einige Personengruppen Unterschiede machen würden. Das geht ja gar nicht!»

Und Paul? Er lag apathisch zwischen den beiden Sanitätern und musste mit anhören, was sie zum besten gaben. Sie beachteten ihn nicht. Als ob er Luft wäre. Dabei lag er vor ihnen. Paul reagierte nicht. Sein Blick war zwischen den zwei Sanitätern auf die Zimmerdecke gerichtet. Er blieb stumm. Kein Widerspruch, keine Zustimmung. Als würde nicht über ihn gesprochen. Eigentlich war er froh, dass momentan niemand mit ihm sprach und er seine Ruhe hatte. Wie lange halt.

Sein Wunsch, dass keiner ihn ansprach, ging nicht in Erfüllung. Es näherte sich bereits eine ältere Ordensfrau dem Bett von Paul. Sie zog einen Stuhl zu sich heran und setzte sich neben den neuen Patienten:

«Ich bin Schwester Irmintraut. Ich möchte mich mit dir unterhalten. Ich darf doch du sagen? Erzählst du mir, wie du heißt?»

Sie bekam keine Antwort. So versuchte sie es mit einer anderen Strategie:

«Würde es dir helfen, wenn ich dir einen Stift und ein Blatt Papier gebe? Dann könntest du mir deinen Namen darauf schreiben und du müsstest nicht sprechen. Wäre das für dich in Ordnung?»

Paul reagierte mit einem Mal, drehte sich zu der Ordensfrau und blickte in ihre Richtung, ohne sie dabei direkt anzuschauen. Schwester Irmintraut zog aus ihrer Kitteltasche einen Notizblock und einen Bleistift und hielt sie ihm hin. Paul zögerte erst, dann ergriff er den Schreibblock. Er versuchte, sich mühsam aufzusetzen, wobei ihm die Schwester sofort behilflich war. Etwas ungelenk kritzelte er seinen Namen auf das Blatt. Ein Lächeln huschte über das faltige Gesicht der Ordensfrau.

«Paul, heißt du? Da hast du aber einen schönen Namen von deinen Eltern bekommen. Kennst du den heiligen Paulus?»

Paul hatte sich wieder zurückgelegt und starrte zur Decke. Er war erschöpft. Er wollte seine Ruhe. Was wollte diese alte Frau in diesem seltsamen Kittel und dem riesigen Kreuz auf der Brust überhaupt von ihm? Warum erzählte sie Geschichten von einem heiligen Paulus? Konnte sie nicht lesen? Er hatte Paul geschrieben und nicht Paulus. Diese Frau war ihm viel zu anstrengend. Und wie sie überhaupt angezogen war. Schreiben würde er auch nicht mehr. Was war das für eine Klinik, in der die Schwestern nicht einmal richtig lesen konnten?

Mit diesen Gedanken schlief Paul ein. Schwester Irmintraut erhob sich, räumte ihren Stuhl zur Seite und verließ enttäuscht das Krankenzimmer. Wie froh gelaunt war sie doch gewesen, als Paul seinen Namen auf das Papier gekritzelt hatte. Aber das darauf folgende Desinteresse zeigte der erfahrenen Ordensfrau, wo ihre Grenzen lagen. Sollten sich doch die Ärzte mit diesem schwierigen Fall herumschlagen, die schicken den sowieso in die Psychiatrie. Da gehörte er auch hin. Die hatten solche Fälle doch studiert. Die Jungen von ihnen wussten eh alles besser. Sie hatte genügend andere Arbeit auf der Station. Ganz wohl war ihr aber nicht dabei zumute. Ihr tat der arme Kerl leid. Hoffentlich konnte man ihm helfen. Einen guten Kern hatte doch jeder Mensch, dachte sie. Gerade bei diesem jungen Burschen hatte sie ein positives Gefühl gehabt, obwohl er ihr reichlich seltsam vorgekommen war.

Als Paul erwachte, musterte er sein Krankenzimmer. So sah also ein Krankenhaus in der Stadt aus. Eigentlich war es hier recht friedlich, wenn nicht gerade eine Schwester oder ein Kriminalpolizist ihn bedrängten und mit Fragen bombardierten. Und keiner bemerkte, wie belastend das für Paul war. Er war durch die bohrenden Fragen nach seinem Namen und dem Brand der Hütte an die Grenze seiner Belastbarkeit gelangt. Er unterbrach mit unkontrollierten Abwehrbewegungen die Belästigung eines Polizisten, der in diesem Moment an sein Bett herangetreten war, um ihn erneut zu befragen. Paul wollte ja nicht vollends zugrunde gehen, er musste sich einfach wehren. Erreichen konnte er damit aber nichts. Zwar zog sich der Polizist aus dem Krankenzimmer zurück, dafür kam so ein Weißkittel, der noch mehr Fragen stellte. Folglich blieb Paul nichts anderes übrig, er ließ alle auf ihn zukommenden Fragen von sich abprallen. Ihm war egal, ob er als psychisch krank betrachtet würde, wie die Sanitäter vermuteten. Er wollte nur seine Ruhe.

Er hatte immer schon gespürt, dass die anderen nicht mit ihm zurechtkamen. Sie ließen ihn einfach nicht so sein, wie er war und wie er sein wollte. Auf Hilfe konnte er nicht hoffen. Also wartete er ab, was kommen würde. Er war auf sich gestellt, wie in seinem bisherigen Leben auch. Seine Mutter und Lea fehlten ihm, sie hatten sich daran gewöhnt, dass er nur noch sporadisch zu Hause vorbei kam. Auch Karla trauerte er nach. Lukas weniger.

Die Zukunft von Paul war ungewiss. Als ersten Schritt hatte die Staatsanwaltschaft ein Gutachten in Auftrag gegeben, ob er überhaupt schuldunfähig war. Eine versierte Psychiaterin nahm sich dem Fall an. Schnell hegte sie Zweifel, ob der Autismus die alleinige Störung des Patienten war. Sie überlegte, ob bei der Tat eine Minderbegabung, eine Schizophrenie, eine Manie oder ein akuter Erregungszustand als zusätzliche Erkrankung infrage kämen. Ebenso schnell wurde ihr aber klar, dass sie dies nicht abklären konnte, da der Patient nicht richtig mitmachen wollte, eventuell gar nicht konnte. Die Feststellung, ob eine Kombination dieser Erkrankungen vorlag, wäre für die Beurteilung aber wichtig gewesen. Sie hätte dann eine aufgehobene Schuldfähigkeit nicht ausschließen und eine verminderte Schuldfähigkeit annehmen können. Dies teilte sie der Staatsanwaltschaft in ihrem Bericht mit und empfahl eine stationäre Beobachtung.

Also wurde er in die psychiatrische Klinik nach Kaufbeuren verlegt, wo er auf der geschlossenen Aufnahmestation in einem Überwachungsraum untergebracht wurde. Paul war froh, weil er in diesem karg eingerichteten Raum zumindest sicher sein konnte und nicht ständige Unruhe und Hektik herrschte. Der Chefarzt der Abteilung, Dr. Klemmer, ein erfahrener alter Hase, interessierte sich für den neuen Patienten. Paul wurde zum Demonstrationsobjekt für die jungen Mitarbeiter. «Autismus verbunden mit Mutismus» dozierte Dr. Klemmer, «ausgeprägt und durch ein schwieriges soziales Umfeld chronifiziert. Typisch: Anstelle zu helfen hat man ihn wegen seiner Andersartigkeit bestraft, vielleicht sogar gegängelt. Das braucht Jahre und viel Zuwendung, um ihn einigermaßen sozial zu integrieren und zu erfahren, was in ihm vorgeht. Er weicht vor jedem Neuen zurück. Jeder Reiz, auf den er sich nicht vorbereitet hat, erschreckt ihn. Wenn es dann zu viel wird, gerät er in Panik. Das ist kein Sonderling, der ist schwer krank. Der bleibt im Einzelzimmer und wird täglich von einem von uns angesprochen, am besten von Ihnen, Frau Kollegin Schmitt. Männer wirken auf ihn zu bedrohlich. Aber aufgepasst Frau Schmitt, halten Sie Abstand und überfordern Sie ihn nicht. Die Gutachterin scheint mir auf dem Holzweg zu sein. Da braucht es keine Vielfacherkrankung, um zum §20 zu kommen. Bei einer so schweren Störung reicht schon eine ausgeprägte seelische Erschütterung oder eine massive Reizüberflutung, um völlig unreflektierte Abwehrreaktionen auszulösen. Zum Beispiel ein wütender Fußtritt in ein Feuer. Und dann sind solche Menschen so apathisch, dass sie sich um nichts mehr kümmern, auch wenn ihnen die Hütte über dem Kopf abbrennt. Sie haben einfach keine Kraft mehr. Gott sei Dank sind solche Fälle ganz selten. Ich bin überzeugt, es ist bei unserem Fall hier deswegen so schlimm, weil man ihm nicht rechtzeitig geholfen hat. Das hätte spätestens geschehen müssen, als er in die Pubertät kam, viel besser wäre es gewesen, wenn die Hilfe schon im Kindergarten eingesetzt hätte. Das könnt Ihr Euch merken, wenn Ihr mal in der Praxis draußen seid und verzweifelte Eltern mit so einem Kind kommen.»

Bei der folgenden Gerichtsverhandlung gab es einen Zwischenfall. Der Richter hatte versucht, Paul mit gezielten Fragen zu einer Antwort zu drängen. Dies blieb nicht ohne Folgen. Paul rastete in der Verhandlung völlig aus, hyperventilierte und lief Gefahr, in eine Bewusstlosigkeit zu fallen. Ein anwesender Gerichtsarzt reagierte sofort und stülpte Paul eine Plastiktüte über Mund und Nase. Nach kurzer Zeit atmete Paul regelmäßig, wurde aber zur weiteren Untersuchung in die Klinik verbracht.

Dieser Vorfall bestätigte, was Dr. Klemmer in seinem Bericht geschrieben hatte und überzeugte sowohl die Gutachterin wie das Gericht, dass es gut sein konnte, dass bei der Tat Vergleichbares aufgetreten war. Sie hielt es nun für denkbar, dass bei der Tat Vergleichbares aufgetreten war und Paul somit als schuldunfähig galt. Sie sah auch die Gefahr, dass er wieder in vergleichbare Situationen geraten ähnliche Taten begehen könnte.

Paul wurde wegen Schuldunfähigkeit freigesprochen. Das Gericht ordnete die sofortige Unterbringung im psychiatrischen Maßregelvollzug an. Bereits am nächsten Tag wurde Paul nun für unbegrenzte Zeit in die Maßregelvollzugsklinik nach Kaufbeuren zurückverlegt.

Kapitel 4

«Es ist nichts mehr so, wie es einmal war.» Dieser alte
Spruch setzte sich in den Gedanken von Lukas fest, seit er
seinen hilflosen Freund Paul in der brennenden Hütte über-
hastet allein gelassen hatte. Immer wieder zerbrach er sich
den Kopf: Warum habe ich meinem Freund nicht geholfen?
Warum bin ich Hals über Kopf abgehauen? Wo lag das
Problem, dass ich mich nicht durchringen konnte, Paul aus
der Hütte zu ziehen? Das Feuer hatte sich doch zu diesem
Zeitpunkt noch nicht auf den gesamten Raum ausgebreitet
und ich hätte dem Freund gefahrlos beistehen können.
Warum war von meiner Hilfsbereitschaft nichts zu spüren?
Von den Bekannten wurde sie früher doch so gelobt! Und
jeder wusste, auf den Lukas ist Verlass! Warum nicht hier?

Sein Experiment war gründlich schief gegangen. Paul
war in der Psychiatrie verräumt. Er lebte wenigstens. Aber:
Warum kümmerte sich Lukas nicht um Paul in der Psychiatrie? Das musste beantwortet werden.

Lukas hatte sein eigenes Selbstbild zerstört. Er war nicht
der liebe, nette, souveräne Kerl, als den er sich bisher
gesehen hatte. Er war ein Schwächling, der kniff, wenn es
ernst wurde und es nicht nach seinem Willen ging. Die
Geschichte mit Paul hatte ihm seine Grenzen und seine
Überheblichkeit aufgezeigt. In seinem Denken machte er

Paul für die Zerstörung seines Selbstbilds verantwortlich. Zunehmend wurde ihm bewusst, dass auch Karla dabei eine entscheidende Rolle spielen musste. Er hatte sich nicht vorstellen können, dass dieser Autist ein so attraktives Mädchen an sich binden konnte. Dass er sich jetzt wie ein schäbiger Voyeur fühlen musste, wurmte ihn fürchterlich. Er musste daher versuchen, sowohl Karla wie auch Paul aus seinem Bewusstsein für immer zu verdrängen.

Es gab aber einen Punkt, mit dem Lukas überhaupt nicht zurechtkam. Es benötigte Monate der Niedergeschlagenheit, bis ihm dämmerte, dass sein desolater Zustand mit der Freundin von Paul zutun haben könnte. Mit Karla, die ihn von Beginn an fasziniert hatte. War er damals eifersüchtig auf Paul gewesen? Doch das schloss er nach kurzer Überlegung entschieden aus. Ein Lukas und Eifersucht. Das war wirklich lächerlich! Das konnte nicht sein. Das passte einfach nicht zusammen. Seine Leidenschaft für das Mädchen ließ sich aber nicht einfach abschalten. Letzten Endes musste er sich eingestehen, dass seine Vorwände ihn selbst an der Nase herumgeführt hatten. Er musste erkennen und wahrhaben, dass er sich täuschte, und entschloss sich, ganz bewusst zu vergessen. Karla und Paul, und alles, was mit ihnen zu tun hatte.

Zwei Jahre nach dem Brand schaffte Lukas das Abitur mit einem recht ordentlichen Abschluss. Die Überlegungen, welcher Beruf für ihn am ehesten infrage kommen könnte, gestalteten sich schon schwieriger. Es musste schon etwas sein, wo man Karriere machen konnte. Außerdem wollte er es mit vielen Menschen zu tun haben. Er konnte sich auch immer gut in die Gedankenwelt anderer Leute hineinversetzen. Letztendlich beschloss er, Jura in Ulm zu studieren. Da hatte er viele Optionen, sich gut zu positionieren. Ihm schwebte die Karriere als erfolgreicher Rechtsanwalt vor. Da hatte er die Möglichkeit, sich zu profilieren und in der Öffentlichkeit zu glänzen. Überzeugend reden konnte er ja, das schien ihm in die Wiege gelegt worden zu sein. Kein Wunder, hatte er doch zwei Lehrer als Eltern.

Er dachte nur noch selten an Paul. Er passte einfach nicht mehr in seine Welt. Ein beredter Jurist und ein schweigender Autist waren wie Feuer und Wasser! Das fügte sich nicht zusammen.

Die Zeit an der Universität genoss er in vollen Zügen. Wenn er sich nicht mit den Gesetzbüchern auseinandersetzte, verbrachte er seine Freizeit in Kneipen mit Bier und Mädchen. Wählerisch war er dabei weniger. Das änderte sich aber, seit er öfter an Karla dachte.

Der Umgang mit den Mädchen wurde problematischer. Meist war nach ein paar Tagen wieder Schluss. Dauerte die Beziehung länger, stand er vor einem schier unüberwindbaren Problem: Obwohl er Karla vergessen wollte und ihr nie wieder begegnet war, verglich er jede potenzielle Partnerin mit ihr. Und tatsächlich hatte jedes dieser Mädchen eine verblüffende Ähnlichkeit mit ihr. Die feurigen Augen, das herrlich gelockte Haar, rundum alles passte. Wurde er mit seiner neuen Flamme intim, schwand, nachdem der Reiz des Neuen abgeklungen war, wiederholt seine Potenz und manches Mal auch schon bei der ersten intimen Begegnung. Daran waren schon einige Beziehungen gescheitert. Das war nicht nur peinlich, sondern zutiefst kränkend. Mehrfach hatten ihm die enttäuschten Partnerinnen vorgeschlagen, einen Arzt aufzusuchen, was er aber nie befolgte. Lukas fürchtete, dass auch ein Mediziner nicht wirklich helfen konnte, nachdem schon die blaue Pille nur vorübergehend Abhilfe geschaffen hatte. Es befiel ihn auch mehr Angst vor Intimität, was zur Folge hatte, dass er fortan verführerischen Situationen ausgewichen war.

Lukas erinnerte er sich an dieses seltsame Gefühl, das ihn exakt zu dem Zeitpunkt beschlich, an dem ihm seine Potenz einen Strich durch die Rechnung machte: Es war das gleiche mulmige Gefühl, die gleiche Unsicherheit und das gleiche Versagen wie beim Brand in der Hütte. Er war nicht nur ein Voyeur bei der Auseinandersetzung zwischen Paul und Karla, er war ein Feigling und jetzt auch noch ein Versager im Bett. Sollte ihn das sein Leben lang verfolgen? Das alles schien sich tief in seinem Unterbewusstsein festgesetzt zu haben. Es ließ sich auch nicht vertreiben, so sehr er sich bemühte.

Immer wieder versuchte Lukas, durch häufig wechselnde Frauenbekanntschaften diesem Problem aus dem Weg zu gehen. So sehr er sich anstrengte, es gelang ihm nicht. Im Gegenteil. Mit jedem neuen Kontakt wuchs seine Verzweiflung und die Angst, ein Versager zu sein.

Das passte überhaupt nicht zum Erfolg im Studium. Dort schaffte er die Prüfungen trotz des ausschweifenden Lebens mit Auszeichnung. Dass er diesen Lebenswandel auf Dauer nicht durchhalten konnte, war im bewusst. So konnte und wollte er nicht weitermachen. So reifte in ihm der Entschluss, in Zukunft auf jegliche Partnerschaften und somit auf Sex zu verzichten. Natürlich zeitlich begrenzt, nicht für immer. Da hätte er sich ja gleich umbringen können. Seine Zukunftsvision blieb eine Familie mit Kindern. Und nicht zu vergessen, ein privilegiertes Leben als bekannter Jurist.

Dass er plötzlich ohne weibliche Begleitung war, wurde an der Universität von seinen Kommilitonen mit Erstaunen registriert. Er, der Weiberheld, plötzlich solo. Was war geschehen? Gab es einen triftigen Grund? Wilde Spekulationen machten die Runde. Einige hänselten ihn, ob er seit Neuestem das Lager gewechselt hätte. Lukas ließ sich nicht beirren, er behielt seinen eingeschlagenen Weg bei.

Bis zu dem Tag, als er zur Antrittsfeier seiner Assessorenstelle Gäste einlud. Hier lernte er die Tochter seines Doktorvaters kennen. Bei ihr stellte er fest, dass sie ihn heftig anzog. Sie besaß auch zu seiner Freude keine Ähnlichkeit mit Karla und so hoffte er eindringlich, dass er sein enthaltsames Leben bald beenden konnte.

Wie aber gewann er die junge Frau für sich? Mit flapsigen Sprüchen war bei ihr nichts zu holen. Maria war selbstbewusst und klug. Sie hatte es verstanden, sich unter den oft männlichen Studenten der juristischen Fakultät durchzusetzen, ohne an Beliebtheit einzubüßen. Sie war

Lukas ebenbürtig. Das wusste er von Anfang an und das forderte ihn heraus und entfachte seine Leidenschaft für dieses Mädchen. Er hatte eine schwierige Aufgabe vor sich. Er stellte sein Leben rigoros um. Er verzichtete auf Alkohol. Sogar das allabendliche Glas Rotwein verkniff er sich. Er hörte auf zu rauchen und schloss entschieden jeden anderen Drogenkonsum aus. Auch bemühte er sich nicht, mit ihr gleich ins Bett zu kommen. Er hatte in einer Vorlesung über sexuelle Störungen gehört, dass ein langsames Herantasten, ein Aufrechterhalten der Erregung ohne Geschlechtsverkehr, ein Gewinn an Vertrauen und Selbstvertrauen erzeugt und die ersten Schritte sind, um die Angst vor dem Versagen zu überwinden. Und es wirkte tatsächlich.

Mit Maria ließ sich Lukas Zeit und sie genossen es. Sie spielten viel miteinander, unbekümmert wie kleine Kinder und als es dann soweit war, empfanden beide einen Genuss, den sie bislang noch nicht gekannt hatten.

Bereits nach sechs Monaten wurde Verlobung gefeiert und ein weiteres halbes Jahr später stand die Hochzeit an, was er nicht ganz so flott geplant hatte. Maria war schwanger geworden. Beiden war bewusst, was in den Kreisen, denen sie ja zugehören wollten, in diesem Fall erwartet wurde. Zudem wollten sie als normale Familie gelten und einem Neugeborenen eine sichere Heimat bieten. Im Kollegenkreis kam das großartig an. Respekt und Anerkennung besaßen für beide einen gewaltigen Stellenwert. Das bedeutete nicht die einzige Veränderung. Es stand der Umzug nach Lindau an. Dort hatten die Eltern von Maria ein frisch renoviertes Haus am Ufer des Bodensees geerbt. Eigentlich wollten sie ihren Lebensabend dort verbringen, entschieden sich aber, in Ulm zu bleiben. Hier hatten sie bald zahlreiche Freunde und waren angesehene Leute. Und die junge Familie bekam ein vorzeigbares Zuhause.

Es blieb nicht bei diesem einzigen Kind. Maria wurde bereits nach einem Jahr erneut schwanger. Zu dem bereits geborenen Jungen gesellte sich nun ein Mädchen. Alles wegen der gesunden Seeluft, wie Lukas liebevoll seiner Frau erklärte. Eine rundum zufriedene Familie. Auch beruflich lief es für Lukas ausgezeichnet. Sein Rat war gefragt und es gab Zeiten, in denen er Klienten abweisen musste, obwohl er jeden Tag bis in die Nacht hinein arbeitete. Wenn er dann abends ausgelaugt nach Hause kam, konnte er sich abgeschirmt von den Sorgen des Alltags erholen. Maria hatte alles im Griff, erzog die Kinder auch in seinem Sinn und sorgte dafür, dass Lukas ein sorgenfreies Familienleben genießen konnte. Mit Maria hatte er das große Los gezogen.

Wäre da nicht sein schlechtes Gewissen erneut aufgetaucht. Der Vorwurf nagte an ihm, seinen Freund gerade dann im Stich gelassen zu haben, als der dringend seine Hilfe benötigte. Wenn er zur Ruhe kam und im Stillen seine Frau betrachtete, meldeten sich seine Schuldgefühle regelmäßig. Je sicherer er sich in seinem Glück fühlte, desto unaufhaltsamer drangen die Gedanken an Paul und dessen Unglück in ihm empor. Nicht Paul war in seinem Experiment gescheitert, Lukas hatte auf ganzer Linie versagt.

Er wusste in diesen friedlichen Stunden, dass damals die Eifersucht auf Paul wegen Karla ursächlich für sein schändliches Verhalten war. Und niemand konnte ihn von dieser Schuld zu befreien. Paul vielleicht? Aber der war aus seinem Blickfeld verschwunden. Wie es ihm ging, wusste Lukas nicht. Er hatte auch nie versucht, Näheres über ihn zu erfahren. In den Zeitungen war zwar von dem Brand und einem Verdächtigen berichtet worden, in einem Nebensatz war auch von nicht lebensgefährlichen Verletzungen die Rede. Aber es wurde kein Wort darüber verloren, was weiter mit Paul geschehen sollte. Lukas musste mit seiner Schuld leben.

Kapitel 5

In einem ruhigeren Bereich der Seepromenade in Friedrichshafen saß Karla auf einer Parkbank und lächelte zufrieden. Es war nicht der paradiesische Blick auf die Schweizer Berge und die vorbeiziehenden Segelschiffe, auch nicht die leise plätschernden Wellen des Bodensees, wenn gerade ein Dampfer vorbei fuhr. Grund für ihre ausgelassene Stimmung war das große braune Kuvert, das sie mit feuchten Händen wie einen Schatz umklammerte. Bedächtig zog sie zum wiederholten Mal das Diplom heraus und vergewisserte sich, dass sie keiner Täuschung erlag. Von heute an war sie Logopädin, Sprachtherapeutin. Vier Jahre hatte sie geschuftet, um ihren Traum wahr werden zu lassen. Sie vergaß aber nicht, wie viel Glück ihr dabei geholfen hatte.

Paul war nach dem Krankenhausaufenthalt im Austausch in den Maßregelvollzug auf die Reichenau überstellt worden, weil man hoffte, dass Paul hier besser individuell gefördert werden konnte. Er hatte zudem das Glück, dass er als dringender Fall eingestuft worden war. Da auf der Insel Reichenau ein Therapieplatz im Maßregelvollzug durch eine Verlegung von dort nach Kaufbeuren frei geworden war, bekam er den Zuschlag. Karla erfuhr davon dank ihrer weiterhin gute Beziehungen zu einer Krankenschwester, mit der sie seit ihrer Kindheit gut befreundet war. Ohne einen Namen zu nennen, hatte die Freundin Karla von dem komischen Kauz erzählt, der wegen Brandstiftung im Maßregelvollzug untergebracht war.

In Kaufbeuren wurde dieser sonderbare Kauz von den älteren Schwestern wenig beachtet. Da er nicht kooperativ war und nicht sprach, sahen sie keinen Grund, sich zu engagieren, wo doch andere Patienten auf die für sie notwendige Betreuung wenigstens eine Reaktion zeigten. So übernahm eine Schwesternschülerin bei dem Kauz, wie er auf Station nur noch hieß, alle Aufgaben. Sie kam aus einem Bergbauerndorf und kannte von ihrem Opa diese Einsilbigkeit und Zurückgezogenheit. Daher ließ sie ihrem Patienten seine Ruhe. Schon nach kurzer Zeit der Isolation bemerkte sie eine Veränderung bei dem Kauz, die von einem Arzt untermauert wurde, als er die Schwestern über Autismus aufklärte. Die monotone Routine des Alltags in der Klinik, die fehlende Abwechslung, die den übrigen Patienten zu schaffen machte, genoss ein Autist eher.

Die Schwestern sollten aber aufmerksam sein, da immer auch die Gefahr bestand, dass ihr Patient in seiner Zurückgezogenheit und seiner Vermeidungshaltung verharrte. Dann konnte es keine Veränderungen geben, die man ja erreichen wollte. Man musste ihm auf der einen Seite seine Routine und die Monotonie seiner Wiederholungen lassen, um ihn nicht zu überfordern. Andererseits sollte man ihn auch immer wieder zu Kontakten und Teilnahme an Spielen, wie

Schach, Dame oder Mühle, auffordern. Die Hoffnung der Therapeuten war, dass der Patient Spaß daran fand, wenn er mit wechselnden Aufgaben beschäftigt wurde. Die Schwesternschülerin befolgte diese Ratschläge und kam von Woche zu Woche mit Paul besser zurecht. Beim Mühlespiel war Paul zur Freude der Schülerin fast immer der Sieger, was ihm sichtlich guttat. Er war für sie auch nicht mehr der Kauz, er hatte jetzt einen Namen. Sie nannte ihn fortan nur noch Paul, allen Frotzeleien der Kolleginnen zum Trotz. Der Erfolg gab ihr recht. Paul war zu ihr weiterhin reserviert, aber vielleicht etwas weniger als zu den anderen. Der Nebeneffekt war, dass sich die Schülerin fast wie zu Hause bei ihrem Opa fühlte. Das gab ihr Kraft und Selbstvertrauen.

Nach langer Zurückgezogenheit und Selbstisolation hatte Paul schließlich angefangen, in der Beschäftigungstherapie fratzenhafte Masken zu schnitzen. Die Ärzte hatten sich zuerst wegen der zahlreichen scharfen Werkzeuge bedroht gefühlt und wollten ihm das verbieten. Bis ein alteingesessener Pfleger die Masken voller Bewunderung betrachtete und dem Personal erklärte, was es mit den Perchten auf sich hatte und wie kunstvoll und perfekt Pauls Masken geschnitzt waren. Das hatte bei den Ärzten so tiefen Eindruck hinterlassen, dass sie überlegten, wie sie Paul vielleicht doch noch helfen konnten. Es war bekannt, dass es in der Reichenau eine ausgezeichnete Kunsttherapie gab. Deshalb hatte man sich bemüht, den Kauz in den Maßregelvollzug, wie die Unterbringung von psychisch kranken Straftätern durch ein Gericht heißt, auf die Insel Reichenau zu verlegen, was durch einen glücklichen Plätzetausch gelang. So landete Paul auf der Bodenseeinsel.

Karla hatte sofort gewusst, wer der seltsame Kauz war, und nach seiner Verlegung reagiert, ohne eine Sekunde zu zögern.

In Friedrichshafen hatte es die Möglichkeit für ein duales Studium für Sprachtherapie gegeben. Hier am Bodensee lebte auch Monika, eine Tante von Karla, die im Nebenerwerb in ihrem Elternhaus eine schmucke Pension für Feriengäste betrieb. Als diese Tante von Karlas Plan erfahren hatte, war sie ganz aus dem Häuschen gewesen und hatte ihrer Nichte angeboten, für sie kostenfrei ein Zimmer freizuhalten. Tante Monika lebte alleine, war übergewichtig und zuckerkrank. Zudem war sie wegen seit Kurzem auftretenden Herzbeschwerden sehr ängstlich geworden. Deshalb freute sie sich, eine vertraute Verwandte um sich zu haben, sollte sie einmal schwer erkranken.

Dann war alles recht schnell gegangen. Karla hatte in dem Institut für Sprachtherapie einen Platz bekommen. Jetzt zahlte es sich aus, dass sie trotz anfänglicher Bedenken doch noch das Fachabitur über ein Fernstudium abgelegt hatte.

Die folgenden vier Jahre waren die schönste Zeit ihres bisherigen Lebens gewesen.

Karla war eine gute Studentin, und das Studium machte ihr Spaß. Sie wusste, was sie wollte: Sie wollte die beste Logopädin werden, die selbst die Stummen wieder zum Reden brachte. Sie hatte erfahren, wie es war, der Stummheit zu begegnen, und sie wusste, wie Sprachlosigkeit und Feinfühligkeit sich im Wege gestanden hatten. Diesen Widerspruch hatte sie versucht zu überbrücken – und war gescheitert. Jetzt wollte sie wissen, wie es wirklich gehen kann. Das spornte ihren Eifer an. Gerne erinnerte sie sich daran, wie eine ihrer erfahrenen Ausbilderinnen sie sorgenvoll gefragt hatte, ob sie sich nicht übernehme. Sie hatte damals mit einem gewissen Stolz geantwortet: «Man muss das Unmögliche glauben, damit das Mögliche wahr wird». Dieser Satz war ihr damals spontan gekommen, sie hatte ihn aber so treffend empfunden, dass er fast wie ein Leitmotiv für sie wurde.

Aber sie war keine Streberin, sie war eine Frau, die sich ihrer Wirkung wohl bewusst war. Und auch da war sie erfolgreich. Sie lernte interessante Leute kennen, junge Männer, die sie beeindrucken wollten, die sie auf ihre Jacht mitnahmen, sie auf Reisen einluden, ihr die Welt zeigen, ja sogar vom Studium abbringen wollten, um sie ganz in Beschlag nehmen zu können. Karla war kein Kind von Traurigkeit, aber sie hatte ihre Grenzen. «Alles ist erlaubt», hatte sie sich nach den ersten ernsthaften Abenteuern gesagt, «solange ich Spaß daran habe und es mich nicht von meinem Ziel abbringt». Das war auch wie ein Wahlspruch für sie geworden. Was aber war ihr wirkliches Ziel? Darüber würde sie noch nachdenken müssen.

Aber irgendwie schwebte ihr vor, ihren Patienten über die Sprache den Weg zu Gefühlen zu ermöglichen, den Horizont zu weiten, das Miteinander erfahrbar zu machen. So ganz stimmte das noch nicht! Immer wieder hatte sie nachgedacht: Vieles davon kann man durch Berührung, durch Deuten, durch Mimik, Gestik und Körpersprache erreichen, so wie bei den Gehörlosen. Aber es fehlte dann an dem Feinen, an der Vielfältigkeit der Emotionen und der Vermittlung der Gefühle. «Liebe ohne Worte ist wie eine Suppe ohne Salz» hatte ihre Oma immer gesagt. Das ist nur durch die Sprache möglich.

Das Studium war abwechslungsreich und hatte es Karla ermöglicht, als Praktikantin im Maßregelvollzug auf der Insel Reichenau zu arbeiten.

Hier war sie Paul zum ersten Mal wieder begegnet. Sie wurde damals aber maßlos enttäuscht. Sie hatte erwartet, dass er ihr freudestrahlend entgegenkommen würde. Das Gegenteil war der Fall gewesen. Er hatte sich bei ihrem Anblick abrupt abgewandt. Es hatte den Anschein gehabt, als schmollte er wie ein beleidigtes Kind, das allein gelassen worden war. Im ersten Moment hatte sie der Zorn gepackt, aber nur kurz. Schon bald darauf fühlte sie ein unsägliches Bedauern. Sie wusste zu dieser Zeit nicht, ob es Mitleid oder Zuneigung war. Am Liebsten hätte sie ihn beschützend und tröstend in den Arm genommen. Sie war aber durch Pauls Reaktion in der Hütte gewarnt und hatte sich von nun an vorgenommen, ihm bei der nächsten Begegnung distanzierter gegenüberzutreten. Das hatte tatsächlich geholfen. Nach einiger Zeit war er ihr gegenüber offener. Er schien in jenen Tagen sogar ihre Nähe zu suchen, da er öfter auf den Stationsgang hinauskam, wenn sie sich dort aufhielt. Vielleicht erwartete er, von ihr angesprochen zu werden.

Ihr Gefühl hatte sie nicht betrogen. Eines Tages kam Paul auf sie zu und nickte kurz. Dies nahm Karla zum Anlass, ihm wie beiläufig zu erklären, dass sie ihm gerne helfen wolle. Deshalb studiere sie auch in seiner Nähe. Sie hoffe, dass er vielleicht in der Zukunft wieder sprechen könne.

Paul wirkte zunächst verlegen und lächelte auch nicht. Er schaute sie auch nicht an, sondern blickte an ihr vorbei ins Leere. Er ging auch nicht weg oder verhielt sich ablehnend. Karla sah darin eine Bestätigung ihres Vorgehens.

Für Karla war es nach dem Examen kein Problem, eine Stelle als Sprachtherapeutin am Zentrum für Psychiatrie auf der Reichenau zu bekommen. Die Wohnungssuche war da schon schwieriger. Nach einigen Rückschlägen half ihr die Tante, eine günstige Wohnung zu finden. Mit Erfolg! Dank der Beziehungen der Tante schaffte es Karla, eine gemütliche Zweizimmerwohnung zu einem annehmbaren Preis zu ergattern. Danach ersteigerte sie günstig ein altes Fahrrad und gondelte täglich die drei Kilometer von ihrem neuen Zuhause zum Arbeitsplatz.

Die Hauptaufgabe von Karla bestand darin, Patienten, die einen Schlaganfall erlitten und Schwierigkeiten beim Sprechen hatten, mit Sprachübungen auf ein eigenständiges Leben vorzubereiten.

Die Ärzte und das sonstige Personal waren von ihren Erfolgen beeindruckt. „Die schaut nicht nur supergut aus, die kann auch was", meinte der Stationspfleger bei einer

Besprechung im Stationszimmer. Der Stationsarzt bestätigte das und fragte wie nebenbei:

«Kennt jemand die Karla näher? Hat die Familie oder ein Freund?»

Worauf eine etwas ältere Psychologin meinte:

«Gell, die wär schon ein Abenteuer wert! – Aber du bist ja verheiratet. Da geht gar nix! Denk nicht mal dran!».

«Warum nicht?»

Fragte der Stationsarzt verblüfft.

«Weil der Chef Liebeleien beim Personal nicht mag, und das ist auch gut so! Da sind uns schon viele Streitereien erspart geblieben.»

Damit war das Thema zunächst erledigt.

Eines Tages kam ihr Vorgesetzter auf sie zu und überreichte ihr eine Akte. Als sie den Patientennamen Paul Fuhrmann las, schoss Karla vor Freude das Blut in den Kopf. Ihr war sofort klar, dass es sich um *ihren* Paul handeln musste, obwohl sie bisher nur den Vornamen von ihm kannte. Deshalb war sie bis in die Haarspitzen gespannt, was folgen würde. Sie hoffte nur, dass der Vorgesetzte nicht mitbekam, dass sie eine Freundschaft mit Paul verband.

«Karla, ich hätte einen ganz speziellen Fall von Mutismus und Autismus, mit dem wir bisher nur schwer bis gar nicht vorankommen. Sie sind die Mitarbeiterin mit dem jüngsten Studienabschluss. Wir hoffen, dass Sie uns mit den neuesten Ergebnissen in der Sprachwissenschaft möglicherweise behilflich sind. Können Sie sich vorstellen, diesen hartnäckigen Fall zu übernehmen? Sie würden allen damit sehr helfen.»

Aufgeregt antwortete Karla:

«Klar mache ich das. Gerade im Bereich des Mutismus wurden in letzter Zeit ganz erfreuliche Langzeitergebnisse erreicht. Einen Versuch ist es auf jeden Fall wert. Vielen Dank, dass Sie an mich gedacht haben und mir diese Gelegenheit geben.»

Karla verlor keine Zeit und studierte die Akte von Paul noch am selben Tag. Viel Neues stand nicht drin. Alles bekannte Fakten. Einzig die dringliche Warnung, den Patienten vor Feuer, Streichhölzern und Ähnlichem fernzuhalten, war für sie befremdlich. Sie wusste es besser, Paul war ihrer Meinung nach nicht gefährlich. Aber das konnte sie ja niemandem erklären, ohne preiszugeben, dass zwischen ihnen so etwas wie eine Beziehung bestand.

Tatsächlich waren aber in den Unterlagen Hinweise vorhanden, dass es auf der Station, auf der Paul untergebracht war, zweimal Feueralarm gegeben hatte. Jedes Mal hatte ein Papierkorb gebrannt. Paul konnte für diese Zündelei nicht verantwortlich gemacht werden. Aber der Verdacht gegen ihn wurde nicht entkräftet. Auffällig war, dass es nach Recherchen des Personals Spannungen zwischen Paul und einem Mitpatienten gegeben hatte. Dabei wurde gemutmaßt, dass theoretisch auch ein Mitpatient infrage kommen könnte, der den Verdacht auf Paul hatte lenken wollen. Der aber trug leider durch sein konsequentes Schweigen nichts zur Klärung der Vorfälle bei. Im Gegensatz dazu bestritt der Mitpatient von Paul von Anfang an eine Täterschaft wortreich. Der Fall wurde nicht aufgeklärt. Karla war aber trotz einer gewissen Irritation überzeugt, dass Paul unschuldig war, und fieberte dem folgenden Tag entgegen.

Am nächsten Morgen erkundigte sich Karla, in welchem Zimmer Paul untergebracht war. Dabei erfuhr sie, dass er in ein Einzelzimmer verlegt worden war, da sich jeder Zimmergenosse bereits nach kurzer Zeit beschwerte, dass dieser Sonderling, der noch dazu nicht sprach, eine schreckliche Zumutung sei.

Bevor sie anklopfte, überdachte Karla nochmals ihr Vorgehen. Sie wollte Paul auf keinen Fall zu nahe kommen, ihn nicht mit Fragen überrumpeln, ihm die Möglichkeit geben, sich an sie als seine neue Therapeutin zu gewöhnen. Er musste ja bewusst mit dem Verstand das erlernen, was normale Menschen intuitiv schon wissen. Eine Situation richtig einzuschätzen, war für Paul nahezu unmöglich. Sie durfte keinen Fehler machen und musste äußerst behutsam vorgehen. Ihre erste große Aufgabe würde sein, Pauls Vertrauen zu gewinnen, damit er lernen konnte, was sie ihm beibringen wollte. Dabei musste sie peinlich darauf bedacht sein, dass ihre frühere Bekanntschaft nicht ans Tageslicht kam. Persönliche Beziehungen durfte es zwischen Patienten und Personal im Maßregelvollzug nicht geben und erotische schon gar nicht. Das hatte sie schon im Praktikum gelernt.

Als sie anklopfte, hoffte sie nur, dass er nicht übergriffig wurde. Sein Übergriff bei der letzten Begegnung in der Hütte war ihr immer noch im Gedächtnis. Damit rechnete sie jetzt nicht, aber vergessen konnte sie es auch nicht. Die Begrüßung war unerwartet. Paul starrte sie teilnahmslos kurz an und wandte sich ab, als er sie erblickte. Karla ignorierte Paul und setzte sich auf einen freien Stuhl. Sie schwieg ebenfalls. Kein Servus, kein «Grüß Gott!» Nichts!

Sie hatte im Studium gelernt, dass Schweigen nicht immer nur unhöflich oder die Missachtung des anderen sein musste. Es konnte auch als eine Geste des Respekts dem Stummen gegenüber oder als ein Zeichen des Nachdenkens betrachtet werden. Das führte dann oftmals zu neuer Einsicht und konnte die Grundlage für einen konstruktiven Austausch mit dem Gegenüber sein.

Das sollte das nächste Thema mit dem autistischen Paul sein. Ob er darüber nachdenken würde, wusste Karla nicht. Aber sicher war, dass er das Schweigen genießen würde. Es bedeutete für ihn Sicherheit. Kein Einprasseln von Informationen, die er nur sehr schwer verarbeiten konnte und ihm unendlich viel Kraft abverlangten.

Ihr Schweigen trug Früchte. Paul drehte sich nach zehn Minuten zu Karla um und nickte. Jetzt konnte Paula reagieren:

«Servus Paul. Freut mich, dich wieder zu sehen.»

Danach schwieg Karla erneut. Sie wollte Paul Zeit geben. Er sollte sich nicht überrumpelt fühlen. Aber ihr neuer Schützling benötigte nicht nur Zeit. Sie musste versuchen, den Ablauf ihrer regelmäßigen Zusammenkünfte einander anzugleichen. Dieselbe Begrüßung, den gleichen Tonfall, nicht zu fordernd und nicht zu verhalten. Optimal wäre es, wie ein Roboter aufzutreten. Diese Monotonie würde er lieben und zu ihr schneller Vertrauen fassen, als wenn sie krampfhaft versuchte, ihn mit blumiger Sprache zu umgarnen. Vielleicht würde der Panzer um ihn herum Risse bekommen. So jedenfalls war ihr Plan. Dann fuhr sie fort:

«Ich bin jetzt deine neue Therapeutin. Ich soll dir helfen, das Sprechen zu lernen. Willst du das?»

Paul starrte erneut zum Fenster hinaus. Karla hatte ihn gefragt, ob er sprechen lernen will. Warum wollte sie das wissen? Sie wusste es doch. Er musste überlegen, was das für ihn bedeutete. Dazu benötigte er Zeit, viel Zeit.

«Du kannst auch wichtige Dinge auf einen Zettel schreiben, wenn du willst. Du must das aber nicht. Ist aber eine Hilfe für dich und mich.»

Karla bemerkte, wie es in Paul arbeitete und entschloss sich, ihm die nötige Ruhe zu geben, die er für seine Überlegungen brauchte. Sie lächelte, stand auf und verabschiedete sich:

«Servus, bis morgen!»

Dann war sie auch schon aus dem Zimmer verschwunden. Ohne eine Reaktion abzuwarten. Sie hatte gelernt, wie sie mit Paul umgehen musste, um ihn nicht zu überfordern. Nun wollte sie sich darum kümmern, für ihn eine Beschäftigung außerhalb der Psychiatrie zu ermöglichen. Er musste eine andere Tätigkeit ausüben können. Bisher war er in der Wäscherei beschäftigt und er durfte in der Kunsttherapie schnitzen. Das war allerdings keine Therapie für Paul, wie alle, die hier mit ihm arbeiteten, übereinstimmend feststellten. Er konnte es nämlich besser und hatte dabei mehr Ausdauer als alle anderen Patienten, einschließlich des Therapeuten. Zudem verrichtete er neben der Wäscherei Hilfsarbeiten in der Näherei. Diese wechselnden Tätigkeiten waren ein ernstes Problem für Paul. Er wollte es einfach haben, eintöniger.

Arbeit war eine Pflichtveranstaltung in den forensischen Patientengruppen. Paul interessierte das aber alles nicht. Jeder forderte von ihm etwas. Mal sollte er ein neues Garn holen, ein anderes Mal schwere Stoffballen schleppen. Oder Verschnittreste im Abfall entsorgen. Die Vielzahl der Beschäftigungen überforderten ihn. Nur Reste entsorgen oder ausschließlich Garn besorgen, das wäre seinem Naturell eher entgegengekommen. So aber befand er sich in einer andauernden Stresssituation. Dazu kam noch der Lärm der Nähmaschinen, der ihn fürchterlich nervte.

Karla schwebte eine Tätigkeit außerhalb der Anstalt vor. Sie dachte da an einen Fischereibetrieb, in dem es bekanntlich wesentlich ruhiger zuging. Paul würde sich wohlfühlen, wenn er sich in der Natur aufhalten und mit Tieren die Zeit verbringen konnte. Der Umgang mit ihnen war ja seine Leidenschaft. Auf diese Weise hoffte sie, leichter Zugang zu ihm zu erlangen.

Sie würde mit dem Leiter der Station darüber sprechen müssen. Ob Paul für einen externen Arbeitsplatz geeignet war, konnte nur in einem längeren Entscheidungsprozess geklärt werden. Karla kannte sich hier nicht so gut aus. Die Hierarchie im Maßregelvollzug war ihr nicht ganz klar. Sie wusste nur, dass zuerst Teams beraten und einen Vorschlag machen und danach dieser Vorschlag noch genehmigt werden musste. Wer dann letztendlich entschied, war ihr nicht bekannt. Am besten würde sie sich an den Stationsarzt wenden und alle Argumente vorbringen, die zur Durchsetzung ihres Wunsches nötig waren. Er hatte den nötigen Durchblick und konnte alles in die richtigen Bahnen lenken.

Nach einer Woche erfuhr Karla, dass sie sich morgens um acht Uhr bei ihrem Stationsarzt, Herrn Dr. Fischer einfinden sollte. Lange überlegte sie, ob sie sich zu diesem wichtigen Treffen besonders herausputzen sollte. Sie entschied sich, in ihrer normalen Kleidung zu erscheinen. Etwas Rouge trug sie dennoch auf.

«Ja, bitte!»

Karla betrat das Büro ihres Vorgesetzten. Der war aufgestanden und ging auf sie zu:

«Frau Wagner, was kann ich für Sie tun? Gibt es Probleme?»

Er schüttelte den Kopf, als wollte er selbst seine Frage als unsinnig verwerfen und sprach weiter:

«Das kann ich mir nicht vorstellen, ich hörte bisher nur Gutes über Ihre Tätigkeit. Also, was gibt es?»

Karla war erleichtert, endlich zu Wort zu kommen, um ihren Plan zu erläutern:

«Es geht um meinen neuen Patienten Paul, der Autist ist und nicht spricht. Um ihm helfen zu können, muss ich Zugang zu seinen Gedanken erhalten. Die bisherige Tätigkeit in der Näherei macht ihn nur noch verschlossener. Ich habe angefangen, mit ihm schriftlich zu verkehren. Dabei fiel mir auf, dass er eine besondere Affinität zu Tieren besitzt. Da läge es doch nahe, ihm eine Arbeit in diese Richtung gehend zu ermöglichen. Ich dachte da an einen Fischereibetrieb hier in der Nähe. Vielleicht öffnet er sich dann und wird einer Behandlung zugänglich. Das wäre meine Hoffnung.»

Dr. Fischer hatte Karla aufmerksam zugehört und dabei verständnisvoll gelächelt. Ihm schien der Vorschlag zu gefallen. Karla legte ihre anfängliche Nervosität ab und wartete zuversichtlich auf die Reaktion ihres Chefs. Der überlegte noch. Karla saß wie auf glühenden Kohlen. Hatte er ernsthafte Bedenken? Musste sie am Ende ihr Vorhaben aufgeben? Dann machte er endlich Anstalten, ihr zu antworten:

«Frau Wagner, Respekt! Ihre Ausführungen haben Hand und Fuß. Sie werden ihrem guten Ruf gerecht. Wenn dieser Paul schon so weit ist, werde ich Ihrem Wunsch nicht im Wege stehen. Hierzu muss ich zuerst mit den Betreuern sprechen, die für diesen Patienten verantwortlich sind. Ich gebe Ihnen Bescheid. Machen Sie weiter so. Sehr erfreulich Ihr Engagement.»

«Vielen Dank! Für meine Arbeit mit Paul wäre seine neue Beschäftigung von erheblicher Bedeutung. Ich hoffe, es klappt.»

Es begann die Zeit des Wartens. Bis zur Entscheidung besuchte Karla ihren Schützling täglich. Immer dieselbe Begrüßung mit «Servus Paul» und als tägliche Antwort das Desinteresse von ihm.

Das zermürbte Karla. Sie konnte ja nichts intensivieren oder ändern. Jetzt war Geduld gefragt. Wie lange konnte sie das durchhalten?

Sie wurde zunehmend missmutiger. Als ihre Arbeitskollegen anfingen, sie zu löchern, ob sie Liebeskummer habe, begann sie ernsthaft zu überlegen, sich krank zu melden, um zur Ruhe zu kommen. Aus dem allabendlichen Gläschen Wein wurden zwei, dann drei Gläser. Sie war nahe daran, sich an den Alkoholkonsum zu gewöhnen. Da erreichte sie die langersehnte Nachricht: Paul wird probeweise halbtags für vier Stunden einem Fischereibetrieb gleich um die Ecke zugewiesen. Der Fischer hatte schon öfter aus der Forensik Patienten bei sich angestellt und war bisher recht gut damit gefahren. Dass der Neue aus der Anstalt ein Sonderling war und nicht sprach, schien ihn nicht groß zu stören. Der passte dann gut zu seinen Fischen, die redeten ja auch nicht. Solche Außenseiter waren im lieber als diese Aufschneider und Besserwisser mit ihrem gestörten Verhältnis zur Arbeit, die hinterher immer alles hinterfragten, was ihnen angeschafft wurde.

Karla hatte den Auftrag bekommen, Paul von seinem neuen Arbeitsplatz in Kenntnis zu setzen. Dass er sofort damit einverstanden war, konnte man nicht voraussetzen. Aber die Hoffnung war groß, dass er sich nicht dagegen wehrte. Voller Hoffnung machte sich Karla auf den Weg zu Pauls Zimmer.

«Servus Paul! Freut mich, Dich wieder zu sehen.»

Wie jeden der vorausgehenden Tage reagierte er nicht auf die Begrüßung und starrte zum Fenster hinaus. Karla ließ sich nicht beirren, schnappte sich einen Stuhl und setzte sich Paul direkt gegenüber. Dabei bemerkte sie, dass er auf den veränderten Begrüßungsablauf mit erheblicher Unruhe reagierte. Ihr war klar, dass es jetzt auf Kleinigkeiten ankam und jede Unachtsamkeit in ihrem Verhalten Schaden anrichten konnte:

«Ich habe eine gute Nachricht für dich. Du kannst ab sofort jeden Tag mit Fischen arbeiten, statt dich in der Nähstube herumplagen zu müssen. In einem Fischereibetrieb gleich in der Nähe. Die Arbeit mit Tieren macht dir doch Spaß?»

Dabei war sie aufgestanden und deutete in Richtung Bodensee. Wie verhielt sich Paul? Er stand ebenfalls auf und folgte neugierig dem ausgestreckten Arm von Karla. Er reagierte impulsiver, als sie erwartet hatte. Durch ihn war bei der Erwähnung von Tieren ein Ruck gegangen, als wäre ein Schalter umgelegt worden. Der Plan schien aufzugehen. Durch diesen schnellen Erfolg ermutigt, fuhr Karla fort:

«Ich begleite dich dann morgen zu deiner neuen Arbeit. Geht das in Ordnung?»

Paul reagierte aber nicht. Karla hatte im ersten Moment Angst, einen Fehler begangen zu haben. Ihr Patient schien wieder in den Zustand der letzten Wochen verfallen zu sein. Hatte sie sich tatsächlich geirrt? Ihre Befürchtung stellte sich aber als unbegründet heraus. Bedächtig, als überlegte er, ob er das Richtige tat, suchte er nach seinem Stift und einem Notizblock. Er kritzelte hastig:

«*Wann*?»

Karla strahlte, ihr Vorhaben war also doch geglückt. Sie konnte das Projekt ‹Paul muss Sprechen› starten. Er war auf sie eingegangen.

«Um acht Uhr bin ich bei dir. Servus Paul.»

Auf dem Heimweg wäre Karla beinahe mit ihrem Fahrrad an der Bordkante gestreift. Sie war aufgeregt wie schon lange nicht mehr. War das für Paul die Wende zu einem unbeschwerteren Leben? So ganz glauben wollte sie das noch nicht, sie hoffte es aber. Sie wollte das große Wunder wahr machen. Dafür würde sie ihre gesamte Kraft einsetzen. Es musste gelingen. Was immer noch in der Zukunft auf sie zukommen sollte; der erste Schritt war getan.

Am nächsten Morgen holte Karla Paul ab. Er stand bereits vor der Türe und wippte ungeduldig von einem Fuß zu dem anderen. Als er Karla erblickte, kam er ihr entgegen. Was für eine Veränderung in seinem Verhalten! Danach trottete er auf dem Weg zu dem Fischereibetrieb gut zwei Meter hinter ihr her. Er schien bedacht, seine Schrittgröße der von Karla anzugleichen, so als wollte er nichts falsch machen. Alles vermeiden, was möglicherweise für die Arbeit mit den Fischen hinderlich werden könnte.

Der Fischer schien ihm zu gefallen. Er stellte sich als Andi vor. Alle riefen ihn Fischerandi. Er selbst sprach wenig, nur das Nötigste. Diese Kargheit passte zu Paul. Sie erinnerte ihn in gewisser Weise an den Schnitzer, der ihn auch nicht mit sinnlosen Fragen gelöchert hatte. Dieser Vorgesetzten gefiel ihm. Und er wurde nicht enttäuscht.

«Paul, ich zeige dir die Fische, die ausgenommen werden müssen, sobald sie die Fischer hier im Betrieb anliefern. Alles klar?»

Paul nickte.

«Das Eis ist gebrochen», dachte Karla und verabschiedete sich zufrieden von den beiden.

Für Paul war die Arbeit neu. Mit Fischen hatte er bisher noch keine Erfahrung gemacht. Angst empfand er in dieser neuen Umgebung nicht. Jedenfalls zeigte er sie nicht. Wenn in diesem Betrieb alle so wortkarg waren wie ihr Chef, konnte es ihm nur recht sein. Beim Rundgang durch die Fischerei stellte er fest, dass sich hier die Tätigkeiten dauernd wiederholten. Es war anscheinend eine eintönige Arbeit. Zuerst musste man den Bauch der Fische aufschlitzen und die Gedärme mit Herz, Magen und Leber entnehmen, danach auch noch die Schuppen mit einer speziellen Bürste entfernen. Zum Schluss wurde ein Teil der Fische filetiert. Es verrichtete den ganzen Tag die gleiche Tätigkeit. Die zwei Frauen arbeiteten wie Roboter, jeder Handgriff glich dem anderen. Kein Wort wurde gewechselt. Die Jüngere von beiden schien die Tochter des Fischers zu sein. Die Ältere war ganz sicher seine Ehefrau. Der einzige Ton, den Paul wahrnahm, war das schabende Geräusch beim Schuppen der Fische. Bei zwei Personen war alles übersichtlich, als wäre es speziell so für Paul inszeniert worden.

«Paul, schau genau hin. Das Schuppen der Fische wird einmal deine Arbeit sein. Keine Angst, meine Tochter, die Evi, erklärt dir ganz genau, was du zu tun hast. Du wirst das sicher ganz schnell lernen.»

Paul war bei der Tochter des Fischers stehengeblieben und beobachtete akribisch jeden ihrer Handgriffe. Erst als er bemerkte, dass die anderen bereits den Raum verließen, riss er sich los und folgte dem Fischer. Im nächsten Raum roch es wunderbar nach verbranntem Buchenholz, hier wurden die ausgenommenen und geschuppten Fische geräuchert. Paul atmete den Rauch tief ein. Er wurde ganz ruhig. Hier war alles so friedlich, so unaufgeregt. Ängste vor einer unbekannten Umgebung konnten an diesem Ort gar nicht aufkommen. Das Schuppen der Fische traute er sich zu und er war sich sicher, dies fehlerfrei und ohne Tadel zu schaffen. Und es gab noch einen positiven Punkt, der ihm zugutekam. Er durfte diese Tätigkeit, so jedenfalls hatte er es verstanden, allein verrichten, ohne dass jemand hinter ihm stand und ihn kontrollierte. Was wollte er mehr.

Die Tage verrannen im Fluge, sie hatten Paul verändert. Sein Interesse für Fische wuchs von Woche zu Woche. Sobald er ein Buch entdeckte, das auch nur am Rande von Fischen handelte, stürzte er sich darauf. Wehe, jemand hätte ihn daran gehindert. Ein Wutausbruch mit ungewissem Ende wäre nicht ausgeschlossen gewesen.

Eines Tages entdeckte Karla bei Paul einige Zettel, die er fein säuberlich auf seinem Tisch gestapelt hatte. Auf ihre

Frage, ob sie für ihn wichtig seien, reichte er ihr bereitwillig den Stoß. «Wie alt werden Fische?» – «*Wie groß wird ein Felchen?*» – «*Wie viel Eier hat ein Fischweibchen im Bauch?*» – Karla wurde beim Lesen unterbrochen. Paul reichte ihr ein Blatt Papier. «*Waren Fragen für den Fischer Andi. Er hat alles gewusst. Toll! Ich weiß es jetzt auch.*» Karla legte den Stapel zurück und blickte stolz auf ihren Schützling. Sie überlegte eine Belohnung und hatte sofort einen grandiosen Einfall:

«Willst du mit mir in das Fischereimuseum nach Langenargen fahren?»

Dieses Mal musste Karla nicht lange auf eine Antwort warten. Paul nickte nicht nur einmal.

«Dann frage ich nach, ob das genehmigt wird und wir einen Tag freibekommen.»

Bisher waren keine Klagen vom Fischerandi an die Anstalt herangetragen worden. Probleme schien es also nicht zu geben. Paul hatte bei ihren Treffen ungern und nur auf Drängen von Karla auf einen Zettel Antworten auf ihre Fragen nach seiner Arbeit geschrieben. Dieser schriftliche Austausch hatte sich langsam durchgesetzt. Lange zögerte Paul, auf das Servus von Karla mit einem Servus auf dem Zettel zu antworten. Zwar hatte er schon früher Notizen auf einem Zettel geschrieben, besonders mit Lukas hatte er sich so verständigt, aber immer nur dann, wenn er es wollte oder er selbst es für angebracht erachtete. Plötzlich sollte er dies nun auf Wunsch eines anderen tun. Er gewöhnte sich aber an das tägliche Zeremoniell, das ja immer gleich ablief, und fing an, es zu mögen.

Seit der neuen Arbeit mit den Fischen war Paul wie umgewandelt. Karla hatte es mit der Vermittlung zu dem Fischer geschafft, dass Paul etwas zugänglicher wurde. Er kommunizierte jetzt schriftlich, ohne dazu aufgefordert zu werden. Er tat es, weil er es wollte, weil er wissbegierig wurde. Möglicherweise wollte er auch andere an seinem Leben teilnehmen lassen. Karla hoffte es zumindest. Jedenfalls waren ganz neue Seiten an Paul zu entdecken. Karla glaubte sich auf dem richtigen Weg zu befinden.

Tatsächlich empfand es Paul von Tag zu Tag angenehmer, Karla n der Nähe zu wissen. Aber es war heute anders als seinerzeit in der Hütte, als er sie anfassen wollte.

Damals hatte Karla ihn herausgefordert. Er war mit ihr allein und sie hatte sich schön gemacht - für ihn. Sie hatte ihm signalisiert: «Ich will was von Dir!» Er wusste nicht, was man da macht. Er war plötzlich erregt, ohne zu wissen, wie man damit umgeht. Es war bei ihm herausgebrochen wie bei einem Tier. Er hatte sie von hinten umfasst und an sich gepresst. Ihre Brüste gedrückt, ohne auf ihre Abwehr zu achten. Bis sie sich befreien konnte und weggelaufen ist. Erst dann hatte er gemerkt, dass sich die Hose feucht anfühlte. Er war wütend, dass alles anders war, als er es kannte. Und sein Körper hatte reagiert, ohne dass er es kontrollieren konnte.

Er war damals verzweifelt, erschöpft und wütend. In diesem Zustand war ihm alles egal, er war leer und am Ende gewesen. Er wollte alles kaputtmachen. Auch sein Refugium war mit einem Mal ohne jegliche Bedeutung. Sein letzter Rückzugsort konnte nun mit ihm untergehen.

Dagegen war Karla jetzt hier im Maßregelvollzug nicht wirklich eine Person. Schon ihre Berufskleidung machte sie zu einer Funktion wie das andere Personal auch. Sie stellte keine Bedrohung und keine Herausforderung für Paul dar. Sie wollte nichts von ihm, schon gar nichts Persönliches. Eine Ausnahme geb es: Sie wollte ihm das Sprechen beibringen. Aber sie hatte ihm signalisiert, dass er dabei den Takt bestimmen konnte. Sie hatte Wort gehalten und ihn bislang nicht überfordert. Sie hatte sich zurückgezogen, bevor es zu viel wurde und er nicht mehr wollte.

Er merkte auch, dass ihre Gegenwart ihn weit weniger störte, als dies am Anfang der Fall gewesen war – er bemerkte aber nicht, dass er ihr Kommen zunehmend erwartete und er ihr Gehen immer stärker bedauerte.

Vielleicht hing es damit zusammen, dass er sich dank seiner neuen Tätigkeit mit den Fischen freier fühlte. Wie seinerzeit mit seinen Tieren im Allgäu. Dieser wiedererlangte Zustand der Freiheit und die erneute Vertrautheit beeinflussten zunehmend sein Verhältnis zu Karla. Er war ihr näher, ohne es zu bemerken und ohne inneren Druck zu verspüren.

Karla blieben diese Veränderungen nicht verborgen. Sie sah seine Wandlung ihr gegenüber, auch wenn sie momentan noch gering anmutete. Aber bei ihr schrillten alle Alarmglocken. Als Therapeutin von Paul war sie aus professionellen

Gründen angehalten, Distanz zu ihrem Patienten zu wahren. Keiner wusste, dass sich die beiden kannten und niemand hatte Kenntnis von dem Motiv, das Karla veranlasst hatte, Logopädin zu werden. Sie selber merkte die seltsame Anziehungskraft, die Paul auf sie ausübte. Sein verändertes Verhalten belohnte sie und verstärkte seine Anziehung. Sie musste sich in Acht nehmen und gleichzeitig auch ihn schützen vor allzu großer Nähe zu ihr. Keiner durfte wissen, was wirklich in ihr vorging.

Solange er sich tollpatschig ihr näherte, kam sie damit gut zurecht. Es kam ja häufig zwischen Therapeuten und sozial inkompetenten Patienten vor und war akzeptabel. Wie sollte sie aber reagieren, wenn die Gefühle nicht mehr verborgen bleiben konnten oder Paul sie erneut bedrängen sollte? Ihn dann an einen anderen Therapeuten abzugeben kam für sie nicht infrage. Ihn brüsk abzuweisen, obwohl sie für ihn Gefühle hegte, wollte sie nicht. Auch hätte es den Erfolg der Behandlung, der sich nach so langer Zeit und der aufgebrachten Mühe endlich abzeichnete, erheblich gefährdet. Hier musste sie in naher Zukunft eine Lösung finden, die beide zufriedenstellte. Ihre wichtigste Aufgabe war es zunächst, für Fortschritte beim Erlernen des Sprechens zu sorgen. Dieses Anliegen war Aufgabe genug.

Schließlich hatte Karla eine fabelhafte Idee. Das Aufschreiben von Fragen an den Fischer und dem Lesen von Büchern über Fische hatten das Interesse von Paul geweckt. Der Ausflug ins Fischereimuseum, der überraschend schnell genehmigt worden war, wurde zu einem vollen Erfolg.

Dieses zunehmende Interesse von Paul an allem Neuen wollte Karla nun für ihr Anliegen ausnützen. Sie wollte Paul dazu bringen, dass er versuchte, einzelne Sätze in einen größeren Zusammenhang zu setzen. Nach den vorangegangenen Erfolgen glaubte sie, dass Paul dazu fähig war. Die Schwierigkeit dabei bestand jetzt darin, dass es von Paul selbst kommen musste. Diese Aufgabe war zu fordernd, dass man sie ihm aufdrängen konnte. Sie hatte zwei Vorschläge überlegt. Entweder konnte sie versuchen, dass er mehrere Sätze schrieb, die in Bezug mit Fischen standen oder ihm vorzuschlagen, einen Brief zu verfassen, der aus zusammenhängenden Sätzen bestand. Der Brief würde um ein Vielfaches anspruchsvoller werden. Sie entschied sich für den letzteren Gedanken, den Brief.

Karla wollte Paul nun nahelegen, einen Brief zu verfassen. Dazu wollte sie einen günstigen Moment abwarten. Als Paul eines Tages entspannt nach Hause kam, fragte sie ihn nach der gewohnten Begrüßung:

«An wen würdest du am liebsten einen Brief schreiben, solltest du eines Tages Lust darauf spüren?»

Wie aus der Pistole geschossen schnellte sein Arm nach vorne und deutete auf Karla. Dabei hatte er denselben Gesichtsausdruck wie beim ersten Besuch in der Fischerei vom Andi. Diese Reaktion hatte sie befürchtet und hatte schon im Voraus für sich die Antwort festgelegt. Sie erwiderte seinen Wunsch sehr bedacht und langsam, als ob ihr die Worte schwerfallen würden:

«Das geht leider nicht. Als deine Therapeutin bin ich verpflichtet, Distanz zu dir zu wahren. Die dürfen hier nicht einmal wissen, dass wir uns kennen. Überlege mal, es gibt doch sicher außer mir einen Menschen, dem du schreiben willst. Lass dir ruhig Zeit. Ich will dich nicht drängen. Antworte mir auch morgen, wenn dir momentan alles zu viel ist. Das ist für mich kein Problem.»

Paul blickte wie immer, wenn er sich überfordert fühlte, zum Fenster hinaus. Dieses Mal aber reagierte er nach kurzem Überlegen und ergriff seinen Notizblock. Bedächtig, fast pathetisch schrieb er:

«*LUKAS.*»

Und erneut dieser verklärte Blick von Paul. Doch nach kurzer Zeit ergriff er seinen Stift und notierte:

«*Blaues Papier!*»

«Wer ist Lukas?»

«*Freund aus Sonthofen.*»

Karla nickte nur kurz und ließ Paul alleine. Er benötigte jetzt sicher Ruhe. Die wollte sie ihm geben.

Auf dem Nachhauseweg fragte sie sich, warum sie diesen Freund von Paul, den Lukas, nicht kannte. Ihr fiel dann ein, dass Paul einmal seinen Namen mit einem Tannenzweig in den Waldboden schrieb, als sie sich mit Paul verabreden wollte und er keine Zeit hatte, weil er eben mit diesem Lukas ein Treffen vereinbart hatte. Karla war plötzlich neugierig, wer von diesen jungen Typen wohl eine Freundschaft mit einem so seltsamen und schwierigen Jungen freiwillig einging. Musste sie sich Sorgen machen, dass durch eine dritte Person ihre Beziehung zu Paul komplizierter wurde? War dieser Freund sympathisch? War er auch so ein Sonderling wie Paul? Oder ein Außenseiter, der sich einen noch schwächeren Freund sucht, um sich stark zu fühlen? Hat er Paul benutzt, um sein kleines Ego aufzupeppen? Sie befürchtete Letzteres und wollte sehr genau darauf achten, dass Paul keinen Schaden nahm. Sie würde ihn beschützen. Aber erst musste sie herausfinden, wo er wohnte, damit der Brief von Paul auch ankam.

Doch das gestaltete sich schwieriger als gedacht. Aber sie schaffte es und war überrascht, dass er ganz in der Nähe ein neues Zuhause gefunden hatte. Dabei erfuhr sie auch, dass dieser Lukas als Rechtsanwalt arbeitete.

Kapitel 6

Lukas war ausnahmsweise zu Hause in seinem Büro, das neben dem Schlafzimmer lag, und bearbeitete den Fall eines begüterten Mandanten. Da stürzte Maria ins Zimmer, einen blauen Brief in der Hand wedelnd. Sie beugte sich zu ihrem Mann und küsste ihn auf die Stirn. Bevor Lukas zu Wort kam, um sich über die Störung bei seiner Arbeit zu beschweren, sprudelte es aus Maria heraus:

«Kennst du einen Paul Engler? Du hast noch nie über ihn gesprochen. Hier ist ein Brief von ihm, direkt an unsere Privatadresse. Verheimlichst du mir da vielleicht etwas?»

Lukas errötete leicht, was wiederum Maria nicht so recht verstand, da sie eine solche Reaktion von ihrem Mann nicht kannte. Ihr Kuss auf die Stirn konnte es ja nicht gewesen sein. Gab es da eine Seite von Lukas, die er ihr verheimlichte? Was hatte es auf sich, dass er eine für ihn so ungewohnte Reaktion zeigte, wenn der Name Paul fiel?

Hastig antwortete Lukas:

«Den kannst du nicht kennen. Das ist ein Bekannter von mir vor unserer Zeit. Hab schon lange nichts mehr von ihm gehört. Ich weiß auch nicht, warum er mir gerade jetzt einen Brief schreibt.»

Unwirsch nahm er seiner Frau den Brief aus der Hand und legte ihn zu den unerledigten Fällen. Er schien ihn nicht zu interessieren.

«Willst du nicht wissen, was da drin steht, wenn du so lange keinen Kontakt mehr zu deinem Bekannten hattest?»

Zuerst die Störung, dann der Brief, Lukas´ Stimmung befand sich am Tiefpunkt. Wie schaffte er es nur, die Neugierde von Maria zu befriedigen? Er suchte händeringend nach einer Lösung. Dann antwortete er kurz angebunden:

«So wichtig ist der auch nicht.»

Als er den verständnislosen Blick seine Frau bemerkte, fuhr er fort:

«Dieser Bekannte ist ein Autist. Ich weiß nicht, welchen Unsinn er mir da mitteilen will. Eigentlich ist es nicht seine Art, sich anderen mitzuteilen. Ich würde jetzt gerne weiterarbeiten, wenn es dir nichts ausmacht.»

«Aber unsere Adresse hat er schon auskundschaftet.»

Das Lächeln auf Marias Gesicht war verschwunden. Schmallippig verließ sie den Raum. Sie hatte anscheinend einen wunden Punkt bei ihrem Mann berührt.

Lukas war geschockt. Der Augenblick seiner unverzeihlichen Reaktion im Bergwald, als die Hütte mit seinem Freund Paul in Flammen stand und er seine Hilfe verweigerte, zeigte Wirkung. Sein damaliges Versagen nagte immer noch an ihm. Diesen Tag konnte er einfach nicht vergessen. Der berufliche und private Erfolg änderte daran nichts. Dieses Scheitern klebte wie Pech an ihm.

Da er Paul ganz gut kannte, war er schon sehr verwundert, von ihm einen Brief zu bekommen. Wie kam er nur darauf, ihm zu schreiben. Nach so langer Zeit. Von sich aus war sein damaliger Freund nie und nimmer auf diese Idee gekommen. Hatte ihm seine Schwester Lea diesen Floh ins Ohr gesetzt? Außer ihr fiel ihm sonst niemand ein, der so starken Einfluss auf Paul ausüben konnte, dass er einen ganzen Brief schrieb. Seine Adresse musste ja auch jemand herausgefunden haben. Paul traute er solche Recherchen niemals zu. Das Blau des Kuverts dagegen war sicher sein ureigener Einfall. Blau war nämlich seine Lieblingsfarbe.

Die Schuldgefühle nagten an Lukas. Er hatte gehofft, sie in seinem neuen Leben hinter sich gelassen zu haben. Er war als Anwalt erfolgreich und anerkannt. Er hatte seinen Platz in den oberen Kreisen der Gesellschaft gefunden. Golfklub, Rotarier, der Anwaltsverein, alle hatten sich um ihn bemüht und ihm den Eintritt in die bessere Gesellschaft ermöglicht.

Er hatte eine attraktive, liebevolle Frau, die sein Bedürfnis nach Anerkennung unterstützte und dabei häufig in den Hintergrund trat. Eine Frau, die sich um die Kinder kümmerte und ihm den Rücken freihielt, um seinem Verlangen nach Applaus nicht im Weg zu stehen.

Er hatte zwei gesunde, hübsche und aufgeweckte Kinder, die schon in ihren jungen Jahren sportliche Qualitäten zeigten und ihre Eltern stolz machten, wenn sie vom Schlittschuhlaufen Preise mit nach Hause brachten. Es fehlte ihm an nichts und er war sich bewusst, dass er lügen würde, wenn er nur einen Hauch von Unzufriedenheit beklagen würde.

Jetzt wurde er innerhalb einer Minute um Jahrzehnte zurückgeworfen. Seine damaligen Gefühle durchdrangen nun auf einen Schlag den Panzer, den er so erfolgreich um seine schwachen Stunden, wegen derer er sich selbst verachtete, aufgebaut hatte.

Er war am Boden zerstört. Wie ging es nun weiter? Sollte er Maria alles erzählen? Seine Schuld, die er damals auf sich geladen hatte, offenlegen? Besser nicht, zum Schluss verhaspelte er sich und seine Frau erfuhr von seiner Zuneigung zu Karla.

Lukas riss sich von seinen Gedanken los und stürzte sich in die Arbeit. Er wollte schnellstmöglich zu Ende kommen, um sich dann dem Brief zu widmen. Womöglich war es ein Hilferuf, auf den er reagieren musste. War er etwa so schwer erkrankt, dass er ihn nochmals sehen wollte?

Mehrmals unterbrach er seine Arbeit und griff nach dem blauen Brief, aber ebenso oft legte er ihn wieder zurück. Die Entscheidung, das Schreiben von Paul zu öffnen, fiel ihm unsagbar schwer. Wo war sein Selbstbewusstsein, seine schlafwandlerische Sicherheit, wie er Probleme seiner Mandanten löste? Wo war sein Mitgefühl Schwachen gegenüber? Dann ging ein Ruck durch Lukas. Er nahm sich zusammen und öffnete das Schreiben seines Freundes:

Lukas,

Viel Zeit vergangen. Viel passiert. Hütte gebrannt. Du nicht da. Alle Tiere tot. Polizei sagt, ich schuldig. War in Psychiatrie. Schlimm. Schwestern wollen. Ärzte wollen. Kriminaler wollen. Alle wollen. Jetzt auf Insel Reichenau. Maßregelvollzugseinrichtung ist besser. Arbeit bei Fischerandi gut. Fische putzen.

Grüße Paul.

Kein Hilferuf oder eine Katastrophe, die Paul zum Schreiben dieses Briefes veranlasst haben. Er glaubte, aus diesen Zeilen herauszuhören, dass Paul stolz war, wie er mit seinem Schicksal umging. Lukas hatte größte Hochachtung davor. Er musste viel dazugelernt haben, um einen Brief mit mehreren Sätzen schreiben zu können. Es waren zwar nur Stichworte, die hatten aber ihren Zweck erfüllt. Man konnte erkennen, was Paul mitteilen wollte. Und er war von Lukas enttäuscht, dass er nicht zu dem vereinbarten Treffen gekommen war.

Auch Lukas war jetzt plötzlich bedrückt. Warum eigentlich? Er war in Pauls Augen nicht da gewesen. Dass er sich nicht bemerkbar gemacht hatte, schmerzte ihn und lenkte seine Gedanken sofort auf Karla, nicht auf Paul. Um ihn hatte er sich in der letzten Zeit nicht gekümmert. Keinen einzigen Gedanken an ihn verschwendet. Hinsichtlich Karla verhielt es sich anders. Karla, immer wieder Karla. Auch sie hatte er verdrängt. Er hätte ja seine Gefühle für sie aufgrund seiner Feigheit nicht zumüllen müssen. Er hatte sich nicht getraut, sie ausfindig zu machen, um sie anzusprechen. Denn dann wäre möglicherweise sein Versagen beim Brand in der Hütte ans Licht gekommen. Vielmehr hatte er versucht, den Brand, sein Scheitern, Paul und schließlich auch Karla in der hintersten Ecke seines Gedächtnisses zu vergraben. Doch jetzt brach alles wieder hervor.

Was sah sie an Paul, das er nicht bemerkte? Im selben Moment fragte er sich, was ihn daran eigentlich fasziniert hatte, als er die Freundschaft mit Paul gesucht hatte. Er wurde nachdenklich. Es musste doch Gründe dafür geben. Die gab es, und er kannte sie auch, wenn er ehrlich zu sich war.

Lukas erinnerte sich an einen Artikel in der Zeitung, der das ewige Ja-Sagen in unserer modernen Welt thematisierte. Sofort kamen ihm diese endlosen Streitereien mit seinen Eltern in den Sinn. Solange er immer Ja und Amen sagte, war noch alles in bester Ordnung. Als er dann mit zunehmendem Alter und größerem Selbstbewusstsein aufmuckte und Widerpart gab, auch öfter einmal Nein sagte, fing der zermürbende Kleinkrieg an. Als Folge entfernte er sich immer mehr von seinem Zuhause. Er war die vielen Streitereien leid geworden. War das der Grund, dass ihn der Bruder von Lea so fasziniert hatte?

Der kümmerte sich nicht um die Wünsche der anderen, der passte sich nicht an. Der sagte nicht zu allem ja, der sagte überhaupt nichts. Bei ihm hatte er sich anscheinend Ruhe erhofft, nach der er sich, fernab dieser Querelen, so dringend sehnte. Bei ihm hatte es keine Belehrungen, kein Genörgel, kein «Das tut man nicht!» und kein «Was sagen da die Leute!» gegeben. Das Schweigen von Paul war da gerade richtig gekommen. Er hatte bei ihm nach langer Zeit wieder einmal richtig durchatmen können. Lukas überlegte schon, ob er eine Freundschaft so für seine Bedürfnisse ausnützen oder in ihr experimentieren durfte.

Doch diese Zeit mit Paul war vorbei, durch seine eigene Schuld. Zu seinem flauen Magengefühl kam jetzt auch noch ein trockener Mund. Er fühlte sich hundeelend.

Erneut schlich sich dieses Mädchen in seine Gedanken und brachte ihn in eine verzwickte Situation. Er liebte seine Frau und die Kinder. Sobald er aber an Karla dachte, setzte sein Verstand aus. In seinem Beruf konnte er sich das nicht erlauben. Was wäre eigentlich, wenn er plötzlich Karla begegnete? Wäre sie noch die Gleiche? Würden seine Knie vor Sehnsucht immer noch weich werden? Möglicherweise war er neugierig, aber wollte er auch ein Risiko eingehen? Dass sie ihn nicht kannte, nicht wusste, wie er ausschaute, was für ein Typ er war, blendete er völlig aus. Das gab es einfach nicht.

Den Brief von Paul musste er beantworten. Das war er ihrer ehemaligen Freundschaft schuldig. Er wollte ihn keinesfalls noch einmal enttäuschen. Er musste ja nicht sofort mit dem Schreiben beginnen. Er wollte sich vorher genau überlegen, wie er seinem früheren Freund eine Freude machen konnte. Das war das Mindeste, was er nach dem Vorfall beim Hüttenbrand tun konnte. Aber schaffte er das auch? Vermutlich war es in seiner jetzigen Verfassung und seiner Stimmung sinnvoller, distanzierter an die Sache heranzugehen und Paul nur berichten, was sich bei ihm in den letzten Jahren abgespielt hatte.

«Und, hast du den Brief Deines Freundes schon gelesen?»

Jäh wurde Lukas aus seinen Gedanken gerissen. Konnte Maria denn keine Ruhe geben? Musste sie immer in seinen Angelegenheiten herumstochern. Ihre Neugierde schien keine Grenzen zu kennen. Warum regte er sich überhaupt auf? In seinem Frauenbild waren doch alle Frauen neugierig. Wollte er Ruhe vor ihren bohrenden Fragen haben, musste er sie den Brief lesen lassen. Eine andere Möglichkeit sah er nicht und reichte ihr deshalb den blauen Brief, wohl ahnend, dass damit die Fragestunde noch nicht zu Ende sein würde.

«Ich muss noch mal in die Kanzlei, um ein paar Unterlagen zu holen. Ich bin beim Abendessen wieder zurück!»

«Sei pünktlich, es gibt heute frischen Spargel mit Tiroler Speck.»

«Das hört sich gut an. Bis später!»

«19 Uhr!»

Doch das hörte er nicht mehr. Er konnte nicht schnell genug aus dem Haus stürmen. Maria dagegen machte es sich in dem alten, ledernen Ohrensessel bequem und begann zu lesen.

Die Flucht in die Kanzlei war für Lukas nur ein Verschieben seines Problems, keine Lösung. Als er nach zwei Stunden pünktlich wieder zu Hause erschien, erwartete ihn bereits eine angespannte Ehefrau.

«Dein Freund, dieser Paul, ist ja ein armer Kerl! Weißt du eigentlich Näheres über diesen Brand? Hat er tatsächlich seine eigene Hütte angezündet oder hat das nur die Polizei vermutet? Lass dir doch nicht alles aus der Nase ziehen. Sprich mit mir! Mich interessiert doch auch, was in deinem früheren Freundeskreis passiert ist. Oder ist dir das alles peinlich?»

Als keine Antwort kam, drehte sich Marie brüsk um und verschwand beleidigt in der Küche.

Lukas war klar, dass er das so nicht stehenlassen konnte. Sie war auf ihn richtig sauer und würde tagelang nicht mehr mit ihm reden. Solange jedenfalls, bis er ihr alles von damals erzählte. Also sollte er diese Angelegenheit gleich in Ordnung bringen. Aber wie?

Er musste sich etwas Schlaues überlegen und sich eine neue Geschichte einfallen lassen, die sein Versagen vertuschte. Aber auch nichts über Karla beinhaltete. Da würde Marie sofort misstrauisch werden. Er hätte keine ruhige Minute mehr, sie würde ununterbrochen mit ihren Fragen nach Karla löchern. Wer weiß, ob er dem standhalten und richtig reagieren würde? Deshalb dürfte auch kein Wort darüber fallen, dass er nicht eingegriffen hatte, als Paul

Karla an die Wäsche ging. Dass er aus seinem Versteck nur zugesehen und dann aus dem Staub gemacht hatte.

Er brütete lange über eine glaubhafte Geschichte nach, bis er eine befriedigende Lösung gefunden hatte. Es war nicht gerade das Gelbe vom Ei, aber es müsste reichen. Gut, dass er Anwalt war! Fast wahre Geschichten waren sein tägliches Brot. Das beherrschte er bis zur Perfektion.

Lukas war zufrieden mit sich. Jetzt musste er nur noch Marie von seiner Story überzeugen. Er fand seine Frau allein in der Küche sitzend mit einem Glas Rotwein in der Hand. Die Kinder waren außer Haus, er musste auf sie also keine Rücksicht nehmen. Als er sie ansprach, drehte sie sich nicht um, sondern zeigte ihm die kalte Schulter. Insgeheim dachte er sich: «Das geht ja schon gut an!» Aber es nützte nichts, er musste jetzt mit der Sprache heraus:

«Wenn du willst, erzähle ich dir die Geschichte von damals.»

Marie rührte sich nicht, schaute ihn auch nicht an. Als einzige Reaktion deutete sie mit ihrer Hand auf den freien Stuhl. Wortlos! Aha, dachte Lukas, die Neugierde ist doch stärker als ihre Verärgerung. Das Essen musste warten. Also begann er, zuerst verhalten und vorsichtig, dann brachen die Sätze wie ein Wasserfall aus ihm heraus.

«Ich habe Paul über ein Mädchen an der Schule kennengelernt, das neu zu uns gekommen war. Sie erzählte von ihrem Zwillingsbruder, einem Autisten. Der sprach nicht, obwohl er dazu in der Lage gewesen wäre. In einer Einrichtung lernte er etwas Lesen und Schreiben. Zu Hause entwickelte er diese Kenntnisse weiter und brachte sie auf ein normales Maß. Er verständigte sich mit kurzen Botschaften, die er auf einen Zettel schrieb. Er hielt sich wenig zuhause auf, meistens war er in den Wäldern unterwegs. Die Unruhe daheim und die Schläge des Vaters konnte er nicht mehr aushalten. In den Bergen fand er eine verlassene, halb zerfallene Hütte, die er für sich herrichtete.»

«Wurde der Vater nicht zur Rechenschaft gezogen?»

Marie sprach wieder mit Lukas. Er wähnte sich auf dem richtigen Weg.

«Der Vater verließ bald die Familie, aber Paul trieb sich nach wie vor im Wald herum.»

Marie gab sich mit dieser Antwort zufrieden. Ihre gewohnte Gesprächigkeit schien noch nicht zurückgekehrt zu sein. Aber Lukas hatte sich getäuscht, als er mit seiner Erzählung fortfahren wollte, kam doch noch eine Frage:

«Weißt du, warum dieser Paul nicht sprechen wollte? Freiwillig macht das doch niemand. Er schneidet sich damit doch ins eigene Fleisch. So dumm ist doch kein Mensch!»

Lukas erwiderte erleichtert. Das war wieder seine alte Marie. Alles wurde hinterfragt. Sie wollte sämtliche Details wissen. Marie halt, wie sie leibt und lebt.

«Du darfst nicht vergessen, er ist Autist. Die reagieren anders, als wir es gewohnt sind. Zufrieden?»

Als Marie nickte, fuhr Lukas fort:

«Dieselbe Frage habe ich mir damals auch gestellt. Mich hat einfach interessiert, was mit ihm los ist. Wie sich ein Autist verhält, was er denkt. Was bei ihm anders ist als bei uns. So eine Gelegenheit kriegst du ja nicht jeden Tag mit. Deshalb habe ich auch einem Treffen mit Paul in einer Eisdiele sofort zugestimmt, das seine Schwester Lea vorgeschlagen hatte. Paul war ehrlich gesagt schon ein sehr seltsamer Typ. Aber Lea hatte mich vorher glänzend darauf vorbereitet, was ich tun oder besser lassen sollte.»

Erneut unterbrach ihn Marie, die ihn langsam mit ihrer Fragerei nervte. Andererseits war er froh, dass sie wieder mit ihm sprach. Also antwortete er geduldig alle ihrer Fragen:

«Was war diese Lea für ein Mädchen? War sie anders als Paul? Sie war doch seine Zwillingsschwester. Da könnte man schon vermuten, dass da von der Eigenart etwas abgefärbt hat. Meinst du nicht auch?»

Und bevor Lukas weiterfahren konnte, schob sie noch nach:

«Wie sah diese Lea aus? War sie hübsch? Hat sie dir gefallen?»

Lukas wusste, wenn er jetzt zu lange mit der Antwort wartete, könnte Marie misstrauisch werden. So antwortete er routiniert, ohne eine Sekunde zu zögern, mit einem leichten Schmunzeln um die Lippen:

«Lea hat schon gut ausgeschaut. Sie ist auf jeden Fall in der Klasse aufgefallen. Aber typmäßig passte sie damals nicht in mein Frauenschema. Du wolltest noch wissen, ob bei Lea etwas von Pauls Eigenarten abgefärbt hatte. Nicht, dass ich wüsste. Ich habe jedenfalls nichts bemerkt. Kann ich jetzt weiter ...?»

«Ja, ja! Mach ruhig weiter. Ich frage dich schon, wenn ich etwas wissen will.»

«Paul hat mich zu meiner Verwunderung gleich zu seiner Hütte mitgenommen. Wir hatten uns dann später öfter dort getroffen. In einer Art Briefkasten, den wir eingerichtet hatten, verständigten wir uns über Nachrichten, die wir auf einen Zettel schrieben. An einem Tag in den späten sechziger Jahren fand ich eine Notiz: «Heute 14 Uhr. Hütte. Rauch» Ich hatte keine Ahnung, was er meinte. Ich war neugierig und stieg zur Hütte hinauf.

Vor der Hütte brannte ein Feuer, daneben stand eine Messingschale mit einer Tüte. Als ich nach Paul rief, erschien er sofort in der Tür. Ohne mich eines Blickes zu würdigen, ging er zum Feuer und legte glühende Holzreste in die Schale. Mir war im ersten Moment schleierhaft, was er da vorhatte. Als er dann getrocknete Kräuter oder so etwas ähnliches aus der Tüte nahm und über die Glut streute, wusste ich, dass er seine Hütte mit dem Rauch von allen bösen Geistern befreien wollte. Es roch herrlich nach Harz und irgendwelchen Kräutern. Die Zusammensetzung muss er vorher genau ausgetüftelt haben, typisch Paul.

Dann ergriff er die vom Feuer erwärmte Schale mit seinen blanken Fingern ganz am Rand und ging langsam in die Hütte. Ich folgte ihm gespannt. Er stellte sich in der Mitte auf und blies den zur Decke aufsteigenden Rauch in alle vier Ecken der kleinen Hütte.

Dann stieß Paul plötzlich einen Schrei aus und schleuderte die Schale in hohem Bogen von sich. Das Messing war anscheinend schnell heißer geworden und hatte seine Finger verbrannt. Die glühenden Holzstücke stoben durch die Luft und entzündeten in Windeseile Holzspäne und anderes brennbares Material, vor allem Heu, das in der Hütte herumlag. Schlagartig brannte es lichterloh. Da konnte man nichts machen, Löschen war aussichtslos. Keine Chance.

Ich rief: «Raus, raus, nichts wie weg!» Paul blieb einfach stehen und rührte sich nicht vom Fleck. Als wäre er angenagelt. Er war in Schockstarre. Ich packte ihn am Kragen und zerrte ihn gegen seinen Widerstand durch die Tür ins Freie. Gerade noch rechtzeitig, denn die Hütte brannte bereits nach kürzester Zeit lichterloh. Das ging so rasend schnell, das glaubst du nicht.

Mein erster Gedanke war: Abhauen, bevor die Feuerwehr und die Polizei aufkreuzt. Dieses Geschisse mit dem Gesetz, mit der Schule und dann auch noch mit den Eltern, das musste ich wirklich nicht haben. Und das kurz vor dem Abitur, nein danke. Das Gleiche galt für Paul. Den hätten sie sofort eingesperrt.

Ich schrie ihn an: «Hau endlich ab, versteck dich! Oder willst du im Knast landen?» Er rührte sich nicht, als würde ihn das alles nichts angehen. Er verhielt sich wie ein Zuschauer im Kino. Ich schüttelte ihn, zerrte an ihm herum: «Los, hau ab, du Pfeife. Lauf weg!» Aber keine Reaktion, wie ein störrischer Esel stand er da und sträubte sich. Was zum Teufel sollte ich jetzt machen?

Ich zerrte ihn mit Gewalt zu einem versteckten Pfad hinter einer unscheinbaren Felsformation, der auf einem kleinen Umweg hinab ins Tal führte. «Renn los, du verdammter Idiot!» Ich flitzte jetzt durchs Dickicht die Abkürzung hinunter. Wir durften auf keinen Fall zusammen gesehen werden. Paul blieb einfach stehen. Ich gab ihm einen Stoß, der so kräftig war, dass er ins hohe Gras fiel. «Und lass dich nicht erwischen. Wenn du jemandem begegnest, versteckst du dich, verstanden? Endlich stand Paul auf und machte zwei Schritte, blieb aber danach wieder stehen. Ich wollte ihn schon in den Arsch treten, vielleicht hätte ich ihn auch verprügelt, wäre nicht die Sirene der Feuerwehr und kurz danach auch die der Polizei zu uns gedrungen.»

In diesem Moment erhob Marie ihre Stimme:

«Ich wusste gar nicht, dass es eine eigene Polizei- und eine spezielle Feuerwehrsirene gibt. Woran erkennst du den Unterschied?»

Lukas hatte sich schon gewundert, dass es lange keine Nachfragen gegeben hatte und heimlich geschaut, ob seine Frau überhaupt noch zuhörte.

«Kennst du den Unterschied nicht? Ganz einfach, die Tonfolge der Sirene ist eine andere. Bei der Polizei klingt die Sirene Tatüü - Tatütatütatüü und bei der Feuerwehr Tatüü - Tatüü. Alles klar? Dann kann ich weitermachen?»

Eine kurze Handbewegung zeigte Lukas an, dass er seine Schilderung fortsetzen konnte.

«Die Rauchwolke war schon von Weitem zu sehen und jeder wusste sofort, dass hier keine Würstchen auf dem Grill gebraten wurden. Hier musste es sich um einen gefährlichen Brand inmitten des Bergwalds handeln. Das wilde Geheul der immer näher kommenden Sirenen gab mir den Rest. Ich durfte keine Zeit mehr verlieren. Ich ließ Paul stehen und stürzte mich durchs Dickicht hinunter ins Tal.

Den Rest spare ich uns. Nur noch das eine: Lea berichtete mir am nächsten Tag in der Schule, dass die Feuerwehr den Brand gelöscht hatte und der Schaden gering ausgefallen sei. Und dass Paul von der Polizei, die den Tatort routinemäßig großräumig absuchte, in der Nähe der Hütte im tiefen Gras zusammengekrümmt und mit Brandverletzungen aufgegriffen wurde. Er war also dortgeblieben und nicht geflüchtet, wie ich es ihm immer wieder geraten hatte. Da er kein Wort sprach und sich nicht verteidigte, galt er von nun an als der Brandstifter.

Trotz der Anstrengungen der Schwester und der Mutter kam er in eine staatliche Einrichtung. Seither habe ich nichts mehr von ihm gehört. Lea habe ich nach dem Abitur auch nicht mehr getroffen.

Diese Geschichte war der Grund für mein dir seltsam erscheinendes Verhalten, als dieser Brief von Paul auftauchte. Er hatte ja nicht vorsätzlich Feuer gelegt, es war ein blöder Unfall. Ich war dabei nur Zuschauer, der seinen Arsch gerettet hat. Hätte ich etwa dort bei Paul bleiben sollen? Habe ich versagt? Diese Fragen stellte ich mir noch lange. Das Ganze hat mich richtig mitgenommen. Verstehst du das? Danach verblasste alles allmählich. Und jetzt plötzlich dieser blaue Brief. Alles war erneut lebendig! Die damaligen Ereignisse hatten mich wieder eingeholt. Das war nicht so toll für mich. Das wirst du sicher verstehen!»

«Klar verstehe ich das. Aber Du musst dich jetzt nicht gleich selbst bemitleiden. Ich kann das alles schon ganz gut nachvollziehen. Sicher schaut es in einer brenzligen Situation ganz anders aus als hier am Küchentisch. Ich weiß nicht, ob ich an deiner Stelle bei Paul geblieben wäre. Ich glaube nicht.»

«Da fällt mir aber ein Stein vom Herzen. Zwar war ich an der Entstehung des Brands nicht beteiligt, aber ich fühlte mich lange Zeit schuldig, einen Freund im Stich gelassen zu haben. Das erklärt auch mein Verhalten, als ich von dem Brief erfuhr.»

«Lukas, es ändert sich nichts, wenn du noch zehnmal dein schuldhaftes Tun bedauerst. So schlimm war es ja auch nicht. Du hast doch versucht, den Freund zu retten. Wenn der nicht will, aus welchen Gründen auch immer, ist es nicht deine Schuld.»

«Aber er ist Autist. Diese Menschen ...»

Abrupt unterbrach Marie dieses Gejammere von Lukas:

«Jetzt reicht es auch mal. Ich habe es kapiert und finde es in Ordnung, wie du reagiert hast. Wie geht es nun weiter? Schreibst du ihm? Das wird sicher kein einfacher Brief. Wenn du es willst, kann ich dir jeder Zeit mit einem guten Rat zur Seite stehen.»

«Danke dir, aber ich komme gut allein zurecht. Ich ..., schon gut, ich nerve dich nicht mehr mit meinen Bedenken. Hauptsache, du hast Verständnis für mich. Das ist mir sehr wichtig, musst du wissen.»

«Dann Prost auf uns beide! Ich lege mich schlafen, es war heute ein anstrengender Tag. Dir würde es auch ganz guttun, etwas abzuschalten.»

«Das mache ich, trinke aber noch ein Glas Rotwein. Dann habe ich auch die richtige Bettschwere. Ich komme gleich nach!»

Lukas atmete tief durch. Das hätte er geschafft. Besser als vermutet. Mit einem Mal spürte er, dass seine Betroffenheit nicht gespielt, sondern echt war. Er musste sie nicht spielen, auch wenn die Geschichte nur einen Teil der Wahrheit abbildete. Ihn hatte diese neue Version des damaligen Geschehens tatsächlich tief berührt. Aber er hatte noch etwas anderes wahrgenommen: Wahrheit und Erzählung hatten sich verbündet, waren ineinander übergegangen, waren eine Einheit geworden.

In Lukas Kopf geisterte aber noch ein Problem, das er unmöglich schlüssig erzählen könnte: Es bestand aus Personen, aus Marie und den beiden Kindern und aus Karla. Sie war in seiner Geschichte nicht vorgekommen. Aber er hatte gemerkt, wie sie ihm während des Erzählens immer präsenter wurde und wie ihn wieder eine innere Erregung erfasste, die er kaum kontrollieren konnte. Er empfand es einerseits als Sehnsucht, die ihn zu verzehren drohte, andererseits als Schwäche, dass er sich so ausgeliefert fühlte und schließlich als schlechtes Gewissen, denn er liebte ja Marie und seine Kinder.

Zur selben Zeit empfand er sich schuldig und unschuldig zugleich. Dass zu diesen Problempersonen auch Paul gehörte, machte das Drama vollkommen. Aber Paul und Karla waren nicht hier. Lukas konnte die Aufgabe also nicht lösen. Er kam sich vor wie in einem Traum, aus dem er zu früh erwachte und so das Ende verpasste.

Kapitel 7

«Paul, komm doch mal zu mir! Ich will, dass du meine Arbeit übernehmen kannst, wenn ich einmal ausfallen sollte. Ich bin mir sicher, dass du das schaffst. Ich hab doch gesehen, wie intensiv du mir beim Ausnehmen der Fische zugeschaut hast. Das interessiert dich anscheinend.»

Evi, die Tochter vom Fischerandi, war im ersten Moment irritiert, dass Paul keine Reaktion zeigte. Er schrubbte weiter unbeirrt seine Fische. Dann wurde ihr bewusst, dass Paul ja keine normale Hilfskraft war. Sie hatte es mit einem Autisten zu tun, der zudem nicht sprach. Es fiel ihr nach wie vor schwer, statt einer Antwort keine Reaktion zu erhalten. So viel wusste sie aber: Wenn Paul nicht reagierte, war er einverstanden.

Die Tochter des Fischers beobachtete Paul, wie er bedächtig seinen Fisch zu Ende schrubbte. Dann legte er seine Raspel zur Seite und kam erwartungsvoll zu ihrem Tisch. Evi erklärte ihm die genauen Schritte beim Ausnehmen der Fische und war baff erstaunt, als sie feststellte, dass Paul bereits bei seinem ersten Versuch alles richtig machte. Es dauerte zwar dreimal so lange wie bei ihr. Aber Paul war gründlich, sogar sehr gründlich. Und es machte ihm erkennbar ungeheuer Spaß. Evi war zufrieden und hatte sich für Paul eine Belohnung ausgedacht:

«Willst du morgen mit mir nach Langenargen zur Fischbrutanstalt fahren? Sie liefert für den Bodensee alle europäischen Fischarten aus. Sie sind für die Regulierung des Fischbestands im Bodensee außerordentlich wichtig. Ich habe schon mitgekriegt, wie sehr du dich mit den Fischen beschäftigst und alle möglichen Bücher darüber liest.»

Paul war dermaßen überrascht, dass er sogar mit einem Nicken reagierte. Diese Ankündigung musste ihn richtig gefreut haben. Evi klopfte ihm auf die Schulter, bereute es aber augenblicklich, als sie sein Zurückweichen bemerkte.

«Dann bis morgen!»

Paul konnte es nicht erwarten, bis Karla bei ihm auftauchte. In der Zwischenzeit notierte er auf seinem Schreibblock all das, was er als wichtig erachtete und Karla erfahren sollte. Für ihn war von enormer Bedeutung, dass seine Therapeutin die erste war, die seine Neuigkeiten erfuhr. Als es an seiner Tür klopfte, sprang Paul von seinem Stuhl auf und ließ sie ein. Er hatte sie sehnlichst erwartet, so sehr, dass er sogar das Begrüßungsritual vergaß, und streckte ihr seinen vorbereiteten Zettel mit beiden Händen entgegen. Karla befürchtete schon, dass Schreckliches passiert sein musste, wenn ihr Schützling so heftige Reaktionen zeigte. Aber ihre Miene hellte sich umgehend auf, als sie die Botschaft las:

«Habe neue Arbeit. Darf Fische ausnehmen. Morgen Fahrt über den See. Zur Fischzucht nach Langenargen. Ich mit der Evi. Lukas nicht geschrieben.»

Der letzte Satz machte sie nachdenklich. Sie musste seine Ungeduld zügeln. Aber dann lächelte sie erleichtert und hätte Paul vor Freude über seinen Erfolg beim Fischer gerne in die Arme genommen. Doch sie wusste, dass sie dies tunlichst unterlassen musste:

«Das sind ja erfreuliche Nachrichten. Dann ist der Fischer wohl recht zufrieden mit deiner Arbeit, wenn du eine andere Aufgabe bekommst und dich die Tochter als Belohnung nach Langenargen mitnimmt.»

Karla hätte sich so gewünscht, dass Paul seine Freude mit einem Lächeln sichtbar machen würde. Soweit war Paul noch nicht. Sie musste weiter daran arbeiten, dass er endlich einmal seine Gefühle offenbarte. Dass er nicht allem gleichgültig gegenüberstand, bewies seine Ungeduld mit Lukas Antwort.

«Paul, der Lukas hat wahrscheinlich eine Menge Arbeit, so dass es noch eine Weile dauert, bis er dir antwortet. Ich bin mir ganz sicher, dass er sich über deinen Brief riesig gefreut hat. Jetzt braucht er Zeit, um dir auch einen schönen Brief zu schreiben. Du hast auch eine Arbeit, aber keine Familie, wie sie Lukas ganz sicher hat. Die wollen dann immer was von ihm. Da bleibt ihm wenig Zeit für andere Dinge, die er gerne machen würde. Das verstehst du doch?»

Paul notierte auf seinem Schreibblock: *«Ich verstehe.»*

Dann hatte Karla einen Einfall, um die Ungeduld und die Langeweile von Paul etwas abzumildern. Damit könnte sie ihn ködern:

«Wie wäre es, wenn du wieder mit dem Schnitzen anfangen würdest. Du hast so tolle Masken geschaffen. Du hättest dann eine Beschäftigung, wenn du alleine bist. Immer nur Lesen ist auf Dauer doch auch langweilig.»

Sofort griff Paul zum Bleistift und schrieb:

«Lesen nicht langweilig. Lerne viel. Weiß mehr als andere.»

«Du sollst ja nicht aufhören, zu lesen. Schmökere nur weiter in deinen Büchern. Eigne dir viel Wissen an. Aber du sollst dazu auch noch kreativ sein. Das bist du eben mit der Erschaffung von Masken. Wir könnten dann Spiele machen, jeder mit einer anderen Maske. Da könntest du viel lernen. Und hättest dabei Spaß. Stell dir doch vor, du der starke, edle Ritter und ich das schwache Burgfräulein. Oder du der Herr der Unterwelt und ich die raffinierte Hexe! Du kannst es dir ja überlegen und mir beim nächsten Mal berichten, ob dir mein Vorschlag mit den Masken zusagt. Servus Paul!»

Paul zögerte nicht lange und begann nach ein paar Tagen mit dem Schnitzen der Masken. Karla hatte es möglich gemacht, dass Paul im Werkraum unter Aufsicht schnitzen durfte. Die Beschäftigung mit den Fischen hatte seine Begabung, Holz zu bearbeiten, vorübergehend in den Hintergrund treten lassen. Vor allem der Ausflug über den See zu der Fischzuchtanstalt hatte ihn begeistert. Die große lichtdurchflutete

Halle mit den grünen, runden Wasserbecken, in denen sich Jungfische zu Abertausenden tummelten, hatten sich tief in seinem Gedächtnis eingenistet. Trotz alledem ging er in die Beschäftigungstherapie, in der er zu Beginn seiner Unterbringung in der Reichenau schon war und in der seine Schnitzmesser aufbewahrt wurden, und begann ein Stück Lindenholz zu bearbeiten. Welche Maske er für sich schnitzen wollte, war für Paul unstrittig. Es musste eine furchteinflößende, schaurige Maske werden. In welche Rolle wollte er Karla stecken? Eine Hexe hatte Karla vorgeschlagen. Er dachte darüber nach. Nein, das wurde ihr nicht gerecht. Eigentlich wollte er eine schöne Maske für sie schnitzen. Da passte eine Hexe überhaupt nicht. Die war hässlich und böse, entsprach so gar nicht Karla, zu der er Vertrauen gefasst hatte. Eher eine anmutige, geheimnisvolle Zauberin. Das war es. Die würde er schnitzen. Karla würde diese Larve sicherlich gefallen.

Pauls Tage waren voll ausgefüllt mit seiner Arbeit beim Fischerandi und dem Anfertigen der Masken. Er war mehr als zufrieden. Das Ausnehmen der Fische machte ihm Spaß. Seine anfänglich belächelte Zögerlichkeit wich einer routinierten Zügigkeit, die besonders von Evi immer wieder gelobt wurde. Zu Hause angekommen, verlor er keine Zeit und setzte seine Schnitzereien fort, bis er aus dem Werkraum geschickt wurde. Er hätte gerne bis in die späte Nacht geschnitzt, aber es war strengstens untersagt, das Schnitzwerkzeug aus dem Werkraum mitzunehmen. Da wurde genau kontrolliert und mit harten Strafen gedroht, sollte es jemand wagen, so gefährliches Werkzeug mit auf sein Zimmer zu nehmen. Für Paul wäre es fatal gewesen, hätte man ihm den Freigang zur Fischerei verboten. Da hielt er sich lieber an die Regeln, so schwer es ihm auch fiel.

Kurz vor Fertigstellung seiner beiden Larven kam er, der lang ersehnte Brief von Lukas. Die Tage von Paul waren derart ausgelastet, dass die Gedanken an seinen früheren Freund keinen Platz mehr gehabt hatten.

Lieber Paul,

was für eine Überraschung, von Dir Post zu erhalten. Meine Antwort auf Deinen Brief hat länger gedauert, als mir lieb ist. Dies ist meiner momentanen beruflichen Auslastung geschuldet. Dass Du prima untergebracht und in guten Händen bist, freut mich natürlich. Und die Arbeit bei dem Fischerandi macht Dir sicher Spaß. Mit Tieren konntest Du ja früher schon blendend umgehen.

Ich bin Rechtsanwalt geworden und habe eine Frau und zwei Kinder. Mit dem Beruf und der Familie bin ich so sehr ausgelastet, dass ich nur in geringem Maße zu sportlicher Betätigung komme. Falls Du mir erneut schreibst, wundere Dich also nicht, wenn die Antwort etwas auf sich warten lässt.

Herzlichen Dank für Deinen Brief

Lukas

Paul war enttäuscht. Lukas schrieb ihm in einem völlig uninteressierten Ton. So hatte er ihn nie erlebt. Er hatte bislang zu niemandem Vertrauen gefasst. Nur seine Schwester Lea und seine Mutter, die er von Geburt an kannte, waren ihm vertraut. Lukas war der Erste, den er in seine Geheimnisse eingeweiht hatte. Wenn er nachdachte, vielleicht doch der Zweite, denn auch der Schnitzer war ihm vertraut, oder der Dritte, denn Karla kannte er auch besser. Das hatte dagegen viel länger gedauert. Lukas war der Erste, zu dem er gleich beim Kennenlernen ein gewisses Vertrauen gefasst hatte.

Beim Lesen des Briefes sah er Lukas als einen Menschen, den das alles nicht interessierte. Hatte nun er sich verändert oder war es Lukas, der sich gewandelt hatte? Er musste unbedingt Karla diesen Brief zeigen. Vielleicht irrte er sich auch. Er konnte sich nicht in die Gedankenwelt der anderen hineinversetzen und wusste mit ihren Gefühlen nichts anzufangen. Sollte er Lukas abschreiben? Waren seine Worte nur Floskeln, die er nicht verstand? Jetzt konnte nur noch Karla helfen. Sie konnte vieles erklären, was ihm fremd war. Sie hatte auch bei ihm etwas geändert. Paul war klar, dass seine Umwelt anders war als er. Karla hatte ihn dazu gebracht, dieses andere zu akzeptieren und sich zu bemühen, ihre Rolle mitzuspielen. Ähnlich einem Schauspieler, der weiß, was der Schriftsteller von seinen Akteuren erwartete.

Karla schüttelte leicht verwundert den Kopf, als sie die Zeilen von Lukas las. Das soll einmal ein Freund ihres Schützlings gewesen sein? Es musste Gründe geben, dass Lukas einen so unpersönlichen und distanzierten Brief an den früheren Freund geschrieben hatte. Das würde sie schon herausfinden. Sie musste Paul überzeugen, den Briefwechsel trotz seiner Enttäuschung, die er ihr auf einem Zettel offenbart hatte, weiter aufrecht zu erhalten. Etwas Gutes hatte diese Geschichte. Sie hatte bemerkt, dass sich bei Paul etwas bewegte. Er hatte nicht nur seine Enttäuschung signalisiert, sondern seine eigenen Gefühle kundgetan und dazu noch Gefühle bei jemand anderem erwartet. Sie war auf dem richtigen Weg.

«Paul, du musst dich nicht ärgern. Dein Freund wird sehr viel Arbeit haben und gestresst sein. Du wirst sehen, auf deinen nächsten Brief wird die Reaktion eine ganz andere sein. Schreib ihm, wie es dir geht, welche Arbeit du machst, was dich ärgert, was dich freut. Kannst du das oder ist es für dich schwierig?»

Kaum hatte Karla ihren Satz beendet, befürchtete sie auch schon, Paul mit ihren Vorschlägen überfordert zu haben. Sie nahm sich vor, künftig vorsichtiger vorzugehen. Dann aber stellte sie zu ihrer Erleichterung fest, dass Paul bereits zu seinem Stift gegriffen und zu schreiben begonnen hatte, um ihr zu antworten. Sie war sprachlos. Er schrieb und schrieb, nicht zwei, nicht drei Worte, nein, einen vollständigen Satz.

«*Interessiert Lukas, was ich denke und fühle? Er kennt doch seine eigenen Gefühle. Habe ich andere Gefühle?*»

Karla war froh, sich vor einiger Zeit mit jugendlichen Entwicklungsstörungen näher beschäftigt zu haben. Jetzt konnte sie Paul helfen.

«Paul, jeder Mensch fühlt und denkt anders. Und wie er fühlt, kann ich bei meinem Gegenüber in seiner Mimik, seiner Gestik, seinen Bewegungen, seiner Stimme und vielem mehr erkennen, ohne darüber nachzudenken. Wenn er grübelt, kann er die Stirne runzeln oder ins Leere schauen. Wenn er traurig ist, weint er vielleicht und wenn er missmutig ist, zieht er die Mundwinkel nach unten. Ich weiß, dass du Probleme hast, das zu sehen. Aber du kannst es erlernen.»

Als Karla sah, dass Paul sie verständnislos mit großen Augen anstarrte, fügte sie hinzu:

«Keine Angst, das geht nicht von heute auf morgen. Aber auch deine Masken drücken Gefühlsregungen aus und wollen Gefühle hervorrufen. Wenn du jetzt von Lukas eine Maske schnitzen würdest, wie würde sie aussehen?»

Paul schwieg, er begann, nachzudenken, und schrieb dann auf seinen Zettel:

«*Masken haben keine Gefühle und sie schauen immer gleich aus. Da weiß ich, wie ich dran bin.*»

Karla wusste, dass sie zu weit gegangen war. Sie meinte leichthin:

«Schnitze die Masken weiter. Wie weit bist du schon?»

Heimlich dachte sie sie aber, ich werde dir schon zeigen, wie das mit den Gefühlen der Masken ist.

«Ich werde dich zu nichts drängen. Ich werde dir immer dann behilflich sein, wenn du es willst.»

Erleichtert sprang Paul auf und zeigte Karla die fast vollendeten Larven. Sie hatten große Mundöffnungen, wie es Karla ihm aufgetragen hatte. Sie hatte ihm erklärt, dass es wichtig sei, zu sehen, wie die Lippen bei den einzelnen Worten geformt werden. Das hatte er einleuchtend gefunden und sich strikt daran gehalten. Aber das Thema Lukas Brief beschäftigte ihn weiterhin. Vor allem das Problem, seine Gefühle anderen zu offenbaren. Erneut schrieb er:

«Ich schreibe Lukas, der Papa und die Freunde aus der Schule haben mich geärgert und die Mama und die Lea haben mir geholfen. Ohne Papa war es schön. Die Arbeit beim Fischerandi und bei der Evi ist toll.»

«Das ist eine gute Idee. Mach das so! Da freut sich der Lukas ganz bestimmt, wenn er so viel von dir erfährt. Dann berichtet er auch mehr von sich, seiner Arbeit und seiner Familie. Da bin ich mir ganz sicher.»

Dieses Gespräch mit Karla beschäftigte Paul viele Tage. Und er ärgerte sich, dass Lukas einen Brief geschrieben hatte, der so wenig aussagte. Er wollte doch von Lukas erfahren, wie die anderen Menschen ticken. Das war schon in der Jugend sein Plan, als er Lukas kenngelernt hatte. Lukas war nicht irgendein Altersgenosse. Er war der Star unter den Jungen. Das hatte ihm seine Schwester Lea so erzählt. Und sie wusste immer, was sie sagt und was sie will. Er ergriff Zettel und Stift und schrieb aufgeregt:

«*Schlechter Lukas. Du lässt mich sitzen. Paul mag dich nicht mehr.*»

Kaum hatte er damit seinem Ärger etwas Luft verschafft, zerknüllte er auch schon das Stück Papier und warf es in den Papierkorb. Danach drehte er in seinem Zimmer ein paar Runden, wie er es oft machte, wenn er nicht mehr weiter wusste.

Plötzlich blieb er stehen, ballte seine Fäuste und holte den Fetzen Papier wieder aus dem Papierkorb heraus. Er wühlte in seinen Hosentaschen herum und kramte ein Päckchen Zündhölzer hervor, die er heimlich beim Fischerandi in der Räucherkammer stibitzt hatte. Er war in seinem akuten Gemütszustand nicht in der Lage, einen klaren Gedanken zu fassen. Ungeübt wie er war, verbrannte er sich beim Anzünden seiner Aufzeichnung die Finger und ließ mit einem kurzen Aufschrei das lodernde Stück Papier fallen. Unglücklicherweise segelte es in den nahestehenden Papierkorb, so dass das Zimmer im Nu in Rauch gehüllt war und der Rauchmelder ansprang. Doch Paul, der regungslos daneben stand, hatte Glück. Ein Pfleger war umgehend zur Stelle und löschte das kleine Feuer.

Ein Brand in Pauls Zimmer. Er stand wegen der früheren polizeilichen Ermittlungen immer wieder einmal in dem Verdacht, wenn kleine Brände in der Klinik Reichenau entdeckt wurden. Nur konnte man es ihm nie beweisen. Jetzt schien es offensichtlich, dass nur Paul als Brandstifter in Frage kommen konnte.

Auf Nachfragen der verantwortlichen Ärzte antwortete Paul nicht. Das war nicht neu und auch so erwartet worden. Deshalb wurde Karla hinzugerufen. Sie hatte aus Sicht der Ärzte bei Paul anscheinend einen Zugang gefunden und es bestand die berechtigte Hoffnung, dass er zu den Anschuldigungen Stellung nahm.

«Frau Wagner, versuchen Sie doch, Paul dazu zu bringen, dass er uns bei der Aufklärung dieser Brände hilft. Bei Ihnen scheint er etwas zugänglicher zu sein.»

«Ich rede gerne mit Paul. Aber ich bin mir sicher, dass er mit den anderen Bränden nichts zu tun hat. Die bisherigen Feuer waren ja absichtlich gelegt worden. Dass Paul in vollem Bewusstsein absichtlich zündelt, um anderen zu schaden oder fremdes Eigentum zu schädigen, halte ich für ausgeschlossen. So gut kenne ich ihn. Dazu ist er nicht in der Lage. Jeder, der ihn länger kennt, wird meine Einschätzung bestätigen. Vielleicht sprechen sie mal mit dem Fischer, bei dem Paul arbeitet. Er und seine Tochter sind den ganzen Tag mit Paul zusammen und können ihn sicher recht gut beurteilen. Dort hat es noch nie in dieser Richtung Ärger gegeben.»

«Das ist eine blendende Idee. Sie wissen ja, sollte sich der Verdacht auf Brandstiftung erhärten, müssen wir ihn verlegen. Er muss dann in eine geschlossene Station und seine Arbeit in der Fischerei und die Ausflüge mit Ihnen sind beendet.»

«Vielen Dank, dass Sie ihm noch eine Chance geben! Ich werde mein Bestes geben, damit diese Sache ein versöhnliches Ende nimmt.»

Als Karla Paul auf das Feuer ansprach, schrieb er bereitwillig seine Sicht des Vorfalls auf seinen Notizblock:

«Ärger über Brief von Lukas. Meine Wut aufgeschrieben. Zettel dann angezündet. Finger verbrannt. Zettel in Papierkorb. Viel Schmerzen. Der Zettel fiel in Papierkorb. Plötzlich Feuer da. Wollte es nicht.»

«Das glaube ich dir. Ich weiß, dass du absichtlich nie ein Feuer legen würdest. Aber woher hast du die Zündhölzer und warum hast du sie überhaupt in Deinem Besitz? Das werden die Ärzte von dir wissen wollen.»

Paul begann sofort, seine Antwort auf den Zettel zu schreiben:

«Evi gesagt, keine Zündhölzer rumliegen. Waren am Boden. Hab sie eingesteckt. Vergessen, sie Evi zu geben.»

«Aber du weißt doch, dass Streichhölzer und Feuerzeuge in der Klinik verboten sind!»

Jetzt klang die Stimme von Karla besorgt. Paul schrieb:

«Vergessen, dass Hölzer in Tasche.»

Karla fühlte sich in ihrer Einschätzung bestätigt. Paul würde sie nie belügen. Das hatte er auch bisher nie getan. Sie hatte in den vergangenen Jahren ein tiefes Vertrauen zu ihm aufgebaut. Für sie war es eine echte Freundschaft mit ihm, ohne dass ihr Umfeld davon etwas bemerken konnte. Ob Paul es ebenso erging? Sie wusste, dass er seine Gefühle nicht zeigen konnte. Manchmal hatte sie das Gefühl, dass sie für ihn die Stelle einer Mutter einnahm. Sie schützte ihn, half ihm, erklärte ihm das Leben und wollte aus ihm einen erwachsenen Mann machen. Aber war das alles? Wo stand sie selbst?

Sie wusste, dass sie nicht seine Mutter sein konnte und es auch nicht sein wollte. Betrachtete sie Paul als seine Mutter? Irgendwann müsste sie es klären müssen. Jetzt aber galt es, Pauls Verbleib in der Reichenau zu sichern.

Es kam auf die Aussage des Fischerandi und seiner Tochter an, ob Paul auf der Reichenau bleiben durfte oder ob er in Kaufbeuren sogar in der geschlossenen Abteilung untergebracht würde. Nicht auszudenken, wie Pauls Reaktion auf eine Verlegung ausfallen würde. Könnte sie ihn dann weiter unterstützen? Wahrscheinlich nicht. Dieses Fiasko wäre auch das Ende für Karlas Therapie, die sich doch auf einem so guten Weg befand und auch erfolgversprechend schien. Sie würde aber ihr Ziel ‹Paul spricht› niemals kampflos aufgeben. Karla war fest davon überzeugt, dass sie ihre Behandlung fortsetzen und er in der Reichenau bleiben würde.

Der Fischerandi war äußerst überrascht, als er von den Vorwürfen gegenüber Paul hörte. Er nahm kein Blatt vor den Mund und fragte nach kurzer Pause, wer denn auf diesen Unsinn gekommen sei. In seinem Betrieb sei Paul immer korrekt mit dem Feuer umgegangen. Wenn es bei ihm im Zimmer gebrannt hatte, dann war das sicher ein Versehen, aber nie und nimmer seine Absicht. Dazu kenne er den Paul zu gut. Mehr hatte er nicht zu sagen, drehte sich auf dem Absatz um und ging seiner unterbrochenen Arbeit nach.

Die Beurteilung der Ärzte, wie man mit Paul weiter verfahren sollte, zog sich lange hin. Letztendlich wollte man Paul die Chance geben, weiter mit Karla zu arbeiten. Die stetigen Erfolge, waren sie auch noch so gering, gaben Anlass zur Hoffnung, dass Paul und die Klinik auf dem richtigen Weg waren. Auf keinen Fall wollte man die erfolgreiche Arbeit von Karla beenden. Ebenso einig waren die Ärzte, dass Paul bei einem nächsten Vorfall mit Feuer nicht mehr in der Klinik bleiben konnte.

Pauls Reaktionen zeigten aber noch etwas: Paul war zugänglicher geworden und vertraute zunehmend den mit ihm eng verbundenen Personen. Auf seinen Zetteln, mit denen er jetzt häufiger Kontakt suchte, wurden die Sätze länger und seine Gedanken fassbarer. Ab und zu erschienen sogar Nebensätze. Trotz alledem rieb sich Karla die Augen, als sie eines Tages entdeckte, dass ihre Anstrengungen bei Paul auf fruchtbaren Boden fielen. Ohne Aufforderung oder Nachfrage begann er, einen Brief an Lukas zu schreiben. Nicht in einem Stück, sondern täglich ein bis zwei Zeilen. Für Karla schien es, als überlege er jeden Satz dreimal, damit seine Botschaft von Lukas auch richtig aufgenommen würde. Karla mischte sich nicht ein. Das war gar nicht nötig. Sie war begeistert, welche Fortschritte sie bei Paul miterleben durfte.

Diesen Fortschritt bemerkte Paul selbst nicht in gleichem Maß. Er spürte Veränderungen bei sich, ohne sie näher beschreiben zu können. Seit Tagen kämpfte er um jedes Wort, das er an Lukas schrieb. Er erinnerte sich an seinen Wunsch, der beim Kennenlernen von Lukas so ausschlaggebend war: Wie konnte er von dem neuen Freund lernen, wie die anderen Menschen ticken.

Er wollte den Brief so verfassen, dass er darauf eine schlüssige Antwort erhielt. Wenn er von seinem Leben schrieb, von seinen Freuden und Niederlagen, dann hoffte er auch, die gesuchte Rückmeldung zu erhalten. Er war es leid, immer der Außenstehende zu sein, der entweder nicht beachtet oder, was häufig vorkam, belächelt und verspottet wurde.

Deshalb hatte er damals die Verbindung mit Lukas gesucht. Durch ihn hatte er gehofft, zu verstehen, wie die anderen sind – er wusste gar nicht, ob er auch so werden wollte. Er wollte einfach nicht mehr verspottet werden. Paul hatte gedacht, wenn ich Lukas ganz genau beobachte und ihm nahe bin, kann ich ihn mir zum Vorbild nehmen.

Warum gingen immer nur ihm die Mitmenschen so auf den Geist? Warum machten sie ihm Angst? Allen anderen schienen das andauernde Gequatsche, die ständigen Fragen, die Belästigungen von allen Seiten und für alle Sinne, die alles überfrachteten, nichts auszumachen, während sie für ihn ein Chaos darstellten, das ihn erdrückte. Die anderen beantworteten die Frage schon, bevor er sie überhaupt verstanden hatte.

Nur wenn er allein war, konnte er dem Chaos einigermaßen entgehen. Aber ihm fehlte etwas, auch wenn er nicht wusste, was es war. Lukas sollte ihm helfen, das herauszufinden. Eigentlich hatte er damals von ihm wissen wollen, wie er es machte, dass er nicht so ausgeliefert war, dass er im Strom der Eindrücke mitschwimmen konnte, ohne unterzugehen und ohne Angst, die Kontrolle zu verlieren. Von diesen Wünschen wollte er sich nicht abbringen lassen. Von niemandem. Aber es kam alles anders.

«Mach mal endlich etwas für deine Gesundheit, Papa! Du wirst immer dicker! Du könntest leicht einmal in ein Fitnessstudio gehen und die überflüssigen Pfunde abtrainieren. Das könnte nicht schaden.»

Lukas hatte gerade seinen letzten Bissen hinuntergeschluckt, als seine Tochter ihn wiederholt an mehr Sport erinnerte. Wie auch die Male zuvor, hatte er seine gängige Ausrede gebraucht:

«Schatz, du weißt doch, wie viel Arbeit ich habe. Und du willst doch auch, dass täglich Essen auf dem Tisch steht. Dein Eislaufen, die Urlaube, ein neues Fahrrad, eine neue Lederjacke, ein neues Radio .... Von nichts kommt nichts! Ich sehe ein, dass ich demnächst etwas unternehmen muss. Aber deine Mutter kocht so gut, da kann ich nicht widerstehen. Falls es dich beruhigt, melde ich mich nächstes Frühjahr im Fitnesscenter an. Zufrieden?»

«Wenns dann nicht zu spät ist! Aber besser spät, als gar nicht!»

Damit hatte seine Tochter erreicht, was sie wollte und verschwand in ihrem Zimmer. Obwohl er von den dauernden Ermahnungen genervt war, freute er sich über die Fürsorge seiner Tochter. Sie war sein Augenstern. Ihr konnte er selten etwas abschlagen. Beide mochten sich und nahmen es auch nicht krumm, wenn ein heikles Thema angesprochen wurde. Kaum hatte sich die Tochter zurückgezogen, erschien Marie auf der Bildfläche. Ihm fiel das süffisante Lächeln seiner Frau sofort auf. Was führte sie nach dem Auftritt der Tochter nun im Schilde? Unerfreuliche Nachrichten für ihn? Als Marie hinter ihrem Rücken einen blauen Brief hervorholte, atmete Lukas erleichtert durch. Das war mit allergrößter Wahrscheinlichkeit ein Schreiben von Paul. Wer schrieb sonst heutzutage noch einen blauen Brief?

«Dein früherer Freund hat sich nach langer Zeit wieder gemeldet. Was mich eigentlich nicht wundert. Du hast ja auch so lange gebraucht, bis du ihm geantwortet hast.»

«Zeig her!»

«Dieses Mal antwortest du ihm aber etwas schneller, hoffe ich doch!»

«Das kommt auch darauf an, was drin steht. Warten wir es ab. Jetzt gib schon her!»

«Du bist plötzlich ganz schön ungeduldig. Das bedeutet wohl, dass du ihn gleich aufmachst und liest!»

Damit reichte sie Lukas den blauen Brief. Dieses Mal legte er ihn nicht beiseite. Er angelte sich den Brieföffner und ritzte den blauen Umschlag auf. Lukas war gespannt, was Paul ihm zu berichten hatte. Auch Marie war voll Erwartung, wunderte sich aber über die Eile ihres Mannes.

Hallo Lukas.

Deinen Brief habe ich erhalten. Er war knapp. Ich habe beim Fischerandi neue Arbeit. Fische aufschneiden und die Schuppen abbürsten. Das mache ich ganz allein. Die Evi schaut nur zu. Der Fischerandi ist der Papa von der Evi. Er schimpft und schlägt sie nie. Er ist ein guter Papa. Mein Papa war nicht gut. Hat mich immer geschimpft und geschlagen. Und die Mama auch. Die Lea nie. Die hat der Papa auch gestreichelt, aber sie wollte das nicht.

Auf der Reichenau werde ich nicht geschlagen. Aber geschimpft. Weil der Papierkorb gebrannt hat. Das Feuer vom Zettel hat mich verbrannt und ist dort hineingefallen. Jetzt glauben alle, ich habe in der Klinik öfter absichtlich Feuer gemacht. Das war ich aber nicht. Der Fischerandi hat mir geholfen. Er hat gesagt, dass ich bei ihm nie etwas anzünde. Jetzt muss ich nicht weg von der Insel.

Ich schnitze auch wieder Masken. Damit kann man Theater spielen. Das wird schön. Zwei Ärzte haben Angst vor den Masken. Ich habe hier nicht mehr viel Angst. Wenn die Angst kommt, geht es mir schlecht. Angst ist nicht gut. Ich sage dann immer zu mir: Ich habe keine Angst, ich habe

keine Angst. Das hilft. Hast du viel Angst? Dann musst Du
sagen: Ich habe keine Angst.

Grüße von Paul.

Lukas war irritiert und baff zugleich. Paul zeigte enorme
Fortschritte seit seinem letzten Brief. Der Aufenthalt im
Maßregelvollzug schien ein voller Erfolg zu sein. Hier schienen sich hervorragende Therapeuten um Paul zu kümmern.
Ihm wurde es leichter ums Herz, seine Selbstvorwürfe traten
für eine kurze Zeit in den Hintergrund. Paul hatte sich
geöffnet, teilte sich mit, erzählte ihm, was ihn bedrückte und
freute. Er schüttelte ungläubig den Kopf.
    «Ist etwas Schlimmes passiert? Hat dein Freund etwas
angestellt?»
    Marie fragte besorgt nach. Das Kopfschütteln hatte bei
ihr die Alarmglocken läuten lassen.
    «Nein, nein, bei Paul ist alles in Ordnung. Ich bin nur
völlig überrascht über seine Wandlung. Er muss sich enorm
verändert haben. Der Paul, wie ich ihn kenne, war zurückhaltend und ohne Gefühle, nur auf sich fixiert. Alles, was
nicht ihn betraf, interessierte ihn nicht die Bohne. Über sich
sprach er nie, Gefühle schien es für ihn nicht zu geben. Jetzt
mit einem Mal gibt er Dinge preis, die ihn bewegen, belasten
und auch freuen. Das hätte es früher, als ich mit ihm
zusammen war, nicht gegeben. In diesem Maßregelvollzug
auf der Insel Reichenau müssen sie ein Wunder vollbracht

haben. Sonst ist diese Veränderung für mich nicht erklärbar. Und ich wollte über Paul mehr aus der Welt des Autisten erfahren. Unsere Freundschaft war ein Experiment für mich. Das geht jetzt wohl nicht mehr. Ich hätte auch keine Zeit dafür. Ich glaube, er ist noch in vielem sonderbar und anders als wir, aber längst nicht mehr so extrem wie früher. Ich bin regelrecht sprachlos, zu was der Junge momentan fähig ist.»

«Lukas, du darfst nicht vergessen, der Paul ist kein Junge mehr. Er ist wie du ein erwachsener Mann. Er müsste eigentlich auch schon 30 Jahre alt sein.»

«Das kann ich dir genau sagen, er ist ein Jahr älter als ich. Also 37 Jahre alt. Unglaublich, ich sehe ihn immer noch als jungen Burschen, der zurückgezogen auf der Hütte seine Eigenheiten auslebt.»

«Dieses Mal wartest du nicht mehr so lange mit einer Antwort. Das gehört sich nicht. Kann ich den Brief auch einmal lesen oder ist er zu persönlich?»

Und etwas verschmitzt meinte sie:

«Vielleicht musst du dir die Zeit für deine Mitmenschen nehmen, die so an dir hängen.»

Das traf: Lukas wusste, dass er nicht nur Paul, sondern auch seine Familie vernachlässigte, wenn die Arbeit drängte. Und das tat sie fast immer.

Ohne Zögern reichte er Marie den blauen Brief. Er war gespannt, ob seine Frau seine Sichtweise bestätigte. Als sie ihn gelesen hatte, legte sie ihn behutsam zurück und schwieg erst einmal, was für Marie äußerst ungewöhnlich war. Mit sorgenvoller Miene antwortete sie:

«Dieser Paul ist ein bemerkenswerter Bursche. Trotz seiner eigenen Probleme denkt er an dich. In der Tat haben die Therapeuten auf der Reichenau ganze Arbeit geleistet. Da bin ich voll deiner Meinung. Je mehr ich von ihm erfahre, desto interessanter wird er. Du musst vielleicht als sein alter Freund mithelfen, damit er weiter Fortschritte machen kann. Überlege mal, ob du ihn nicht einmal besuchen solltest. Diese Freundschaft lohnt, dass du dich um sie kümmerst. Das wird auf jeden Fall ein Gewinn. Also lass nicht wieder einen so langen Zeitraum verstreichen, bis du antwortest.»

Lukas ergriff erneut den Brief. Marie hatte recht, er war Paul eine rasche Antwort schuldig. Am Wochenende wollte er sich hinsetzen und von sich und seiner Familie berichten.

Lieber Paul,

Besten Dank für Deine Nachricht. Ich habe mit großer Freude die enormen Fortschritte bemerkt, die *Du gemacht hast. Das ist Dir sicher nicht leicht gefallen. Respekt!*

Dass Du unter Ängsten leidest, muss einen nicht wundern. Bei solch einem rabiaten Vater wäre die Angst auch ein Problem für mich. Hat er die Lea oft belästigt? Mir hat sie davon gar nichts erzählt. Aber ich kannte sie ja auch nicht so gut, dass man über so heikle Themen spricht. Eigentlich gehört Dein Vater angezeigt. Lebt er überhaupt noch oder hat er sich bereits zu Tode gesoffen? Wundern würde es mich nicht.

Ich habe Gott sei Dank kein Problem mit der Angst. Zudem lebe ich in einem sehr behüteten Umfeld. Weder privat, finanziell oder beruflich kann ich mich beklagen. Ich befinde mich eher auf der Sonnenseite des Lebens. Ich muss mich auch nicht mit einem solchen Handycap herumschlagen wie Du und kann mich unterhalten, jedem sofort meine Meinung sagen, Wünsche äußern, Freude hinausposaunen und den Ärger mit markigen Worten explodieren lassen. Das ist Dir verwehrt. Wie toll wäre es, wenn Deine Therapeuten, die augenscheinlich bisher Großartiges geleistet haben, Dich zum Sprechen bringen könnten. Wünschen würde ich es Dir.

Dieser Fischerandi scheint ja für Dich ein richtiger Glücksstreffer zu sein. So einen Arbeitgeber findet man in der heutigen, oft unpersönlichen Zeit auch nicht an jeder Ecke. Ich kann verstehen, dass Du Dich in diesem Umfeld mit den vielen Fischen recht wohl fühlst. Die naturnahe Beschäftigung kennst Du ja bestens von früher. Ich freue mich für Dich, dass Du aus deinem Leben so viel gemacht hast.

Hast Du auf der Insel Reichenau auch einen Freund oder sogar eine Freundin? Freundschaft erleichtert so vieles im Leben. Freunde können helfen, wenn man traurig ist, und sie können teilhaben an der Freude. Ich kann verstehen, dass es nicht einfach ist, Freunde zu finden, wenn man sich nicht unterhalten kann. Alles nur immer schriftlich mitteilen zu müssen, ist einfach anders. Unpersönlicher. So empfinde ich es als nicht Betroffener jedenfalls.

Mach weiter so, Paul, lass Dich nicht unterkriegen. Zeig allen, was in Dir steckt.

Beste Grüße Lukas.

Er verschloss den Brief und legte ihn beiseite. Er wollte ein paar Tage abwarten, ob er diesen Brief auch tatsächlich so abschicken sollte, getreu seinem Grundsatz, dass man nichts mit heißer Nadel stricken sollte.

«Hokuspokus ...»

Karla formte dabei ihren Mund überdeutlich zu einem O. Paul sollte genau sehen, wie sie den Mund formte, um das O zu sprechen. Der tanzte vor ihr mit seiner schaurigen Maske und streckte die Fäuste bedrohlich in die Lüfte. Es hatte den Anschein, dass er von den Bemühungen von Karla keine Notiz nahm. Das schaute aber nur so aus. Karla konnte deutlich erkennen, wie er krampfhaft versuchte, mit seinen Lippen dieses O zu imitieren, was eher einer Karikatur glich. Es fiel ihm sichtbar schwer. Aber wenigstens versuchte er es, dachte sich Karla und wiederholte den Zauberspruch beharrlich. Dabei stieß sie überdeutlich Luft durch den Mund. Paul wollte Karla nachahmen, aber er brachte nichts Hörbares zustande. Sie legte ihre Maske ab, ergriff Pauls Hände und führte sie zu ihrem geöffneten Mund. Er sollte spüren, wie sich die Spannung der Mundmuskulatur beim O veränderte. Dabei musste sie den leichten Widerwillen von

Paul überwinden. Aber er ließ es geschehen. Aber seine Hände zitterten leicht, waren kalt und feucht. Seinem Blick war zu entnehmen, dass er schier unendliches Vertrauen zu Karla gefunden hatte. Körperlicher Kontakt war aber noch zu viel für ihn. Und Karla? Ihre Hände zitterten nicht und sie waren auch nicht feucht. Aber sie spürte in ihrem Körper eine wohlige Wärme aufsteigen, als sie die Hände von Paul auf ihren Lippen spürte. Ihr erster Gedanke war: «*Das geht ja gar nicht. Ich muss dieses Spiel sofort abbrechen. Hier wird eine Grenze überschritten!*»

Danach beendete Karla dieses Rollenspiel. Sie wollte unbedingt vermeiden, ihrem Schüler zu nahe zu kommen. Außerdem wollte sie Paul nicht überfordern. Ihr war bewusst, welche Überwindung es Paul gekostet haben muss, dass seine Hände von einer anderen Person an einen fremden Mund geführt wurden. Ihr war aber auch klar, dass dieses Privileg nur ihr zustand.

Karla war mehr als zufrieden. Paul hatte dieses Rollen-spiel, mit den Übungen zum Schluss, erfreulich lange durch-gehalten. Jetzt musste sie am Ball bleiben. Paul war bereit, ihr bei dem Versuch, ihn zum Sprechen zu bringen, zu folgen.

Sie fühlte, dass sie es geschafft hatte, Pauls Aufmerk-samkeit zu gewinnen. Konzentration und Aufmerksamkeit waren aber zum Erlernen des Sprechens unabdingbar. Es war großes Glück, dass Paul auf Menschen, die ihn schätz-ten, zurückgreifen konnte. Er war auch in der Lage, beim

Sprechen Blickkontakt zu ihr aufzunehmen und auch zu halten. Beste Rahmenbedingungen also.

Dass Rollenspiele auch noch andere Vorteile mit sich brachten, wusste sie schon von ihrer Ausbildung. Die Fantasie wurde angeregt, Sozialverhalten gelernt und Ängste abgebaut, Empathie konnte gezeigt werden. Beste Voraussetzungen also, um Sprechen zu lernen. Jetzt war nur noch Geduld gefragt. Und geduldig war Karla schon von Kindesbeinen an.

Es klopfte an der Tür. Karla öffnete sie und war verblüfft, dass ein Arzt aus der Psychiatrie Paul besuchen wollte.

«Das trifft sich ja gut, dass ich Sie hier antreffe. Ich habe gehofft, dass Sie da sind. Entschuldigen Sie bitte, ich muss mich Ihnen ja noch vorstellen. Mein Name ist Dr. Klein. Ich bin Psychiater und würde mich gerne über Ihre Arbeit mit einem Autisten mit Ihnen unterhalten. Hätten Sie gerade Zeit?»

«Da haben Sie Glück. Wir sind gerade fertig mit unserer Stunde.»

Und zu Paul gewandt:

«Paul, dann bis morgen. Wäre nicht schlecht, wenn du das üben würdest, was ich dir heute alles gezeigt habe. Aber wie ich dich kenne, machst du das eh.»

Paul nickte eifrig und widmete sich wieder seinem Buch über die Fischzucht.

«Frau Wagner, am besten gehen wir in mein Zimmer. Da sind wir ungestört.»

Karla war neugierig, was Dr. Klein mit ihr besprechen wollte. War er wirklich an Paul und seinem Autismus interessiert? Oder wollte er mehr über ihre Behandlungsweise erfahren? Oder war er an ihr interessiert?

«Ich habe erfahren, dass Sie mit Ihrem Autisten so gut zurechtkommen und bereits erste Erfolge vorweisen können. Ich wäre an einer Zusammenarbeit mit Ihnen sehr interessiert, vor allem aber an Ihrer Herangehensweise aus Sicht der Sprachtherapeutin. Von meiner Seite könnte ich mit neuesten Erkenntnissen in der Forschung über interaktive Kommunikation dazu beitragen, Ihre Arbeit zu erleichtern.»

«Sehr gerne! Ich bin froh über jede Unterstützung, die ich bekomme.»

«Wir versuchen täglich, mit unseren Mitmenschen durch die Sprache als Mittel der Verständigung in Beziehung zu treten. Damit dies auch gelingt, benötigen wir die Stimme, die Mimik, die Gestik und die Körperhaltung. Sie sind für ein Miteinander der Menschen unentbehrlich. »

«Dies alles ist aber jetzt nicht gerade neu für mich.»

«Das Interessante kommt ja noch. Wenn wir in das Gesicht unseres Gegenübers blicken, können wir erkennen, in welcher Gemütsverfassung er sich gerade befindet. Ob er traurig ist, oder gerade vor Freude platzt. Jetzt scheint man zu wissen, warum das so ist. In neuester Zeit werden sogenannte Spiegelneuronen diskutiert, durch die wir in der Lage sind, unterschiedliche Emotionen unseres Gegenübers zu erkennen und auch zu übernehmen. Sie kennen die Situation: Es kommt jemand in einen Raum und beginnt zu lachen. Sofort stimmt ein Großteil in dieses Lachen ein. Dasselbe ist mit dem Gähnen. Fängt einer an, tun es ihm viele gleich. Dazu passt auch das uralte Sprichwort: Wie man in den Wald hineinruft, so schallt es heraus. Diese Resonanz ist für unsere Entwicklung ungemein wichtig. Wir denken jetzt, zu wissen, wie die Gedanken und Gefühle von dem Gegenüber reflektiert und zurückgegeben werden. Dadurch erfahren wir Anerkennung, aber auch Ablehnung. Wir können im Ausdruck des anderen Gemeinsames und Trennendes entdecken. Damit wir all dies erleben können, brauchen wir die Sprache und die Mimik. Sie sehen, wie wichtig dieser zwischenmenschliche Austausch ist. Nur so können wir uns selbstverwirklichen und entfalten. Beim Menschen mit Autismus funktionieren anscheinend diese Spiegelneuronen nicht mehr so richtig. Sie haben nicht automatisch nachgeahmt, was ihnen die Bezugsperson - meist die Mutter - mit ihrer Mimik vorgemacht hat. Sie haben nicht zurückgelächelt, wenn sie angelacht wurden, nicht den Mund geöffnet, wenn die Mama es vorgemacht hat, um sie zu füttern. Sie haben auch nicht gegähnt, wenn andere gegähnt haben. Sie haben damit nicht gelernt, den mimischen Ausdruck und auch die Sprachmelodie ihrer Bezugsperson aufzunehmen und quasi automatisch wahrzunehmen, zu empfinden und in ihr eigenes Ausdrucksrepertoire zu übernehmen. Sie haben alles nur bewusst oder gar nicht gelernt. Das bewusste Übernehmen ist viel langsamer und anstrengender und das bewusste Reagieren noch einmal viel langsamer und anstrengender. Da geben Kinder schnell auf. Sie sind überfordert,

jeder Reiz wird ihnen zu viel und schließlich stürzt die Reizüberflutung sie ins Chaos. Wenn das früh entdeckt wird,
kann man den Kindern mit viel Geduld das beibringen, was
wir automatisch durch Imitation lernen, wie eben unsere
Muttersprache. Man muss das Sprechen diesen betroffenen
Kindern durch bewusstes Lernen beibringen, so wie wir in
der Schule eine Fremdsprache bewusst gelernt haben. Doch
das Defizit bleibt auch bei diesen Kindern.

Ein soziales Miteinander ist so nahezu ausgeschlossen,
da keine Interaktion zustande kommen kann. Zudem fehlt
bei Ihrem Patienten auch noch die Sprache als Bindeglied
eines geregelten Miteinanders. Dieser Mensch steht allein in
dieser Welt, nur auf sich fixiert. Wir können uns seine Situation kaum vorstellen.»

Dr. Klein machte eine kleine Pause und fuhr dann fort:

«Aber Ihr bisheriger Erfolg mit Paul macht Mut. Vielleicht gelingt es Ihnen, die Defizite bei Paul zu kompen-
sieren. Ob das möglich ist, bleibt eine spannende Frage. Ich
bin auf jeden Fall sehr daran interessiert, wie Sie diese neuesten Erkenntnisse in Ihrer Arbeit mit einem Autisten
umsetzen können. Vielleicht lesen Sie ein wenig über die
neuen Forschungsergebnisse und deren Konsequenzen für
den Umgang mit Autisten nach. Ich habe Ihnen ein paar
kürzlich erschienene Arbeiten mitgebracht – falls Sie die
interessieren.»

«Das will ich gerne machen. Erst muss ich diese Neuigkeiten verarbeiten und die Literatur studieren. Dann werde
ich überlegen, wie ich sie umsetzen kann. Auf jeden Fall

danke ich Ihnen für das Gespräch und dass Sie sich so viel Zeit genommen haben. Ich melde mich in den nächsten Tagen bei Ihnen.»

Den Rest des Tages verbrachte Karla mit der Überlegung, welche Rolle dabei ihr zugedacht war. Ohne Frage wünschte sie sich, in Paul einen Spiegel zu finden. Sie war ganz sicher auf dem richtigen Weg, wenn sie Paul zum Nachahmen anregte. Paul musste lernen, ihre sprachlichen Fähigkeiten zu imitieren. So wie er sie bewunderte, könnte dies ein erfolgreicher Weg sein. Sie bewegte aber noch etwas anderes, etwas Persönliches. Gelang es ihr, nicht nur ihre sprachlichen Fähigkeiten, sondern auch ihre Gefühle und ihr eigenes Denken auf Paul zu übertragen und so seinen zerbrochenen Spiegel wieder zusammenzufügen? Konnte das bei Paul gelingen? Einem Autisten, dem der Spiegel fehlte und bei dem allenfalls Scherben vorhanden waren?

In den Tagen danach traf man auf einen ungewohnt aufgeräumten Paul. In unbeobachteten Augenblicken übte er das O, griff mit beiden Händen an den Mund und tastete die Lippen ab. Dabei zog er die lustigsten Grimassen. Als er sein Gesicht in seinem Zimmer vor dem Spiegel beim Grimassenschneiden sah, wollte er gar nicht mehr damit aufhören. Auch das prustende Ausatmen gefiel ihm. Als er einmal dabei den Mund schloss, spuckte er den Spiegel voll. Er erschrak fürchterlich. Aber nicht, weil er im Spiegel sein Gesicht verschmutzt hatte, sondern weil er einen Laut hervorgebracht hatte, ein «Brrrr». Er war davon ganz aufgeregt und versuchte es sofort noch einmal. Erneut war ein deutliches «Brrrr» zu vernehmen. Es folgte der Versuch mit zum O geöffneten Mund. Und tatsächlich hauchte er nun ein kaum hörbares «Ho» aus. Nach mehrmaligen Versuchen war es eindeutiger zu hören: «Ho»! Erst verwirrt, dann erschöpft, aber glücklich sank er auf sein Bett und schlief mit dem Vorsatz ein, Karla sofort bei ihrem Auftauchen mit diesen neuen Errungenschaften zu überraschen. Paul befand sich in einem Ausnahmezustand. Diese Erregung, das Erspüren von Freude waren neu für ihn. Was für ein Tag!

Kapitel 8

In Lindau war gerade am Frühstückstisch der Familie Keller das üblich lästige Abfragen beendet.

«Habt ihr alle eure Hausaufgaben gemacht? Habt ihr auch genügend Geld dabei? Haben alle das Pausenbrot eingesteckt?»

Danach war Lukas an der Reihe:

«Hast du den Brief an Paul schon abgeschickt? Der wird schon sehnlichst auf eine Antwort von dir warten.»

«Ja, das hab ich bereits gestern erledigt. Ich bin auch schon auf seine Reaktion gespannt!»

Da mischte sich die Tochter in das Gespräch ein.

«Wir müssen immer alles sofort erledigen. Ihr Erwachsene könnt euch Zeit lassen. So schön möchte ich es auch einmal haben. Papa, warst Du eigentlich schon beim Fitness? Man sieht noch nichts! Aber du kannst ja alles aufschieben, ohne dass jemand an dir herummeckert. Außer vielleicht die Mama.»

«Sei nicht so frech. Ich kann dich aber beruhigen. Nächste Woche gehts los! Dann wirst du deinen Papa vor lauter Muskeln nicht mehr erkennen.»

Lukas stand auf, legte einen Arm um die Schultern seiner heranwachsenden Tochter, küsste sie auf die Stirn und machte sich auf den Weg in die Kanzlei.

Die Regenwolken schienen auf dem See zu schwimmen. Ohne Regenschirm war es nicht ratsam, das Haus zu verlassen. Gerade das richtige Wetter, um dem Wunsch der Tochter nachzukommen, ein Fitnessstudio aufzusuchen. Beim Betreten des Trainingsraums fiel Lukas sofort dieser typische, abstoßende Gestank nach Schweiß und sonstigen üblen Ausdünstungen auf, Erinnerungen an altes Pommes frites Fett wurden wach. Der Geruch war zwar nur dezent, da die Betreiber viel für die Luftverbesserung unternommen hatten, aber Lukas empfindliche Nase nahm den ungewohnten Geruch augenblicklich wahr. Erinnerungen an die Turnstunden im Gymnasium wurden wach. Nur fand er die damaligen Ausdünstungen weitaus weniger unangenehm. Und hier sollte er seine Gesundheit trainieren? Erste Zweifel kamen in ihm hoch. Aber er hatte es ja seiner Tochter versprochen. Sie war zwar erst zehn Jahre alt, aber er wollte mit guten Beispiel vorangehen und ein gegebenes Wort nicht brechen. Er wollte für seine Tochter Vorbild sein.

Ein Fitnesstrainer kam auf ihn zu und begrüßte ihn. Er fragte Lukas nach seinen Wünschen. Mit geschultem Blick musterte er den Ankömmling und schlug vor, parallel zum Ausdauertraining auch die Muskulatur aufzubauen. Er bekam einen Trainingsplan für die nächsten Wochen, den er unbedingt versuchen sollte, einzuhalten. Der Anfang war gemacht. Jetzt musste er nur alles auch umsetzen.

Eine Woche später besuchte Lukas erneut das Studio, um das erste Mal das Training aufzunehmen. Vorbei an schwitzenden Modellathleten suchte er sich eine Langbank neben einer blonden, zierlichen jungen Frau. Sie schien auch erst mit Kraftübungen zu beginnen. So war die Gefahr einer Blamage etwas geringer. Laut Plan sollte er mit insgesamt 40 Kilogramm beginnen. Er suchte sich für jede Seite eine zehn Kiloscheibe aus, so dass er alles zusammen gerechnet mit den 20 Kilogramm der Stange das gewünschte Gewicht erreichte. Die Instruktionen über die genaue Liegeposition und die optimalen Winkel der Arme hatte er nur noch vage im Kopf und machte es sich auf der Langbank bequem. Dieses Drumherum hielt er nicht für so wichtig, er wollte sofort loslegen.

Als er die Stange mit den Gewichten greifen wollte, stand schon der Trainer vor ihm und hinderte ihn, fortzufahren. Er hatte seinen neuen Schützling nicht aus den Augen gelassen. Er erklärte ihm erneut mit bewundernswerter Geduld, wie er am effektivsten zu Werke ging. Ganz eindringlich warnte er ihn vor dem Affengriff, auf der Langbank sei dieser lebensgefährlich. Lukas hatte nämlich den Daumen nicht um die Stange gelegt. Er war der Meinung, dass er das Gewicht so leichter stemmen könnte. Auf die Warnung des Trainers hin änderte er seinen Griff und umfasste die Stange nun mit dem Daumen. Überzeugt war er aber nicht davon und wechselte den Griff wieder, sobald sich der Trainer einem anderen Athleten zugewandt hatte. Ein fataler Fehler. Er war nicht nur zu seinem Affengriff zurückgekehrt, er hatte auch den Winkel der Armbeuge verändert, in der irrigen Ansicht, das Gewicht einfacher stemmen zu können. Als Lukas nach zehn Wiederholungen die Stange kurz ablegen wollte, rutschte sie ihm aus den Fingern und knallte gegen seinen Hals. Das Ganze erfolgte so rasend schnell, dass er keine Abwehrmöglichkeit mehr besaß. Es durchfuhr ihn ein blitzartiger, heftiger Schmerz, darauf folgte schwere Atemnot. Lukas kämpfte um sein Leben.

Der Trainer war sofort zur Stelle und entfernte die Stange von Lukas Hals und verständigte die Rettungsstelle. So gut es ging, machte er die Atemwege frei und brachte Lukas in eine stabile Seitenlage. Das immer schwächer werdende Röcheln zeigte an, dass jetzt jede Sekunde zählte. Was für ein Glück, dass ein Rettungswagen um die Ecke stationiert war. Schon war das Martinshorn zu hören und kurz darauf stürmte der Rettungssanitäter in das Studio. Lukas wurde auf dessen Geheiß auf einen Tisch gelegt, um ihn zu intubieren. Doch das war problematisch. Durch die Einblutung in den zertrümmerten Kehlkopf war die Sicht versperrt. Er musste im Blindflug versuchen, den rettenden Schlauch in die Luftröhre zu schieben. Falls das nicht gelingen sollte, würde sein Patient qualvoll ersticken. Obwohl mehrere Fitnesssportler Lukas auf dem Tisch festhielten, wehrte sich dieser mit aller Kraft gegen die Intubationsversuche. Immer wieder stieß er auf ein Hindernis, eine Sicht war ohnehin nicht gegeben. Dann, endlich, konnte der Schlauch unter enormen Druck durch eine kleine Lücke in die Luftröhre gequetscht werden. Das Gestochere zeigte den erhofften Erfolg. Sauerstoff konnte der Lunge zugeführt werden. Lukas entspannte sich, sein Gesicht nahm wieder eine blassrosa Farbe an, nachdem es vorher bedrohlich blau angelaufen war. Er war vorerst gerettet.

«Warum hilft mir niemand? Ich bekomme keine Luft mehr. Am Hals ist es jetzt leichter. Mir fehlt die Luft! ... Warum stehen so viele Leute um mich herum und keiner hilft mir. Ich will nicht sterben. Ich hab doch zwei Kinder! Ich kann sie doch nicht alleine lassen. Sie brauchen mich doch. Meine Frau, wo ist sie? Warum wird sie nicht hergebracht?...Was machen die mit mir? In meinem Mund steckt ein Schlauch, der dauernd hin und her gestoßen wird. Ich bekomme keine Luft mehr. Ich habe Angst, große Angst. Kann mich nicht aufsetzen. So helft mir doch. Warum bin ich gefesselt? Mein Kopf steckt in einem Schraubstock. Ich will hoch. Ich brauche mehr Luft. Und immer diese Angst, nein, jetzt ist es Panik, ich halte das nicht mehr aus. Merken die nicht, dass ich ersticke? Aaah! Was ist jetzt plötzlich los? Alles löst sich. Ich bekomme Luft! Ich muss nicht sterben. Ich werde leben. Wo ist Marie mit den Kindern? Ist das schön. Ich schwebe! Alles wird so leicht. So hell mit einem Mal ...! Wunderba...!»

Ein Notarzt kam herbeigeeilt und übernahm den Schwerverletzten, wobei der Rettungssanitäter in kurzen Worten über das bisherige Geschehen berichtete. Sofort leitete der Arzt die weitere Therapie ein.

«Er schläft jetzt. Ich habe ihn leicht sediert und ein Schmerzmittel gespritzt. Wir müssen auf schnellstem Weg in die Klinik, damit dort ein Luftröhrenschnitt gemacht werden kann, um ihn dann verlässlich über eine längere Zeit beatmen zu können.»

Und schon war der Notarzt mit den Rettungssanitätern unterwegs in die Intensivstation der Lindauer Klinik. Obwohl der Rettungssanitäter ein Menschenleben gerettet hatte, war ihm nicht nach Feiern zumute. Wer weiß, welche Folgen seine Rettungsmaßnahmen für den Patienten noch haben würden? So unübersichtliche Verhältnisse in einem Kehlkopf waren ihm in seiner langjährigen Praxis noch nicht vorgekommen. Im Moment war es jetzt nur wichtig, diesen Mann lebend in die Klinik zu bringen. Und danach schaute es auch aus, war doch der Notarzt jetzt zur Hilfe gekommen.

«Grelles Licht schimmert durch eine Nebelwand. Wo bin ich. Bin das ich? Träume ich? Ich habe keine Schmerzen, fliege über lange, gerade Gänge. Es geht rasant um die Kurve. Mir wird übel. Wie im Kettenkarussell. Muss die Augen schließen. Jetzt ist es besser. Habe wieder ein herrliches Gefühl. Was ist geschehen, dass ich in diese Lage geraten bin? Hat nicht ein bärtiger Mann mit einem Schlauch in meinem Mund herumgestochert? Es muss etwas Schlimmeres passiert sein. Warum waren so viele Menschen um mich herum und haben wild durcheinander geschrien? Es war so laut. Jetzt schaut mir einer immer wieder in die Augen, hebt mein Augenlid und sagt: Unverändert! Bin froh, dass sich so viele um mich kümmern. Bin ich so schwer krank? Sagt deshalb keiner was zu mir? Habe das Gefühl, abhusten zu müssen. Das Atmen fällt wieder schwerer. Will mich aufrichten. Geht

nicht, bin festgeschnallt. Lasst mich doch endlich aufsitzen. Ich bekomme keine Luft! So helft mir doch!»

«Ich glaube, er wacht auf. Er wird unruhig. Denke, dass die Schmerzen stärker werden. Wir müssen ihm Schmerzmittel verabreichen und sedieren. Vielleicht ist er ansprechbar.»

Der Notarzt fasste die fixierte Hand von Lukas und beugte sich über ihn.

«Hören Sie mich? Wenn ja, drücken Sie meine Hand einmal.»

Lukas drückte einmal.

«Haben Sie Schmerzen? Ja einmal, nein zweimal drücken.»

Lukas drückte zweimal.

«Sehr gut! Sie hatten einen schweren Sportunfall. Wir bringen Sie ins Krankenhaus. Das Schlimmste haben Sie überstanden. Sie müssen keine Angst haben. Ganz ruhig atmen. Sie wurden intubiert. Sie dürfen schon sagen, wenn sie Schmerzen haben. Müssen nicht den Helden spielen. Jetzt bekommen Sie eine Spritze gegen die Schmerzen und etwas zum Schlafen, dann wird es auch mit den Schmerzen besser. Der gesamte Kehlkopf ist zertrümmert.»

«So ein netter Arzt! Aber er irrt, ich hab keine Schmerzen. Aber wie soll ich ihm das klar machen. Dazu müsste er mich nochmals fragen. Das tut er aber nicht. Das ist beschissen, wenn man nicht reden kann. Jetzt erinnere ich mich, ich war im Fitnessstudio und mir ist die Hantel auf den Hals

gefallen. Den Arzt mag ich, obwohl er mir nicht glaubt, dass ich keine Schmerzen habe. Ich will doch nur die Angst verlieren, mich aufsetzen und abhusten. Er hält immer noch meine Hand. Das fühlt sich richtig gut an. Gibt mir unglaubliche Geborgenheit und Sicherheit. Ob er das weiß? Gerne würde ich ihm das sagen. Warum strömt es wieder so leicht und warm durch meinen Körper? Doch nicht vom Händchenhalten? Ich beginne zu schweben. Wunderbar! Was ist das jetzt. Ich stürze kopfüber in eine tiefe Schlucht. Von beiden Seiten fliegen feuerspeiende Hexen auf mich zu, die mich zu fassen bekommen und am sicheren Ufer ablegen. Der schwefelige Gestank aus ihren zahnlosen Mündern bringt mich fast zum Erbrechen. Kaum wähne ich mich in Sicherheit, kriechen gelbe Schlangen an meinen Beinen empor. Ich versuche sie abzustreifen. Will fliehen. Nur weg von diesen ekligen Viechern. Komme aber nicht von der Stelle. Ich schreie um Hilfe, bringe keinen Ton heraus. Ich trete wild um mich. Mit einem Mal herrscht finstere Nacht. Der Spuk ist vorbei.»

«Frau Keller, Sie können jetzt zum behandelnden Arzt kommen. Wollen Sie Ihre Kinder mitnehmen?»

Eine in freundlichem lindgrün gekleidete Krankenschwester betrat den kleinen, spärlich eingerichteten Warteraum vor der Intensivstation. Ihr besorgtes Gesicht ließ nichts Gutes erahnen.

«Wenn es möglich wäre, würde ich Sie gerne mitnehmen. Sie sind zwar noch jung, aber ich habe mit Ihnen ausführlich über den schweren Unfall ihres Vaters gesprochen. Ihr Wunsch ist es, mit mir zusammenzubleiben. Ist es auch möglich, meinen Mann zu sehen?»

«Das kann ich Ihnen leider nicht versprechen. Da müssen Sie schon mit dem Arzt sprechen. Nach meinem Kenntnisstand ist Ihr Mann aber noch nicht ansprechbar. Kommen Sie mit mir?»

Marie nahm ihre Kinder links und rechts an die Hand und folgte der Schwester. Kein leichter Gang für sie bei der Schwere von Lukas Unfall und der Ungewissheit, wie es wohl weitergehen würde. Diese innere Anspannung verbarg sie aber geschickt vor den Kindern, die sie auf keinen Fall unnötig beunruhigen wollte.

«Nehmen Sie doch Platz, Frau Keller. Für die Kinder besorgt Schwester Inge sicher noch zwei Hocker.»

Hinter einem weißen Schreibtisch saß ein etwa 40-jähriger Arzt mit Dreitagebart und schütterem Haupthaar. Er war gekleidet mit einem hellgrünen Hemd und einer gleichfarbigen Haube. Marie atmete tief durch. Im ersten Moment machte er einen sehr vertrauenswürdigen und freundlichen Eindruck. Hoffentlich war sie nach dem Gespräch noch der gleichen Meinung.

«Frau Keller, Ihr Mann schläft jetzt. Wir haben einen Luftröhrenschnitt gemacht. Jetzt können wir Ihrem Mann problemlos Sauerstoff zuführen. Sie wollen sicher wissen, wie es nun weitergeht. Wie es im Moment aussieht, wird Sprechen für ihn kaum mehr möglich sein. Aber es gibt seit neuestem Kehlkopf-Prothesen, die begrenztes Sprechen wieder möglich machen. Ob diese aber zum Einsatz kommen können, ist zum jetzigen Zeitpunkt nicht vorherzusagen. Dazu ist es zu früh.»

«Wenn ich das richtig verstanden habe, wird mein Mann seinen Beruf nicht mehr ausüben können. Als Rechtsanwalt ist seine Stimme unverzichtbar. Bis wann denken Sie, bekomme ich Klarheit, wie es weitergeht.»

«Wir sprechen hier nicht von Tagen, sondern von Wochen oder gar Monaten. Ich weiß es nicht. Aber ich verspreche Ihnen, dass die Schwester Ihnen dann Bescheid gibt. Sie können sich aber jederzeit an mich wenden, wenn Sie weitere Fragen haben.»

Ganz langsam wurde Marie die Tragweite dieses Sportunfalls bewusst. Die Zukunftssorgen wuchsen stündlich. Aber damit konnte Marie umgehen. Was ihr größte Sorgen bereitete, war ihre Tochter Louisa. Sie hatte nach dem Gespräch beim Arzt unter dicken Tränen gefragt, ob sie jetzt Schuld daran habe, dass der Papa so krank ist. Sie habe ihn schließlich dazu gedrängt, ins Fitnessstudio zu gehen. Marie war im ersten Moment sprachlos, dann nahm sie Louisa in ihre Arme, streichelte ihre Haare und erklärte ihr:

«Meine Liebe, hier hast du keine Schuld. Ganz, ganz sicher nicht! Wir werden das alles gemeinsam schaffen. Versprochen! Wir müssen nur ganz fest zusammenhalten und dem Papa Kraft geben, dass er den Mut nicht verliert und für uns wieder gesund werden will. Das wird eine große Aufgabe für uns. Und glaube mir, Schuld hat hier keiner von uns.»

Tatsächlich aber war Marie innerlich verzweifelt. Innerhalb von Minuten war ihr ganzes Familiengerüst zu Bruch gegangen. Sie musste von vorne beginnen, ohne Lukas, ohne seine Einkünfte, seinen Rat, seine Liebe. Und das auf unbestimmte Zeit. In ihr herrschte Leere und unsagbare Einsamkeit. Sie brauchte jetzt ihre Kinder, wie diese nun noch dringender ihre Mutter benötigten. Ihr war klar, dass sie jetzt alles selbst in die Hand nehmen, alleine Entscheidungen treffen musste. Sie war jetzt die einzige Stütze für ihre Kinder. Eine Mammutaufgabe. Das war sie auch Lukas schuldig.

Kapitel 9

Gerade einmal 40 Kilometer entfernt schlug sich Karla mit anderen Problemen herum. Eine Sorge, die sie seit Wochen herumtrieb, war ihr Verhältnis zu Paul. War sie noch die Mutter, die sie nie sein wollte oder war sie mehr. Mit welchen Gefühlen hatte sie es jetzt zu tun? Sie bemerkte zunehmend eine Nähe zu ihrem Schützling, die ihr Angst bereitete. Sie fühlte sich nicht mehr in der Lage, Paul unvoreingenommen gegenüberzutreten, wie es sich als Therapeutin gehörte. Mit jedem Fortschritt, den Paul sich mit ihr erarbeitete, kam sie ihm näher. In den letzten Tagen zu nahe. Oft erinnerte sie sich an das Rollenspiel, als sie Pauls Hand an ihren Mund führte, um ihn die Vibrationen der Töne erleben zu lassen. Sie wollte Paul auf keinen Fall aufgeben. Sie sehnte sich nach ihm und musste aufpassen, dass die Gefühle sie nicht ins Chaos stürzten. Sie wünschte, sie könnte den Arm um ihn legen und wusste doch zugleich, dass sie das nicht durfte. In ihren Träumen holte sie nach, was ihr in der momentanen Realität verboten war. Verzweifelt suchte sie nach einer Lösung. Den Arbeitsplatz zu wechseln, schlug sie sich gleich aus dem Kopf. Dann müsste sie ja Paul aufgeben. Auf die Gefühle für Paul zu verzichten, erschien ihr aber ebenso unmöglich. Sie wurde sich bewusst, dass seine Hilfsbedürftigkeit und seine Kommunikationsunfähigkeit von

Anfang an ihr Leben verändert und ihre Berufswahl bestimmt hatten. Sie war ihrem Ziel, ihm Kommunikation zu ermöglichen, schon sehr nahegekommen. Die Kommunikation blieb aber nicht vor den Gefühlen stehen. Die Nähe, die dabei entstand, wollte sie unbedingt vermeiden. Dies gelang aber nur teilweise. Das machte sie hilflos.

Unerwartet zeigte sich plötzlich eine Lösung. Die geliebte Tante in Friedrichshafen war gestorben. Bisher hatte Karla eine Selbstständigkeit überhaupt nicht in Betracht gezogen, da ihr die finanziellen Mittel fehlten. Das hatte sich schlagartig mit dem Tod ihrer Tante geändert. Karla hatte den gesamten Besitz der Tante geerbt, da sich keine anderen Nachkommen fanden. Jetzt war es für sie möglich, die Pension nach ihren Bedürfnissen zu gestalten. Sie konnte dort wohnen und im Erdgeschoss eine eigene Praxis für Sprachtherapie einrichten und dazu noch zwei Zimmer vermieten. Die Entscheidung über das weitere Vorgehen fiel deshalb nicht schwer. Sie musste nur noch abklären, wie sie die Behandlung von Paul weiterführen konnte. Musste er im Vollzug verbleiben oder konnte er gegen Auflagen entlassen werden. In ihrer eigener Praxis wäre sie nicht an die Anordnungen und Vorschriften der Klinik gebunden.

Karla hielt es für denkbar und erhoffte es insgeheim, dass Paul probeweise aus dem Maßregelvollzug entlassen werden konnte. Schon bei der letzten Anhörung hatte der Richter der Strafvollstreckungskammer, der für seine Unterbringung bzw. die Entlassung zuständig war, den Arzt gefragt, was die Klinik denn noch bei ihm erreichen wolle, bevor man beabsichtige, ihn freizulassen. Auch der Gutachter hatte sich positiv geäußert und eine langfristige Beurlaubung in ein betreutes Wohnen empfohlen.

Pauls Verhalten war seit dem letzten Zwischenfall mit dem brennenden Papierkorb immer tadellos gewesen. Brände in der Klinik, die einen Verdacht auf Paul hätten lenken können, wurden auch nicht gemeldet. Der Fischereibetrieb, in dem Paul arbeitete, war hoch zufrieden mit ihm. Sie baten sogar darum, Paul ganztägig beschäftigen zu dürfen, da er schnell lernte, immer pünktlich in der Arbeit erschien und seine Tätigkeit zur vollsten Zufriedenheit aller erledigte. Auf die Frage, ob Paul außerhalb des Vollzugs mit seiner Umgebung zurechtkäme, antwortete der Fischerandi, dass ihm der Paul lieber sei als seine bisherigen Hilfen. Man könne ihm bedenkenlos auch anspruchsvolle Aufgaben überlassen, war er erst einmal eingearbeitet. Er habe sich auch nie etwas zuschulden kommen lassen. Die Zusammenarbeit mit seiner Frau und seiner Tochter sei ausgezeichnet, sehe man von der Tatsache ab, dass er nicht spreche. Wenn er aus dem Maßregelvollzug entlassen werden sollte, könnte Paul bei ihm unterkommen. Das wäre kein Problem. Im Gegenteil, alle würden sich darüber freuen. Sogar sein Schwager, der in Friedrichshafen einen Fischereibetrieb führte, hätte sich schon bei ihm erkundigt, ob er Paul zwischendurch einmal ausleihen könnte. Dabei hatte er Paul nur einmal bei der Arbeit beobachtet. Tatsächlich bestand nur noch ein Hindernis für eine probeweise Entlassung: Ob Paul bei ihm wohnen konnte? Natürlich würde es Paul bei einem ablehnenden Bescheid schwerfallen, sich in einer betreuten Wohneinrichtung einzugliedern. Hier musste noch eine Lösung gefunden werden.

Die Entscheidung, ob Paul aus dem Maßregelvollzug entlassen werden konnte, wollte Karla noch abwarten, bevor sie entschied, ob sie sich selbstständig machte. Sie hatte schon vor einiger Zeit ihre Beurteilung über Paul abgegeben und ausführlich über seine Fortschritte berichtet. Sie war zuversichtlich, dass bei einer Entscheidung die positive Entwicklung von Paul beachtet wurde. Davon hing ja letztendlich auch ihr berufliches Schicksal ab. Es fiel ihr deshalb schwer, sich auf ihre tägliche Arbeit voll zu konzentrieren.

Mit ungleich schwierigeren Problemen musste Marie zurechtkommen. Tochter Louisa war ein echtes Papakind. Deshalb traf sie dieser Unfall besonders heftig. Sie zog sich vollkommen zurück, aß kaum noch und war mürrisch. Marie war voller Sorge und versuchte Louisa zu trösten:

«Louisa, mein Schatz, Papa wird schon wieder. Du weißt doch, wie zäh er ist. Er ist in der Klinik in den besten Händen. Und zu Hause schaffen wir es schon, wenn wir alle zusammenhalten.»

Louisa schaute ihre Mutter mit verheulten Augen an. Dann brach er urplötzlich aus ihr heraus:

«Ich bin schuld, wenn Papa stirbt. Hätte ich ihn nicht zum Trainieren geschickt, wäre ihm nichts passiert. Jetzt bin ich schuld.»

Heftige Weinkrämpfe schüttelten das junge Mädchen. Sie war untröstlich wegen ihrer vermeintlichen Schuld. Ihre Mutter nahm sie in den Arm und streichelte über ihr zerzaustes Haar.

«Louisa, du bist doch nicht schuld am Unfall von Papa. Wir Erwachsene sind selbst für unser Tun verantwortlich. Nicht ein zehnjähriges Mädchen, das es mit ihrem Papa nur gut meint. Eine Tochter, die sich einen gesunden Papa wünscht. Außerdem wird dein Papa nicht sterben. Also mach dir keine Vorwürfe. Wir müssen jetzt stark sein und Papa unterstützen, wo es nur geht. Das verstehst du doch?»

Das Schluchzen hatte sich beruhigt, aber Louisa zeigte keine weitere Regung. Ihr trauriger Blick ging ins Leere.

«Louisa, du hast mich schon verstanden?»

Wie in Zeitlupe wanderte der Blick zur Mutter. Es hatte den Anschein, als befände sich das Mädchen in einer anderen, angstfreien Welt, in die sie geflüchtet war. Sie antwortete nicht. Sie besaß in diesem Moment nicht die Kraft dazu. Aber sie nickte ihrer Mutter kaum erkennbar zu. Gott sei Dank reagierte sie. Marie atmete erleichtert tief durch, holte eine Decke und legte sie um ihre Tochter und streichelte sie. Dann kümmerte sie sich um ihren Sohn Alexander, der das ganze Geschehen eher lässig betrachtet hatte, wenigstens nach außen hin. Inwieweit ihn das alles tatsächlich berührte, würde Marie in den nächsten Tagen schon noch erfahren.

Lukas starrte an die Decke seines Krankenzimmers. Sein Hals war dick umwickelt. In der Mitte des Verbands ragte ein Schlauch, über den er den nötigen Sauerstoff einatmen konnte. An seinem linken Arm war eine Infusion angeschlossen, die ihn mit Flüssignahrung versorgte. Am rechten Mittelfinger wurde die Sauerstoffsättigung regelmäßig kontrolliert. Seit er wieder klar denken konnte, wurde ihm seine desolate Lage erst so richtig bewusst. Heute sollte ihm das gesamte Ausmaß seines Sportunfalls deutlich offenbart werden. Eines hatte er bereits verinnerlicht. Momentan konnte er weder sprechen noch Essen oder Trinken. Immer wieder fragte er sich, wann änderte sich das? Oder musste er sein gesamtes weiteres Leben in diesem Zustand verbringen?

Die Sprachlosigkeit kannte er schon seit Langem von Paul. Er hatte sich aber nie Gedanken darüber gemacht, was es bedeutet, seine Wünsche und Bedürfnisse nicht spontan äußern zu können. Er, der Schulsprecher, der Weiberheld, der Rechtsanwalt, der durch seine Sprachgewandtheit alle in seinen Bann zog.

«Schwester Anita, würden Sie mir bitte etwas zum Trinken bringen? Ich habe Durst!»

Er hätte gerne seine Wünsche artikuliert. Das war aber nicht möglich. Er musste warten, bis die Krankenschwester zu ihm schaute und er mit Gesten ihr klar machen konnte, dass er etwas zum Schreiben benötigte.

Ein anderes Mal begrüßte ihn die Putzfrau mit einem «Guten Morgen» und zeigte sich verschnupft, als er keinerlei Reaktion zeigte. Der Herr Rechtsanwalt hält es wohl unter seiner Würde, einer Putzfrau einen guten Morgen zu wünschen. Sie wusste ja nicht, dass er nicht sprechen konnte. Es ärgerte ihn dann maßlos, dass er einen arroganten Eindruck hinterließ. Auf einen Gruß nicht zu antworten, war ein grober Verstoß gegen den Anstand und wurde sofort als Arroganz wahrgenommen. Das war nicht seine Art. Jetzt aber war er nicht arrogant, nur unfähig zu sprechen. Nur? Das nagte an ihm. Diese Hilflosigkeit schmerzte. Besonders arg erlebte er das bei den krankengymnastischen Übungen, wenn er die Therapie unterbrechen musste, um dem Therapeuten klar machen zu können:

«Mein linkes Knie ist seit Jahren lädiert, passen Sie bitte beim Beugen auf.»

Das war umständlich und führte dazu, dass Lukas oftmals schwieg und Anliegen einfach unter den Tisch kehrte. Was wiederum für eine größere Frustration bei ihm sorgte. Ein Teufelskreis, der ihn immer häufiger zur Weißglut brachte. Er musste zusehen, dass er sich nicht in einen Typ Mensch entwickelte, den er zutiefst verachtete.

Kein Wunder also, dass er ungeduldig, fahrig und missmutig wurde. Er war unzufrieden mit sich und der Welt. Er litt zunehmend unter der Sprachlosigkeit. Die Schwestern, die ihn fürsorglich umhegten, mussten sein mürrisches Verhalten besonders erdulden. Bei seiner Frau und den Kindern versuchte er, ruhig zu bleiben, was immer weniger gelang. Bei seiner Tochter Louisa aber bemühte er sich besonders. Bei ihr rang er sich sogar ein Lächeln ab. Innerlich aber brodelte es in ihm. Er konnte ja seine Verzweiflung nicht hinausschreien. Seine Dankbarkeit nicht ausdrücken, nur schriftlich zeigen. Das ersetzte ein gesprochenes «Danke» keinesfalls. Ihm blieb nur ein Händedruck, der von Herzen kam. Aber wussten die anderen das auch?

Seine große Hoffnung war, dass es ihm die heutige Medizin ermöglichte, mit modernster Technik seine Sprachfähigkeit wieder herzustellen. Von einem seiner Mandanten war ihm bekannt, dass mit einem künstlichen Kehlkopf das Sprechen möglich wurde. Er erfuhr es heute noch, ob auch er das Glück hatte, seine Sprache und seine Kommunikation durch ein neuentwickeltes Gerät erhalten zu können.

Bisher wurde er mit Infusionen künstlich ernährt. Jetzt erfuhr er von einer Schwester, dass vorgesehen war, ihn über eine Sonde durch die Bauchdecke vorübergehend mit Flüssignahrung zu versorgen. Wie das funktionieren sollte, konnte er sich nicht so recht vorstellen. Auch dies würden ihm die Ärzte noch erklären, wenn es so weit war.

Wenigstens hielten sich die Schmerzen in erträglichem Maße. So benötigte er keine Schmerzmittel, vor allem keine starken, morphiumhaltigen Medikamente. Diese Alpträume wollte er nicht wieder durchleben müssen. Davor hatte er mächtig Angst. Dieses Schweben auf der Flucht vor dem Feuer, das aus jedem Hügel loderte und von Bestien und Hexen ausgespieen wurde, würde er nie vergessen. Das Gefühl dabei, dass er bei dieser Flucht nicht von der Stelle kam, würde ihn wohl immer wieder plagen. Seither erkundigte sich Lukas bei der Verordnung von Medikamenten, ob es sich um Opiate handelte. Einen Zettel hatte er schon vorbereitet.

Gerne hätte er jetzt gewusst, wann der Arzt zu ihm kommen wollte. Läuten nach der Schwester war keine gute Idee, solange er keinen Notizblock und keinen Schreibstift besaß. Lukas ärgerte sich jetzt, dass er es immer wieder versäumt hatte, mit Schreibbewegungen die Schwester darauf hinzuweisen, dass er etwas zum Schreiben wünschte. Hoffentlich verstand sie dann auch seine Handzeichen.

«Herr Keller, wie ich sehe, geht es Ihnen von Tag zu Tag besser. Kleinen Moment mal, ich rufe nur schnell nach Schwester Anni. Sie soll uns Stift und Papier bringen, damit Sie mir auch Fragen stellen können.»

Lukas war baff, konnte der Arzt jetzt schon seine Gedanken lesen?

«Schwester Anni, wir bräuchten Papier und Stift für Herrn Keller! Danke! Nun zu Ihnen. Sie haben eine sehr schwere Verletzung des Kehlkopfs erlitten. Bei den lebenserhaltenden Maßnahmen vor Ort rissen beide Stimmlippen ab. Bei der letzten Kehlkopfspiegelung mussten wir leider auch noch eine Recurrensparese feststellen. Das ist eine Lähmung des Kehlkof- oder Stimmnervs. Aus heutiger Sicht bedeutet dies, dass Ihre Stimme lebenslang wegbleiben wird.»

Der Arzt hielt inne und wartete, bis die Krankenschwester Lukas das Schreibgerät ausgehändigt hatte.

«Danke Schwester Anni!» Er lehnte sich zurück und setzte das Gespräch mit seinem Patienten fort.

«Herr Keller, Sie können mir nun Ihre Fragen aufschreiben, die Sie sicherlich haben.»

Etwas ungelenk ergriff Lukas den Stift und notierte:

«*Ich kann nie mehr sprechen?*»

«Nein, das wird nicht mehr möglich sein.»

«*Es gibt doch einen künstlichen Kehlkopf?*»

«Richtig, aber ob wir den bei Ihnen einsetzen können, wird sich später herausstellen, wenn Ihre Wunden verheilt sind. Es gibt aber jetzt wichtigere Aufgaben, obwohl ich Ihre Ängste vollauf verstehe. Ein Thema wird sein, dass Sie lernen müssen, wie Sie feste und flüssige Nahrung problemlos zu sich nehmen können, ohne sich andauernd zu verschlucken. Dann können wir uns über eine eventuelle neue Stimme kümmern. Als nächsten Schritt werden wir aber bei Ihnen eine Magensonde anlegen, um von den Infusionen loszukommen. Dabei wird ein kleiner Schlauch durch die Bauchdecke in den Magen gelegt. Darüber kann dann mit einer Pumpe Flüssignahrung zugeführt werden. Wenn sich dann die Verhältnisse in Ihrem Kehlkopfbereich gebessert haben, entfernen wir diese Sonde wieder und Sie können anfangen, auf normalem Weg mit Essen und Trinken zu beginnen. Das ist jetzt für Sie alles neu. Aber Sie werden sehen, Sie schaffen das. Außerdem sind Sie noch jung. Und Sie haben sehr fürsorgliche Krankenschwestern, die Sie unterstützen werden, wo es nur geht. Wenn etwas unklar ist, bitte fragen Sie, wir sind für Sie da.»

Lukas bedankte sich auf seinem neuen Schreibblock und war froh, dass der Arzt kurz darauf gegangen war und er sich ausruhen konnte. Das Gespräch hatte ihn unerwartet stark angestrengt und tatsächlich schockiert. Er war in tiefste

Verzweiflung gestürzt. Jetzt wo er alleine im Zimmer lag, registrierte er erst das ganze Ausmaß seiner Verletzungen. Durch seine Besserwisserei und Sturheit im Fitnessstudio hatte er sich in diese fürchterliche Lage gebracht. Die Schuld an dieser Situation lag alleine bei ihm. Das galt es jetzt aufzuarbeiten. Ob er das schaffte? Besaß er die Kraft dazu? Oder versagte er?

Im Moment wusste er nur, dass er etwas tun musste. Nur herumliegen und sich in Verzweiflung ergötzen, war sicher die falsche Vorgehensweise. Er konnte doch analysieren, als Anwalt war dies sein täglich Brot. Jetzt konnte er beweisen, dass er sein Handwerk beherrschte. Der riesige Berg an Verzweiflung durfte seine Sinne nicht trüben. Die plötzliche Leere in seinem Kopf durfte sich auf keinen Fall für immer festsetzen. Lukas musste das Geschehene beiseiteschieben und sich nur noch auf die zukünftigen schweren Aufgaben konzentrieren. Er musste die vor ihm liegenden Probleme jetzt angehen, nicht später und dann auch meistern.

Er wusste, dass dies viel Mühe kosten würde. Aber eine andere Möglichkeit für ein vernünftiges, weiteres Leben bot sich ihm nicht an. Er dachte an seine Frau Marie, an seine Kinder. Sie waren es allemal wert, dass er diesen harten Weg ging und nicht aufgab. Auf ihre Hilfe konnte er sich verlassen. Oder doch nicht. War Marie mit seiner Behinderung überfordert? Wollte sie sich einen sprachlosen Mann antun? Konnte sie seine Verzweiflung und sein damit verändertes Verhalten ertragen? Würde sie ihn verlassen und er hilflos zurückbleiben? Erschreckt von dieser Vorstellung lenkte er seine Gedanken auf die Kinder. Sie gaben ihm den nötigen Mut.

Ein Silberstreifen erschien am Horizont. Lukas war deutlich vor Augen geführt worden: Ohne seine Familie würde er so hilflos sein, so klein und unbedeutend, ein Nichts. Den angesehenen und wortgewaltigen Anwalt gab es nicht mehr. Sein Leben würde von nun an ein anderes sein. Die kurzzeitig aufgekommene, positive Stimmung verflog augenblicklich. Zukunftsangst machte sich breit. Würde er die auf ihn zukommende, schwere Zeit überstehen können? Er wusste es nicht. Alleine war er dazu sicher nicht in der Lage. Er benötigte Hilfe. Diese hatte er in Marie und den Kindern. Die Sehnsucht nach ihnen war mit einem Mal unsagbar groß. Seine Stimmung schwankte zwischen zaghafter Hoffnung und abgrundtiefer Verzweiflung.

Paul saß regungslos in seinem Zimmer auf einem Stuhl vor dem Fenster und blickte auf einen menschenleeren Hof. Man hätte meinen können, er langweile sich. Dabei hatte er gerade eben die für ihn seit Jahren wichtigste Mitteilung erhalten.

Der stellvertretende Leiter im Bereich Maßregelvollzug, der diese frohe Nachricht übermittelt hatte, wunderte sich, dass Paul überhaupt keine Reaktion zeigte. Nicht einmal ein kurzes Zucken oder ein auch nur minimal aufflackerndes Lächeln. Nichts.

«Sie haben schon verstanden, was ich Ihnen in den letzten zehn Minuten mitgeteilt habe?»

Paul dreht sich langsam um und nickte kaum merkbar. Dann griff er zu seinem Notizblock und schrieb:

«Ich habe alles verstanden. Ihre Nachricht ist gut. Danke!»

«Vergessen Sie bitte nicht, sich pünktlich jede Woche hier bei uns zu melden. Das ist wichtig!»

«Ich vergesse es nicht.»

«Sie müssen auch weiterhin regelmäßig die Therapiestunden bei Ihrer Sprachlehrerin besuchen. Dies hat das Gericht entschieden. Ab morgen werden Sie dann in dem Fischereibetrieb, bei dem Sie bisher so erfolgreich gearbeitet haben, wohnen können. Wenn Sie Fragen haben, wenden Sie sich an Ihre Sprachtherapeutin, zu der Sie ja ein besonders gutes Verhältnis haben. Sie weiß über alles bestens Bescheid und wird anschließend zu unserem Gespräch ihre Fragen beantworten. Ihnen alles Gute auf Ihrem weiteren Weg.»

Paul stand auf und verabschiedete sich zum Erstaunen des stellvertretenden Leiters mit einem Handschlag. Er verhielt sich zwar etwas zaghaft und ohne Blickkontakt zu seinem Gegenüber. Aber es war eine der wenigen Höflichkeitsgesten, die sich Paul als wichtig im Umgang mit anderen Menschen gemerkt hatte und als äußerst wichtig im Umgang mit anderen empfand. Und diese Geste kam gut an. Mit großer Freude registrierte der stellvertretende Leiter den Therapieerfolg. Die Entscheidung, Paul in das Probewohnen außerhalb zu entlassen, wurde so bestätigt. Mit einem zufriedenen Lächeln und dem guten Gefühl, alles richtig gemacht zu haben, verließ er Paul.

Als Karla erfuhr, dass Paul unter Auflagen entlassen werde, atmete sie erst einmal tief durch. Wie vor 13 Jahren, als sie ihr Examen feierte, saß sie auf derselben Bank in Friedrichshafen und blickte auf den Bodensee. Sie war zufrieden, dass sich ihr Leben so gestaltete, wie sie es sich vorgestellt hatte. Dachte an Paul und war dem Schicksal dankbar, dass alles zum Guten zu führen schien. Als Nächstes wollte sie Paul gratulieren und mit ihm das weitere Vorgehen besprechen. Danach aber hatte der Aufbau einer eigenen Praxis in den Räumen der geerbten Pension hier in der Stadt oberste Priorität. Ihr war klar, dass die nächsten Wochen und Monate eine immense Herausforderung werden würden. Angst davor hatte sie keine, aber großen Respekt.

Kapitel 10

Lukas machte dank seiner Frau Marie, die sich besorgt um ihn kümmerte, rasch Fortschritte. Er vertrug das Essen, das er über Infusionen erhielt, zunehmend besser. Auch das tägliche Reinigen der Wunde mit dem Absaugen von Schleim und etwas Blut tolerierte er leichter. Kurze Wege mit der Hilfe von Schwestern konnten ausgedehnt werden. Zum Waschen durfte er aufstehen, eine Erleichterung für ihn, da er sich selbst mit dem Waschlappen säubern konnte. Alleine das Sprechen funktionierte nicht mehr, und er ermüdete recht schnell.

Ein Lichtblick war es, wenn Tochter Louisa und Sohn Alexander ihren Vater jeden Tag nach der Schule besuchten. Louisa berichteten ihm, wie blöd ihr Lehrer schon wieder war, dass sie zu viel Hausaufgaben erledigen musste und dass die letzte Schulaufgabe unmöglich schwer war. Um dann nachzuschieben, dass sie eine Zwei geschrieben hatte. Lukas genoss diese Zeit mit den Kindern, lenkten sie ihn doch von seiner misslichen Lage ab. Alexander nötigte ihm sogar ein kurzes Lächeln ab, als er freudestrahlend hinausposaunte, dass seine Schwester Louisa einen Freund habe und Louisa sich postwendend von dieser in ihren Augen unverschämten Lüge distanzierte. Umgehend forderte sie ihrem Bruder auf, erst das Nasenbohren aufzuhören, bevor er seine Schwester beim Vater anschwärzte. Früher wäre Lukas eingeschritten und hätte ein Machtwort gesprochen. Jetzt begnügte er sich mit einem milden Lächeln und notierte auf seinem Zettel:

«*Vertragt Euch!*»

Bevor die Kinder ihren Vater weiter nervten, schritt Marie ein und berichtete ihm vom täglichen Alltag zu Hause:

«Daheim funktioniert alles bisher alles ganz gut. Musst dir also keine Sorgen machen. Wir alle freuen uns schon, wenn Du wieder bei uns sein kannst. Das Haus fühlt sich irgendwie leer an, seit du nicht da bist. Du fehlst uns sehr.»

Marie gab ihm noch einen Kuss auf die Stirn, bevor sie die Kinder bei der Hand nahm und das Krankenzimmer verließ.

Auf den Trubel mit der Familie folgte eine Stille, die Lukas anfangs herbeigesehnt hatte, die sich jetzt aber, da Ruhe herrschte, als Belastung erwies. Er war irritiert. Konnte man ihm eigentlich noch etwas recht machen?

Anscheinend nicht. Er musste versuchen, sich aus dieser Misere befreien. Die Vergangenheit ausblenden, vor allem aber seinen folgenschweren Fehler mit der Hantel vergessen. Es sollte für ihn nur noch eine Zukunft mit einer annehmbaren Perspektive geben. Dazu benötigte er aber seine gesamte Kraft. Es sollte ein vernünftiges Leben werden. Für Selbstmitleid und Zweifel durfte es keinen Platz geben. Alleine würde er dies nie auf die Reihe bekommen, er brauchte dazu unbedingt Marie und die Kinder, mehr als je zuvor. Dann musste das doch zu schaffen sein.

In diese hoffnungsvolle Stimmung bahnten sich erneut Bedenken ihren Weg. Schleichend, nahezu unbemerkt. Dann aber mit voller Kraft. Würde er mit einer Behinderung sein ganzes Leben verbringen können? Auch wenn seine Familie und vielleicht auch Freunde ihm zur Seite standen, er selbst musste damit zurechtkommen. Oder war es nicht besser, gleich Schluss zu machen, seinem dann vielleicht unnützen Leben ein Ende zu bereiten? Was gab es da eigentlich für Möglichkeiten? Spontan fiel ihm ein, vor den Zug zu springen, oder sich aufhängen, vielleicht doch erschießen? Eine Mandantin hatte sich mit einer Überdosis Psychopharmaka das Leben genommen. Alles für ihn unappetitliche Vorstellungen. Sich zu Tode saufen und mit Drogen zuschütten, das wäre doch einfach und könnte spontan geschehen. Er musste lächeln. Alles Schmarrn. Er würde nie den Mut besitzen, seinem Leben bewusst ein Ende zu setzen. Dazu hing er zu sehr am Leben. Außerdem war er früher bei Mandanten und Freunden bekannt dafür, in jeder noch so aussichtslosen Situation das Beste austüfteln zu können. Die im Beruf als Anwalt erlernte mentale Flexibilität und sein ungebrochener Optimismus durften nicht auf der Strecke bleiben. Dann müsste auch ein zufriedenes Leben möglich sein.

Aber es war eine harte Zeit in der Klinik, eine sehr harte Zeit sogar. Nachdem die Wunden seines Kehlkopfs abgeheilt waren und er wieder auf normalem Weg sein Essen zu sich nehmen konnte, stand die wichtigste Entscheidung an: Sollte er den Versuch wagen, sich den Kehlkopf operieren zu lassen mit einer Stimmrehabilitation? Das Ergebnis bei erfolgreicher Operation wäre, wieder sprechen zu können. Das hätte aber einen Haken. Die Luftröhrenöffnung müsste erhalten bleiben. Und damit die einhergehende lebenslange Abhängigkeit von anderen. Das hatte er die letzten Wochen und Monate am eigenen Leib erfahren müssen. Wie er das gehasst hatte. Diese Kanülenwechsel, das tägliche Absaugen, die Attacken mit Atemnot, wenn die Kanüle mit großen Borken verlegt war. Das ständige Herauslaufen und Abhusten von Schleim und Blut. Diese Bilder quälten ihn immer noch. Daran würde er sich nicht gewöhnen können. Er wollte es auch nicht. Ein solches Leben lehnte er strikt ab. Eine Erniedrigung diesen Ausmaßes kam für ihn nicht infrage.

Da blieb er lieber sein Leben lang stumm. Seine Luftröhre konnte so verschlossen bleiben. Die frustrierend lange Rehabilitation, um von der Sondenernährung zum normalen Essen zu gelangen, hatte er auch schon fast zu Ende gebracht. Dieses andauernde Verschlucken hatte viel Kraft gekostet und trat dank der logopädischen Behandlung in der Klinik mit der richtigen Atemtechnik nur noch selten auf. Deshalb war ihm nach vielen Gesprächen mit Marie und den Therapeuten der Entschluss leicht gefallen, auf eine spracherhaltende Therapie mit den erneuten fiesen Nebenwirkungen zu verzichten. Dass er trotzdem nächtelang wach lag und darüber grübelte, ob seine Entscheidung wirklich das

Optimum war, kannte er von sich nicht. Er war doch bisher der Entscheider und danach der Problemlöser. Nicht der Zweifler.

Jetzt aber waren sie Teil seines Lebens. Die Unentschlossenheit, die Zweifel und die Verunsicherung über die eigene Lebensgestaltung nagten an ihm. Die Frage ließ ihn nicht los, ob sich das Leben überhaupt noch lohnte und ob Aufgeben die bessere Lösung wäre? Und wenn ja, in welcher Form? Selbstmord oder Absturz in Suff und Drogen? Dann keimte wieder die Hoffnung auf ein lebenswertes Leben auf. Zuletzt fühlte er in sich die tiefe Verpflichtung den Kindern gegenüber, trotz schwerster Schicksalsschläge ein Vorbild zu sein.

Es gab ja schließlich Papier und Stift, mit denen er sich mitteilen konnte. Vielleicht entdeckte jemand in naher Zukunft eine für ihn akzeptable Lösung, sich akustisch am Leben zu beteiligen.

Es klopfte an der Türe. Zweimal. Bevor Marie im Türrahmen auftauchte, wusste Lukas bereits, dass seine Frau ihn besuchte. Anhand des Klopfens erkannte er den Besucher. Kurzes, energisches Klopfen und sofortiger Eintritt bedeuteten, die Schwestern oder der Arzt kamen. Bei Marie war das Anklopfen eher zurückhaltend, er empfand es respektvoll. Auch vergingen danach ein bis zwei Sekunden, bis sie eintrat. Wenn seine Kinder kamen, vernahm er es kaum, so zaghaft gingen sie vor. Er empfand es eher als ängstliches, zärtliches Tätscheln der Tür. Danach verging fast eine Ewigkeit, bis meistens der Kopf seiner Tochter im Türspalt erschien. Sie warteten wohl immer noch auf das «Herein» des Vaters.

«Lukas, heute habe ich eine freudige Nachricht für dich. Du darfst heim. Ich hab deinem Stationsarzt mitgeteilt, dass ich eine Sprachtherapeutin für dich gefunden habe, die bereits nächste Woche mit dir die ambulante Reha beginnen will. Eine übrigens sehr nette Frau. Sie wird dir gefallen. Und hübsch ist sie obendrein. Einziger Nachteil, sie hat ihre Praxis nicht in Lindau. Hier in Lindau und in unmittelbarer Umgebung sind die Sprachtherapeuten über Monate voll ausgelastet. Eine Katastrophe sage ich dir. Wartezeiten bis zu einem halben Jahr. Das ist doch nicht mehr normal. Diese Frau Wagner arbeitet in Friedrichshafen, hat ganz neu angefangen und ist noch nicht so ausgebucht. Ich habe diese Adresse von unserem Hausarzt. Er hat sie mir als eine äußerst kompetente, in ihren jungen Jahren bereits sehr erfolgreiche Therapeutin empfohlen.»

Lukas nickte und lächelte seine Frau an. Dabei griff er ihre Hand und drückte sie fest. Das war jetzt seine Art, Dankbarkeit auszudrücken. Er schloss die Augen, ein Zeichen, dass er müde war. Marie kannte das und verabschiedete sich mit einem Kuss auf die Stirn. Lukas war dankbar für diese Zärtlichkeit. Eigentlich war es ihm egal, ob Kuss auf die Stirn oder Streicheleinheiten an der Hand. Wichtig waren die Berührungen. Sie gaben ihm Halt und Kraft, seine Verletzungen auszuhalten, körperlich und seelisch.

Als Lukas wieder alleine im Zimmer war, genoss er die Ruhe. Schon nach kurzer Zeit fiel er in einen Dämmerschlaf.

Doch der währte nicht lange. Erschreckt fuhr er hoch. Hatte es an der Türe geklopft? Zu dieser Zeit hatte er normalerweise seine Ruhe, da die Schwestern auf Station ihre Besprechung zur Übergabe hatten. Als es erneut klopfte, stieg sein Ärger. Weniger über die ungewohnte Störung als vielmehr seinem Unvermögen geschuldet, nicht antworten zu können. Eine ältere Krankenschwester trat festen Schrittes ein und stellte sich als Schwester Luise vor. Sofort kam Lukas die Namensverwandtschaft mit seiner Tochter Louisa in den Sinn. Er musste lächeln. Der äußerliche Unterschied war doch recht erheblich:

«Ich bin die Operationsschwester Luise. Sie kennen mich vielleicht unter dem Namen Schweiger. Sie haben mir vor ein paar Jahren sehr geholfen, als ich unverschuldet einen Verkehrsunfall hatte. Wie geht es Ihnen nach der schweren Operation? Darf ich mich setzen?»

Es dauerte etwas, bis Lukas einen klaren Gedanken fassen konnte. Langsam kam die Erinnerung an diesen Fall zurück. Er hatte damals ein beträchtliches Schmerzensgeld herausgeschlagen. Außerdem hatte er erreicht, dass seine Klientin ein nagelneues Fahrrad zugesprochen bekam. Lukas zog seinen Notizblock hervor und notierte:

«Ich erinnere mich. Waren Sie bei meiner Operation dabei?»

«Ja, das war ich. Sie hatten damals ein riesiges Glück, dass Sie überlebt haben. Umso mehr freut es mich, dass Sie sich wieder so gut erholt haben.»

Lukas wunderte sich über die gesprächige Schwester, die innerhalb des Personals eine herausragende Stellung hatte und als sehr wortkarg bekannt war. Immer wieder sprachen die Schwestern auf Station von der strengen Luise. Aber alle bewunderten ihr Wissen und ihre schlafwandlerische Sicherheit bei den Handreichungen während der Operation. Bevor der Operateur nach einer Zange oder einem Tupfer verlangte, hatte Schwester Luise diese bereit zur Weitergabe. Vor allem die jungen Ärzte profitierten davon. Waren sie einmal unschlüssig über der Fortgang der Operation, so half ihnen die vorhersehende Schwester Luise ohne viel Worte aus dieser Situation, indem sie das notwendige Instrument sichtbar anbot. Sie dachte immer einen Schritt voraus. Und dies alles geschah, bevor der danebenstehende Oberarzt tadelnd eingreifen musste. Ja, Respekt hatten sie alle, angefangen vom jungen Assistenzarzt, der noch lernte, bis zum Chefarzt, der bei zu erwartenden, schwierigen Operationen ausschließlich auf die Assistenz von Schwester Luise bestand. Und diese Institution der Klinik machte bei Lukas einen Krankenbesuch. Das tat ihm gut.

«*Schwester Luise, vielen Dank*! *Ich lebe noch, aber kann nicht sprechen.*»

«Herr Keller, das Sprechen wird maßlos überschätzt. Bei vielen Menschen wäre es besser, sie würden schweigen, bevor sie Unsinn reden. Wie ich Sie kennengelernt habe, werden Sie auch ohne Sprechen Ihren Weg im Leben finden. Das wünsche ich Ihnen von Herzen. Alles Gute!»

Bevor Lukas reagieren konnte, hatte sich Schwester Luise umgedreht und das Krankenzimmer verlassen. Bevor sie die Tür schloss, winkte sie noch kurz Lukas zu. Was für ein Auftritt. Typisch aber für Schwester Luise.

In Friedrichshafen saß Karla in ihrem kleinen Büro und erledigte die notwendigen schriftlichen Arbeiten. Nach der Kündigung in der Reichenau war sie vor fünf Wochen nach Friedrichshafen in das Erdgeschoss der geerbten Pension gezogen und hatte sich dort eine Sprachtherapiepraxis eingerichtet. Alles hatte sie nahezu alleine geschafft. Oft war sie bis Mitternacht am Werkeln. Karla hatte mit der Klinik vereinbart, dafür zu sorgen, dass Paul weiterhin seine Therapiestunden besuchen konnte. Zuerst schien die lange Fahrt über den Bodensee zu einem Hindernis zu werden. Aber für Paul war das kein Problem. Er genoss die Fahrten, die Eintönigkeit des Sees und die Regelmäßigkeit dieses Ausflugs waren ganz nach seinem Geschmack. Trotzdem überlegte Karla, wie sie hier eine Vereinfachung erreichen konnte. Fürs Erste war es wichtig, dass die Klinik einverstanden und Paul zufrieden war.

Ab und zu erhielt sie Hilfe von Paul, der ihr gerne mit zur Hand ging. Dass es so gekommen war, glich fast einem Wunder. Eines Tages war der Fischerandi auf ihn zugekommen und hatte ihn gefragt, ob er sich vorstellen könne, nach Friedrichshafen zu wechseln, um seiner Schwester Vroni, die in einen Fischereibetrieb eingeheiratet hatte, behilflich zu sein. Ein Fischergehilfe hatte über Nacht das Weite gesucht und war nicht mehr auffindbar.

«Ich muss mich im Vollzug melden.»

«Das habe ich schon erledigt. Es genügt, dass du alle vier Wochen dort erscheinst. Bedingung ist, dass du weiterhin in die Sprachtherapie gehst. Und die ist doch jetzt in Friedrichshafen. Das passt doch dann.»

«Ich will bleiben. Keine Veränderung.»

«Aber dann wärst du in der Nähe deiner Sprachlehrerin. Und meine Schwester würde für dich ein eigenes Zimmer herrichten, wo du wohnen kannst.»

«Ich ü b e r l e g.»

«Mach das. Niemand will dich zwingen. Ich dachte nur, dass es für dich viele Vorteile haben würde.»

Paul benötigte eine Woche, um nachzudenken. Beim Fischerandi gefiel es ihm. Jeden Tag dieselbe Arbeit. Nun sollte er sich verändern, eine neue, unbekannte Zukunft wagen. Alleine konnte er das nicht entscheiden. Die vielen Stunden des Grübelns brachten nichts. Er wandte sich an Karla und bat, ihm bei der Entscheidung zu helfen. Den Ausschlag gab nach harten, inneren Kämpfen letztendlich die Zustimmung von Karla und die Aussicht, dauerhaft in der unmittelbaren Nähe zu ihr zu wohnen. Einziger Wermutstropfen war, dass die lange, eintönige Fahrt, die er mit dem Schiff nach Friedrichshafen sehr genoss, wegfallen würde.

Jetzt, ein paar Wochen nach dem Umzug, war er aber glücklich mit dieser Entscheidung. Und er war auf sich stolz, diese Veränderung gemeistert zu haben. Dadurch wurde auch sein Selbstvertrauen gestärkt. So oft es ging, half er nun Karla bei den Renovierungsarbeiten. Dabei lernte er schnell, einige neue Wörter zu sprechen. Im Fischereibetrieb von Vroni, der Schwester des Fischerandi, fühlte er sich auch wohl, er durfte die gleichen Tätigkeiten wie zuvor beim Fischerandi verrichten. Jetzt war es halt die Fischervroni, auf die er hören musste.

Karla hatte alle Arbeiten erledigt. Ihr ging der Besuch von Frau Keller nicht mehr aus dem Kopf. Das Gespräch war routinemäßig abgelaufen bis zu dem Zeitpunkt, als diese sehr sympathische Frau die Adresse und die Patientendaten angab. Lukas Keller und die Lindauer Adresse kamen ihr bekannt vor. Das musste der Freund von Paul sein. Diese Anschrift hatte sie sich gemerkt, da Paul genau wissen wollte, wo sein früherer Freund nun wohnte. Von seiner Frau hatte sie erfahren, dass er einen schweren Unfall hatte und danach nicht nur nicht mehr sprechen konnte, sondern sich auch noch dauernd beim Essen verschluckte. Das sei manchmal sehr dramatisch und Frau Keller erhoffte sich von Karla große Hilfe. Die beständige Angst, ihr Mann könnte ersticken, lähmte die gesamte Familie.

Karlas Interesse an ihrem neuen Patienten war mit einem Mal geweckt. Was war das wirklich für ein Mensch, der sich als Jugendlicher für einen Autisten interessierte, in seinen Briefen an den Freund aber recht distanziert auftrat. Wie wird Paul reagieren, wenn er erfährt, dass sein Freund in ihre Praxis kam und sich somit die Gelegenheit ergab, ihn nach zwanzig Jahren wieder zu sehen? Karla malte sich aus, welch enorme Emotionen bei diesem Zusammentreffen dabei frei wurden. Paul, der stumme Autist, der jetzt einige Worte beherrschte und Lukas, der wortgewandte Jurist, der sich jetzt nicht mehr äußern konnte. Karla musste auf der Hut sein, dass nichts aus dem Ruder lief und persönliche Gefühle und alte Geschichten ihre Therapie noch zum Scheitern brachten.

Das Haus war leer. Karla saß auf der Bank vor dem Haus und genoss die Sonne; eine gute Gelegenheit, über wichtige Angelegenheiten ungestört nachzudenken. Sie sinnierte über ihr Zusammenleben mit Paul: „Wie sollte das weitergehen? Das Leben dümpelt vor sich hin. Das ist nicht mein Lebensplan!" Sie brauchte ein neues Ziel.

Sie hatte ihre Therapieräume; sie hatte sich selbst ein eigenes Zimmer eingerichtet, wohin sie sich zurückziehen und ihre Ruhe haben konnte, und wo ihr Bett stand. Paul hatte sein Zimmer unmittelbar neben dem ihren. Außerdem gab es noch eine Küche, ein Wohn- und ein Esszimmer, für jeden ein eigenes Bad mit einer Dusche. Eigentlich perfekt für eine Wohngemeinschaft, und so war es auch geplant. Nicht sehr großzügig, aber praktisch und wohnlich. Das Leben hatte sich eingespielt. Zusammen bereiteten sie abends die Mahlzeit vor, aßen gemeinsam, spülten und räumten auf, setzten sich ins Wohnzimmer, sahen gemeinsam fern – oder auch nicht – wie ihnen gerade zu Mute war.

Paul genoss die allabendlichen Rituale. Er hatte mittlerweile vieles gelernt, was Karla ihm ausführlich und mit viel Geduld erklärt hatte.

Erst hatte er einfache Hilfsarbeiten erledigt, dann konnte er schon den Salat anmachen und Spaghetti kochen, später dann Omeletts zubereiten oder Gemüse in der Pfanne braten. Auch ein Menü konnte er schon zusammenstellen mit Salat als Vorspeise und dem Hauptgang Spaghetti mit Öl und Knoblauch. Der neueste Höhepunkt war, dass er aus seiner Arbeit bei Vroni Fische mitbrachte. Karla erklärte ihm, wie er sie braten sollte und wie er den Gargrad mit der Flossenprobe überprüfte. Er war sichtbar stolz darauf, dass er sich dabei geschickt anstellte.

Die verschiedenen Zubereitungstechniken beherrschte er bald sicher, wandte sich aber immer wieder mit ratsuchendem Blick an Karla. Sie bemerkte das, reagierte aber erst, wenn er sie ansprach. Das geschah immer häufiger. Sie förderte sein Engagement und lobte seine Erfolge und überprüfte damit auch, ob er sich ihre Begründungen, warum er einzelne Verrichtungen gerade so ausführen soll, gemerkt hatte. Zu den kleinen dreigängigen Menüs kamen Zwischengerichte hinzu, bei denen er mit Vorliebe einen Fisch parierte.

Bei ihrem Sinnieren kam Karla zu einem zweiten Erfolg: In der Enge der Küche war es nicht ausgeblieben, dass sie sich zwangsläufig häufig berührten. Paul zuckte nicht mehr zusammen, senkte nicht sofort den Blick oder sorgte umgehend für einen Abstand in diesen Situationen. Im

Gegenteil. Sie hatte oft das Gefühl, dass er leichte Berührungen absichtlich herbeiführte. Und sogar ihren Körper mit Blicken abtastete, wenn er sich unbeobachtet fühlte. «Sprachtherapie am Kochtopf!» Schmunzelte Karla vor sich hin. Aber es war mehr als Sprachtherapie, es war eine Lebensschule.

Diese Entwicklung von Paul war ein Erfolg. Perfekt, so hatte sich Karla das vorgestellt. Aber war das genug für das Leben? Wenn sie ehrlich war, stimmte es nicht mehr so ganz für sie. Das war ihr zu wenig, etwas Entscheidendes fehlte. Sie sah Paul zunehmend als Mann und sie wollte, dass er ein Mann wurde, ein richtiger Mann, ihr richtiger Mann! Vorspiel, Hauptgang und Nachspiel wollte sie haben. Waren das Träumereien? Konnte sich ihr Wunsch in der Realität behaupten?

Karla stand auf und ging in die Küche, um Kaffee zu kochen. Schon seit geraumer Zeit nagte es an ihr, dass sie keinen erwachsenen Mann mit allem Drum und Dran für sich hatte. Einen richtigen Mann, der beim Fernsehen auch mal zärtlich war und anschließend mit ihr ins Bett ging und sich lustvoll am Liebesspiel erfreute. Sie kannte das, aber nicht mit Paul. Mit ihm war das anders. Es gab in ihrem Leben keinen Mann, der sie so viel und so intensiv beschäftige wie er, und sie hatte sich mehr und mehr nach Zärtlichkeit mit ihm gesehnt, je länger sie zusammen waren.

Karla nahm die Tasse und ging zurück in die Sonne.

Wollte er das nicht, konnte er das nicht oder traute er sich das nicht mehr nach dem Fiasko in seiner Hütte? Die

Erlebnisse bei dem Brand damals im Wald hatten ihr gezeigt, dass schon ihre nackte Brust ihn außerordentlich in Bann zog, dass er seine Erregung aber nicht kanalisieren und dosieren konnte, wie der ungestüme Überfall bewies.

„Ich muss es herausfinden und dazu muss ich die Initiative übernehmen."

Bei jedem anderen Mann wäre das ein Kinderspiel, das hatte sie schon erfolgreich ausprobiert. Doch Paul war Neuland. «Gib nicht auf, Karla. Lass dir was einfallen, bist ja auch sonst so kreativ.»

Sie grübelte eine Weile, blinzelte in die Sonne und mit den warmen Strahlen wurde es ihr auch von innen warm. Ihr kam eine Idee, die sie sofort begeisterte. Sie könnte ihm anhand eines Menüs erklären, wie Intimität gesittet und kontrolliert ablaufen konnte. Vorspeise, Hauptspeise, Nachspeise. Das war es. „Sex auf der Herdplatte." Ein griffiger Arbeitstitel für ihr Vorhaben, das wird die Überschrift, schmunzelte sie. Sie holte einen kleinen Block und machte sich Notizen.

Ihre erste Notiz war: „Was weiß er über Sex?"

Sollte es die trockene, langweilige, klassische Aufklärung oder die praktische, lebendige und erregende Seite sein? Am besten beide. Das war der erste Schritt. Sie würde ihm die Themen Punkt für Punkt aus ihrem alten Aufklärungsbuch, das sie vor vielen Jahren von ihrer Mutter bekommen hatte, vortragen. Er konnte dann antworten, nicken, gestikulieren oder auch nicht. Er war inzwischen fortgeschritten genug. Das haute hin. Sie würde ihm auch einige der groben Begriffe aus der Gosse beibringen, damit er bei mitgehörten Gesprächen folgen konnte. Ob er schon einmal ein Pornoheft angeschaut hat? Wenn ja und wenn sie nachbohrte, wird es für einen Überblick reichen. Es war ja immer das gleiche, was die Akteure da teilnahmslos in Szene setzten.

„Aufklärungsbuch", „Vulgärausdrücke", „Pornoheft" stand in ihrem Notizblock.

Dann folgte das Skript für die Praxis. Beim zweiten Schritt war ein Ablauf zu überlegen, der Pauls Eigenheiten berücksichtigte. Das wird der Schlüsselpunkt. Sie musste gleichzeitig Regisseurin und Darstellerin sein, Kontrolle und Ausführung in einer Hand meistern.

«Ob ich es schaffe, eine solche Doppelrolle zu spielen und rechtzeitig drohende Schwierigkeiten zu vermeiden oder zu überspielen? Natürlich muss ich das, eben dadurch habe ich alles im Griff.»

Gleichzeitig wurde ihr klar, dass es nicht gerade eine lustvolle Aktion war, die ihr bevorstand. Ging etwas völlig schief, musste sie abbrechen und bei der nächsten Sitzung wieder von vorne anfangen: Vorspeise, Hauptgang, Nachspeise - bis es geschafft war. Wichtig war ihr, dass der gesamte Ablauf so einfach ablief wie möglich. Kein Firlefanz, nur die Grundlagen. Und doch musste auch das Ende stimmen. Sie wusste, ein abruptes Abwenden – wie es zu seinen Gewohnheiten gehörte, wenn er sich überfordert fühlte – wäre schmerzhaft. Das musste sie ihm vorher klar machen. Die Nachspeise sollte nicht vergessen werden.

Zwischen Vorfreude, Anspannung und Erregung wurde ihr bei ihren Gedankenspielen immer wieder auch ein bisschen bange, ob sie das auch schaffen würde. Dennoch: Bei einem Erfolg warteten die lustvollen Ausschmückungen und Dekore auf sie: Wie schön, dann endlich einen richtigen Mann zu haben.

Am nächsten Abend vor dem Fernseher hatte Karla Glück und konnte – ohne dass Paul ihre Absicht erahnen konnte – auf einen lausigen Erotikfilm umschalten, den sie als Einstieg in ihr Vorhaben verwenden wollte. Über den Bildschirm lief eine schwülstige Sexszene. Wie zufällig kommentierte sie einige Szenen und begann mit den Nachforschungen über das Wissen von Paul.

Das Ergebnis kam, wie von ihr erwartet: Seine Kenntnisse über Sex glichen dem eines Zwölfjährigen. Nicht alles war ihm unbekannt, aber mit vielem wusste er nichts anzufangen.

Er erzählte ihr, dass er in der Arbeit bei Vroni ein Heftchen mit vielen Fotos gefunden und durchgeblättert hatte. Vieles, was dort ausführlich dargestellt war, hatte er nicht verstanden. Sein anschließendes Bemühen, den Eigentümer zu finden, um das Heft zurückzugeben, war erfolglos geblieben. Das Sexheft gehörte natürlich niemandem. Das kam ihm seltsam vor. Es hatte sicher jemand vergessen. Paul war verärgert, weil sich während seiner Suche viele Kollegen weggedreht und sich hinter seinem Rücken über ihn lustig gemacht und ihn ausgelacht hatten. Er wurde so wütend, dass er das Heftchen zerriss und in den stinkenden Fischabfall schleuderte.

Karla war zufrieden, weil Paul relativ unbefangen über sein Wissen und seine Erfahrungen erzählt hatte und trotz seinem Anschein, dem Thema teilnahmslos gegenüber zu stehen, eifriger bei der Sache war, als sie es erwartet hatte. „Das war der erste Schritt und der lief gut.", stellte sie zufrieden fest.

Und jetzt stand der zweite Schritt, die Umsetzung von Vorspeise, Hauptgang und Nachspeise in die Praxis der Intimität bevor. Davor wollte sie aber noch eine kleine praktische Unterweisung vornehmen, sozusagen einen Trockenlauf zum Umgang mit der Erregung. Sie hatte sich an ihre eigene Pubertät erinnert und an die Schwierigkeit, mit Peinlichkeiten umzugehen. Ihre Mutter hatte sie für damalige Verhältnisse ausführlich aufgeklärt. Aber der Vater wollte sich ebenfalls daran beteiligen. Er hatte dabei einen eher männlichen Bereich ausgewählt: die Benützung eines Kondoms zur Verhütung. Er erklärte ihr, dass viele Erstbenutzer schon daran gescheitert waren, weil in der Aufregung leicht Fehler gemacht wurden und schon ein kleines Malheur dramatische Folgen nach sich ziehen konnte. Paul sollte die korrekte Handhabung verstehen und ein Missgeschick nicht überbewerten. Ihr Vater hatte damals extra ein Kondom und eine Banane besorgt. Dann führte er mit ausführlichen Erläuterungen zu möglichen Hürden die gesamte Prozedur vor. Karla hatte mit hochrotem Gesicht zugesehen. Dann hatte ihr Vater sie auch noch gedrängt, das

Ganze selbst zu probieren. Dabei wurden ihre Backen noch röter. Ihr Vater bemerkte ihren Stress und wollte die Angelegenheit mit dem launigen Satz entspannen:

«Brauchst nicht denken, dass alle so groß und krumm sind!»

Mit dem Resultat, dass sie am liebsten alles fallengelassen hätte, um aus dem Zimmer zu stürmen. Am liebsten wäre sie im Boden versunken. So viel Peinlichkeit hatte sie bis dahin nicht erlebt. Erst später hatte sie erkannt, wie viel besser es war, diese Peinlichkeit im sicheren Raum der Familie durchzustehen, als sich in fremden Gefilden zu blamieren. Diese Erfahrung wollte sie auch mit Paul teilen.

Paul war ein ausgezeichneter Nachahmer, und dazu auch noch überaus geschickt. Er verhielt sich wie bei einer Arbeit, sachgerecht und ohne Kommentar. Das hatte Karla auch so erwartet.

Nach einigen Tagen mit der üblichen Abendroutine hatte sich Karla vorgenommen, Fakten zu schaffen. Sie wusste nicht, ob sie es Entjungferung oder Hochzeitsnacht nennen sollte. Schon am Morgen war es ihr übel, so angespannt war sie. Nach dem Abendessen würde sie Paul kommentarlos in ihr Zimmer führen, das sie behaglich hergerichtet hatte, und endlich die Angelegenheit in die Hand nehmen. Zuvor wollte sie noch ihre Notizen durchgehen. Sie wusste und konnte sich darauf verlassen, wenn es ernst wird, lief sie immer zu Hochform auf, Unsicherheit und Nervosität waren dann wie weggeblasen. Als es Abend wurde, ging es ihr schon besser.

Karla stand in der Küche und beobachtete Paul beim Kochen, wie er sicher mit den Gerätschaften hantierte und wie sich sein Körper bewegte. Er sah hoch und lächelte sie an. Er lächelte tatsächlich! Vor genau einer Woche waren sie zum ersten Mal im Bett gelandet und es war entgegen ihrer Befürchtung alles reibungslos abgelaufen. Nicht das große Liebesspiel, aber es war in Ordnung. Beim zweiten Mal sogar mehr als das. Schon vor Millionen von Jahren hatten die Gene ein Basisprogramm geschrieben, und ihre Körper hatten es ausgeführt. So einfach war das. Endlich hatte sie ihren erwachsenen Mann. Und weiter wollte sie gar nicht denken.

Schon am ersten Tag zu Hause spürte Lukas, dass es aufwärtsging. In der gewohnten Umgebung fühlte er sich sicher. Doch eine Bewährungsprobe wartete bereits auf ihn. Der Termin bei der Sprachtherapeutin stand an. Marie wollte ihn die ersten Male begleiten und nach Friedrichshafen mit dem Auto chauffieren. Lukas suchte einen kleinen Notizblock und einen handlichen Stift aus, um die Fragen der Therapeutin beantworten zu können. Er würde Marie bitten, vorerst mit in den Behandlungsraum zu gehen, um ihn bei der Konversation mit Frau Wagner zu unterstützen. Allein auf schriftlichen Notizen verlassen zu müssen, traute er sich noch nicht zu. Es dauerte Lukas auch zu lange. Er war noch zu hektisch. Geduld musste er erst noch lernen.

Die Praxis und sogar einen Parkplatz fanden Marie und Lukas problemlos. Die Praxis selbst war sehr geschmackvoll eingerichtet. Großflächige Bilder vom Bodensee und viele Pflanzen erzeugten eine angenehme Atmosphäre im Warteraum. Sie mussten nicht lange warten, bis ein Patient aus dem Behandlungsraum trat. Lukas war etwas aufgeregt, wie die erste Stunde ablaufen würde. Wahrscheinlich ähnlich wie in der Klinik. Als Frau Wagner in der Tür erschien, freute sich Lukas erst über die überaus attraktive Therapeutin. Als er sie genauer fixierte, wunderte er sich über die aufsteigenden, seltsamen, irgendwie aber doch vertrauten Gefühle, die ihn in Besitz nahmen. Als Frau Wagner ihn anlächelte, fiel es Lukas wie Schuppen von den Augen. Das war doch die Karla, die Freundin von Paul. Nach zwanzig Jahren kam sie ihm noch aufregender vor wie einst bei der Hütte, als sie vor Paul ihre Brust entblößte. Wie ein Blitz schlugen die Erinnerungen an die damaligen heftigen Gefühle für Karla bei ihm ein. Hatte sie ihn damals beim Brand der Hütte gesehen? Wenn ja, würde sie jetzt vor seiner Frau darüber sprechen und so seine Unwahrheiten über die damaligen Ereignisse aufdecken? Lukas fühlte sich gar nicht wohl. Wie vorteilhaft war jetzt seine Sprachlosigkeit. Könnte er sprechen, wäre ihm ganz sicher ein «Karla! Du?» heraus gerutscht. Stattdessen begrüßte er sie mit einem verlegenen Lächeln.

«Schön, dass ich sie einmal persönlich kennenlerne, Herr Keller. Bisher kannte ich sie nur von Erzählungen ihres

Freundes Paul, den ich die letzten Jahre im Maßregelvollzug betreut habe.»

Und zu Marie gewandt:

«Frau Keller, erzählen Sie mir bitte, was alles geschehen ist und welche Beschwerden Ihres Mannes behandelt werden sollen. Wenn Sie mir beide bitte folgen und hier Platz nehmen. Und keine Eile, wir haben Zeit. Oft sind gerade die Kleinigkeiten wichtig für einen Therapieerfolg.»

Lukas atmete tief durch, das war ja noch einmal gut gegangen! Doch nun verfolgte er mit einigem Befremden diese Unterhaltung, bei der er gänzlich außen vor gestellt war. Völlig ungewohnt für ihn, den Anwalt, der doch meistens selbst das Wort führte. Im ersten Moment war er sogar beleidigt, dass er bei diesem Gespräch keine Rolle spielte, dass er das Anhängsel seiner Frau war. Als Marie über die Unfallgeschehnisse berichtete, wurde ihm bewusst, dass dies die künftige Rolle in seinem Leben sein würde und er sich tunlichst jetzt schon daran gewöhnen sollte. Es fiel ihm unheimlich schwer, aber er hatte keine Wahl.

Für den Anwalt stimmte nichts mehr. Er konnte den Ton nicht mehr bestimmen, er war von anderen abhängig und ohne sie hilflos. Er, der aufgesucht wurde, wenn andere Menschen Hilfe brauchten, musste nun das Heft aus der Hand geben.

Aber da musste er durch. Es blieb ihm nichts anderes übrig. Lukas verfolgte nun weiter das Gespräch zwischen Marie und Karla. Schon nach kurzer Zeit blieben seine Augen ausschließlich an den Lippen von Karla hängen. So nahe hatte er das Gesicht von ihr noch nicht gesehen. Er war begeistert und überrascht, wie jung sie geblieben war. Ob das auch für ihren Körper galt? Ohne sein Dazutun schob sich das Bild der entblößten Brüste über die reale Karla. Er schüttelte den Kopf, um dieses Bild zu verscheuchen. Neben Marie, die er doch liebte, fand er seine Gefühle respektlos. Die Situation war ihm nicht nur unangenehm, sie war ihm ausgesprochen peinlich.

«Herr Keller, sind Sie nicht einverstanden? Sie schüttelten den Kopf, als ich erklärte, wie die Therapie in den nächsten Wochen ablaufen wird. Hier haben Sie einen Zettel und einen Stift. Schreiben Sie nur alles auf, was Ihnen nicht gefällt und was für Sie wichtig ist. Die Therapie sollte für Sie akzeptabel sein, um den größtmöglichen Erfolg erzielen zu können.»

Lukas schrieb:

«Alles in Ordnung. Das Kopfschütteln hatte keine Bedeutung.»

«Sehr gut! Frau Keller, Sie können gerne im Wartezimmer Platz nehmen, solange ich mit Ihrem Mann übe.»

Als Lukas und Marie wieder zu Hause waren, wollte Marie alles ganz genau wissen. Ob die Therapiestunde geholfen habe und wie er mit Frau Wagner zurechtkäme. Die halbe Stunde im Auto hatte lange genug ihre Neugierde strapaziert. Unterwegs hatte sie absichtlich geschwiegen, um die umständliche Kommunikation mit Lukas nicht noch mehr zu komplizieren. Hinter dem Steuer das schier unleserliche

Gekritzel ihres Manns entziffern zu müssen, war ihr dann doch zu gefährlich. Viel Interessantes erfuhr sie nicht. Lukas war nicht sehr mitteilsam. Er wirkte abwesend. Vielleicht war alles doch zu viel heute. Zuerst die Fahrt, dann die Therapiestunde mit den Erklärungen von Frau Wagner und dann erneut der Weg zurück. Oder hatte ihn das unerwartete Zusammentreffen mit der Therapeutin seines Freundes Paul irritiert? Da wollte Marie mehr wissen und sie nahm sich vor, bei der nächsten Gelegenheit nachzubohren, wenn Lukas sich wieder erholt hatte. Fürs Erste wollte sie ihrem Mann nicht auf die Nerven fallen und schwieg zu diesem Thema. Vergessen hatte sie es nicht.

Lukas war dankbar, dass Marie ihn nicht weiter löcherte. Er genoss die Stille im Raum. In seinem Inneren herrschte alles andere als Ruhe. Seine Gefühle loderten, er gewahrte diese Unruhe, die ihn in seiner Jugend so häufig befallen hatte, wenn er wieder einmal eine neue Freundin an Land gezogen hatte. Er sah sich wieder bei der Hütte hinter dem Baum stehend, der gespannt das erregende Spektakel in sich aufsog. In seiner Erinnerung war er zu dieser Zeit Karla heillos verfallen. Nur war er damals ein kräftiger, junger Mann. Jetzt konnte er nicht mehr sprechen, war ihr Patient. Er war ihr ausgeliefert und unfähig, seine Situation selbst zu steuern. Dazu kam, dass er seine Gefühle nicht unter Kontrolle halten konnte. Wie sollte er aber damit umgehen? Sollte er Karla einen Brief schreiben? Oder erst einmal abwarten, wie Karla sich ihm gegenüber die nächsten Treffen verhielt? Er entschied sich, abzuwarten. Vielleicht ebbten seine Gefühle ab und das Problem erledigte sich so von selbst.

Doch bei der nächsten Fahrt zur Therapiestunde überfiel ihn erneut diese Unruhe, die auch seiner Frau nicht entging:

«Lukas, geht es dir nicht gut? Ist das alles zu viel für dich? Du kommst mir recht gestresst vor.»

Lukas streckte seinen Daumen hoch und versuchte, unbeschwert zu wirken. Er war verärgert, dass er seine Aufregung nicht verbergen konnte, dass er nicht antworten konnte und mit Worten, die er einst so exzellent beherrschte, glaubwürdig sein Wohlbefinden zeigen konnte. Musste er sich jetzt sein restliches Leben mit solchen Lappalien herumschlagen? Er ärgerte sich über diese Situation, am meisten aber über sich selbst, über seine Unzulänglichkeit. Er stellte sich die Frage: War so ein Leben lebenswert? Die Antwort war unzweifelhaft: Ja. Er ärgerte sich jetzt, überhaupt daran gezweifelt zu haben. Aber damit konnte er umgehen. Und an dieser Einstellung würde sich auch nichts ändern. Da war er sich ganz sicher. Und mit einem Mal war seine Stimmung wieder besser.

Sie betraten die Praxis. Sie schienen alleine zu sein, was Lukas ganz recht war.

«L u k a s!»

Der drehte sich erschrocken um und erblickte einen salopp gekleideten Mann, der ihn schüchtern anlächelte. Er hatte alles erwartet, nur nicht hier in dieser Praxis mit seinem Vornamen angesprochen zu werden. Und dann noch in einer ungewohnten Aussprache. Er kannte den Mann und er konnte es nicht fassen. Vor ihm stand Paul, sein Freund aus früheren Jahren. Paul sprach plötzlich. Was war geschehen mit ihm? Hatte Karla dieses Wunder vollbracht? Das schien die naheliegendste Antwort zu sein. Lukas ging auf Paul zu, stoppte dann aber, als ihm einfiel, dass er Umarmungen nicht schätzte. Stattdessen zog er sein Notizbuch aus der Tasche, riss eine Seite heraus und schrieb:

«Du kannst sprechen und ich muss schreiben. Was für eine verkehrte und verrückte Welt.»

Kapitel 11

«Und hast du deinen Freund gleich erkannt? Ist ja schon eine lange Zeit her, dass du ihn das letzte Mal gesehen hast.»

«Hab erkannt.»

«Paul, ich erkläre es dir noch mal: Versuche, ganze Sätze zu sprechen. Ich weiß, dass du es kannst. Du versuchst immer noch, dich so kurz wie möglich auszudrücken. Du musst nichts mehr aufschreiben. Du kannst jetzt sprechen und musst nicht mehr mit jedem Wort geizen. Sprechen geht viel einfacher als schreiben. Bei den kleinen Kindern ist es ganz genau so. Zuerst sprechen sie und dann, nach einigen Jahren, können sie erst schreiben. Alles klar?»

Paul nickte. Er war über diese Belehrung nicht verärgert, er machte einen zufriedenen Eindruck. Er war Karla dankbar für ihre Mühe mit ihm.

«Ich habe ihn erkannt.»

Jetzt lächelte er, als hätte er einen Wettkampf gewonnen, einen Wettkampf mit sich selbst. Er sprach noch nicht flüssig. Es machte den Anschein, er überlege jedes Wort einzeln, bevor er es aussprach. Dabei wollte er nur keine Fehler machen. Er wollte auch Karla imponieren, dass er ihre Vorgaben beherzigte. Er wollte nicht nur annähernd so sprechen können wie Karla, er wollte so sein, wie sie. Für dieses Ziel überwand er alle Hemmungen, die ihn sein bisheriges Leben hinderten, so zu sein wie alle anderen.

«Toll machst du das. Ich bin stolz auf dich. Wie hat dein Freund reagiert?»

«Er hat geschaut. Anders. Nicht wie früher. Ist Lukas krank? Hat mir einen Zettel gegeben.»

Paul kramte in seinen Taschen und zog ein etwas ramponiertes Blatt Papier heraus, das er sorgsam, fast fürsorglich über seinem Knie glatt streifte.

Karla las die Zeile, die nach ihrer Meinung nicht nur für Paul bestimmt war. Das war ein Aufschrei, ein Hilferuf, eine Nachricht an die ganze Welt. Ihr Patient musste tief verzweifelt sein. Sie musste bei der Therapie von Pauls Freund behutsam vorgehen. Sie wollte eine sichtlich beginnende Abwärtsspirale nicht noch verstärken. Plötzlich kam ihr ein Gedanke. Wie wäre es, wenn sie Paul mit in die Therapie seines Freundes mit einbezog. Eine Win-win-Situation für die beiden Männer. Hoffentlich funktionierte das auch.

«Dein Freund kommt zu mir, weil er Hilfe benötigt. Du weißt, ich darf dir über meine Patienten keine Auskunft geben. Auch dir als Freund nicht. Wie du aber selbst erlebt hast, kann er nach einem Unfall nicht mehr sprechen und muss alles aufschreiben. Das kennst Du doch von dir! Er ist jetzt in derselben Lage, in der du lange Zeit auch warst. Nur war die Ursache bei dir kein Unfall. Ich hätte aber eine interessante Aufgabe für dich. Du kennst dich doch aus mit dem nicht Sprechen können, wenn man alles aufschreiben muss, weil man etwas braucht oder will. Da bist du jetzt der

Fachmann. Hättest du Lust, dich um dieses Problem zu kümmern?»

Kaum hatte Karla ausgesprochen, da bemerkte sie auch schon, dass es ein Fehler war, Paul mit so vielen Tatsachen und Wünschen auf einen Schlag zu konfrontieren. Er war damit heillos überfordert und wusste nicht, über was er zuerst nachdenken sollte. Also schwieg er erst einmal. Karla machte einen neuen Anlauf:

«Hilfst du mir bei der Therapie deines Freundes?»

Wie aus der Pistole geschossen kam die Antwort:

«Ich helfe dir und Lukas!»

«Erzähle ihm, wie du selbst mit dem Nichtsprechen zurechtgekommen bist.»

«Will er das?»

«Gewiss möchte er das. Ich bin mir sicher, dass er sich freut, wenn du ihm deine Hilfe anbietest.»

Karla registrierte bei Paul den Hauch eines Lächelns, ein äußerst seltenes Ereignis bei ihm.

«Ich mach es!»

«Ich bin stolz auf dich!»

Jetzt errötete er.

Bis zur nächsten Therapiestunde, bei der er erneut auf Lukas treffen würde, kreisten Pauls Gedanken ausschließlich um seine neue Aufgabe. Er war stolz, Karla zur Hand gehen zu dürfen. Langsam begriff er, was Gefühle bedeuteten. Theoretisch hatte er das schon begriffen. Es gab Gefühle, die man einem anderen gegenüber hat, wie Mitleid, Sympathie oder Bewunderung. Er hatte auch gelernt, dass Gefühle mehr sind als ein Wort oder eine Geste. Dass sie den ganzen Körper ergreifen und nicht nur den Kopf. Dass das Herz schneller schlägt, der Atemzug tiefer und der Mund trocken wird und und und.

Gespürt hatte er das bisher nicht. Jetzt aber war es anders und es war ganz neu. Was er in diesen Tagen verspürte, musste das Selbstwertgefühl sein, von dem Karla andauernd sprach. Bisher hatte er nichts damit anfangen können. Jetzt sprach er fortwährend vor sich her:

«Gefühle sind schön!»

Und wenn niemand in der Nähe war, trällerte er mit zunehmender Begeisterung diesen Satz. Dabei wurde ihm bewusst, dass er beim Singen die Worte viel einfacher über die Lippen brachte. Aber singend wollte er sich nicht mit anderen unterhalten. Er musste üben, üben, üben. Was ihm keiner auftragen musste, da es eine Herzensangelegenheit von ihm war und natürlich vor allem auch von Karla. Und für sie tat er ja alles. Jetzt fieberte er im Warteraum von Karla dem Wiedersehen mit Lukas entgegen.

Pauls Freund hatte noch nicht ganz die Türe geöffnet, als ihm schon ein kräftiges «Lukas» entgegengeschmettert wurde. Einer ersten Erschrockenheit folgte prompt ein Lächeln von Lukas. Ihm fiel sofort auf, dass Paul jetzt zwar sprach, aber mit der Tonalität noch seine Probleme hatte. Aber das war noch allemal besser, als nicht sprechen zu können wie er. Sofort ärgerte ihm seine Überheblichkeit gegenüber Paul, die in seiner jetzigen desaströsen Lage völlig unangebracht war. Er nahm sich vor, hier künftig ein oder besser noch zwei Gänge herunterzuschalten.

Antworten konnte er nicht, also hob er die Hand zur Begrüßung. Mit etwas Verspätung folgte ein freundliches Lächeln. Er musste sich daran gewöhnen, dass er nicht mehr wie gewohnt der Taktgeber bei einem Treffen war. Musste er jetzt seine als Anwalt erlernte, führende Rolle etwa aufgeben, nur weil Paul sprechen konnte und er es nicht mehr vermochte? Konnte er das? Er musste es können, wenn er mit anderen Menschen in Kontakt bleiben wollte.

Aber es kam für Lukas noch schlimmer. Er war mit seinen Gedanken noch völlig beschäftigt, als er Pauls Stimme vernahm. Was er sagte, erschien ihm nicht ganz geheuer. Aber er hatte sich nicht getäuscht. Paul hatte zu ihm tatsächlich gesagt:

«Ich helfe dir!»

Wie sollte er reagieren? Wie einfach wäre es, mit Worten Paul einzulullen und ihm klar zu machen, dass er sich über dieses Angebot freue und zu gegebener Zeit gerne darauf zurückgreife. Das ging aber nicht in einem Satz. Ohne ihn zu beleidigen. Lukas überlegte: Was kann ich jetzt tun? Jetzt habe ich den Salat. Scheiße, dass ich jetzt, wo es so wichtig wäre, nicht sprechen kann. Gibt es eine prägnante Antwort, die sich in einem kurzen Satz formulieren lässt? Wenn das jetzt immer so abläuft, kann ich mir gleich die Kugel geben. Muss ich jetzt von meinem vermeintlich hohen Ross heruntersteigen und dankbar dieses Angebot von Paul annehmen? Ich muss!

Lukas holte aus seiner Jackentasche seinen Notizblock:

«Danke! Freue mich, wenn Du hilfst.»

Paul ging auf Lukas zu und drückte ihm die Hand. Reflexartig wollte Lukas seine Hand zurückziehen, war doch der körperliche Kontakt zu Paul ein Tabu. Was war nur mit Paul geschehen? Lukas war nun völlig von der Rolle. Er fühlte sich unsicher, weil alles anders war, wie er es gewohnt war. Hielt er das alles aus. Ohne Kanzlei, ohne Streitgespräche vor Gericht, keine Erfolge mehr, die er ausgiebig mit Champagner feiern konnte? Dafür hatte er jetzt Paul, der ihm Hilfe anbot. Eine Frau, die ihn liebte. Aber wie lange noch? Er hatte seine Kinder und und nun hatte er auch noch Karla, die versuchte, ihm ein komplikationsloses Essen zu ermöglichen. Die Kontraste konnten nicht größer sein.

«Herr Lukas Keller! Ich unterbreche Ihr Treffen mit Paul nur sehr ungern, aber es wäre Zeit für die Therapiestunde. Sie können sich hier ja noch öfter mit Paul treffen.»

Dass Karla Lukas zu sich rief, kam ihm gerade recht. So konnte er sich für Paul eine gute Antwort auf sein Hilfeangebot überlegen und jetzt eine Stunde an Karla ergötzen. Lukas Stimmung stieg zusehends. So wie sich Karla ihm gegenüber benahm, hatte sie von seiner Anwesenheit beim Brand in der Hütte keine Ahnung. Er atmete erst einmal tief durch.

«Ihnen geht es schon gut?»

Karla entging anscheinend nichts. Lukas war froh, dass sie nicht auch noch seine Gedanken lesen konnte, und antwortete auf seine Weise. Er streckte ihr seinen erhobenen Daumen entgegen und lächelte.

«Das freut mich. Sie machen das schon recht gut. Von Paul weiß ich, dass er Ihnen helfen will. Das finde ich sehr schön. Ich denke, dass er Ihnen wertvolle Tipps geben kann, wie man auf einfache Weise ein Handycap mit der verlorenen Stimme mildern kann. Jetzt aber konzentrieren wir uns auf das andere Problem, das Verschlucken beim Essen. Denken Sie immer daran, dass die richtige Atmung das A und O der Therapie ist.»

Lukas nickte, dachte aber im nächsten Moment an die halbnackte Karla vor der Hütte. Er war dieser Frau verfallen. Er wollte ihr näherkommen. Aber wie? Ohne seine Stimme? Da blieb nur die schriftliche Annäherung. Konnte das aber gelingen? Erfahrung hatte er hier nur in juristischen Belangen. Die waren aber nicht gefragt. Würde er sie beeindrucken können? Oder hatte sie letzten Endes eine engere Bindung zu Paul, als er es bisher für möglich gehalten hatte.

Immer wieder musste er seine Überlegungen unterbrechen, um den Anweisungen von Karla Folge leisten zu können. Danach glitten seine Gedanken wie selbstverständlich zurück zu seinen Träumereien. Er würde ihr nach einigen Therapiestunden einen Brief schreiben, der ihr seine Gefühle offenbarte. Dann würde es sich entscheiden, wer der große Sieger sein würde: Paul oder er?

«Ich habe das Gefühl, dass Sie trotz leichter Fortschritte nicht ganz bei der Sache sind. Machen wir für heute Schluss. Grüßen Sie Ihre Frau! Ihnen alles Gute!»

Gut gelaunt schlenderte Lukas zum Auto. Heute war er zum ersten Mal alleine unterwegs. Er fühlte sich frei. Er musste niemandem antworten oder Erklärungen abgeben. Seine missliche Lage schaute schon nicht mehr so trüb aus wie vor einigen Tagen. «*Es geht aufwärts*» dachte er sich zufrieden. Wenn nicht die andauernden Gedanken an Karla ihn in Besitz nehmen würden.

Zu Hause angekommen, wurde er schlagartig aus seinen Träumen gerissen.

«Wie war es alleine? Hat alles geklappt? Du machst mir keinen so glücklichen Eindruck heute. Erzähl doch! Lass dir nicht alles aus der Nase ziehen. Oh, entschuldige bitte. Tut mir leid. Ich kann mich einfach nicht daran gewöhnen, dass bei dir das Sprechen nicht mehr klappt. Sei so lieb und schreib mir doch einfach alles auf deinen Notizblock. Ich will halt an deinem Leben weiterhin teilhaben. Einverstanden?»

Wie hasste Lukas diese Situation. Er konnte ja nichts dafür, dass er nicht mehr sprechen konnte. Marie aber erst recht nicht. Dass sie neugierig war, wusste er schon vor der Hochzeit. Zeigte es nicht das starke Interesse an ihm? War sie nicht während seiner schweren Zeit in der Klinik an seiner Seite gestanden und hatte sie ihm nicht jeden Wunsch von den Lippen abgelesen? Nein, Marie durfte er keine Schuld geben. Sie liebte ihn trotz seiner Behinderung und stand zu ihm. Sie hielt alle Beschwernisse von ihm ab und stellte ihre Bedürfnisse hinten an, nur um es ihm so leicht wie möglich zu machen, mit der Behinderung klar zu kommen. Er musste die Ursache seiner schlechten Laune schon bei sich selbst suchen. Vielleicht sollte er Marie zeigen, wie dankbar er ihr dafür war? Das war das Mindeste, was er als Nächstes tun müsste. Umgehend holte er seinen Notizblock hervor:

«Danke, Marie, für alles und dass Du für mich immer da bist und mir zur Seite stehst!»

Marie war erstaunt und erfreut gleichzeitig.

«Danke Lukas. Das mach ich doch gerne. Du würdest ja dasselbe für mich machen. Da bin ich mir ganz sicher. Zusammen schaffen wir das. Ganz bestimmt!»

Kurzzeitig erhellte sich seine Stimmung. Er ergriff die Hände von Marie und drückte sie.

Es dauerte nicht lange, dass er wieder in sein Selbstmitleid verfiel. Warum musste das gerade ihm passieren. Er, der Anwalt ohne Stimme. Die unbedeutende Marionette eines Kasperletheaters. Wo er auch hinkam, überall wurde er auf den Absturz in diese Bedeutungslosigkeit hingewiesen.

Das letzte Mal in Friedrichshafen auf dem Weg von der Therapiestunde zum Parkplatz. Eine schwarze Schiefertafel und ein Plakat brachten sein Selbstwertgefühl zum wiederholten Mal ins Wanken. Auf dem Plakat stand: Hauptgang, saftiges Filet vom Angusrind und Beilage, Radicchiosalat mit pikanter Soße. Früher hätte er sich als Hauptgang gesehen, jetzt fühlte er sich als Beilage mit einem verwelkten Blatt Salat in einer Mayonnaise aus dem Glas. Dazu sah er sich nicht wie früher einen lang gelagerten Burgunder-

wein trinken, nein, das Schorle eines drittklassigen Weiß-
weinverschnitts war für ihn ausreichend.

Ein paar Schritte weiter ein Plakat mit der Ankündigung:
Violinkonzert von Mozart ... Dirigent ... 1. Geige .... Lukas
sah nur Dirigent und 1. Geige. Sofort zog er den Vergleich
mit seiner Lage. Dirigent und erste Geige waren einmal.
Diesen Part übernahmen jetzt andere. Er war nur noch
irgendein unbedeutendes Mitglied des Orchesters. Etwas
Trost gab ihm die Tatsache, dass ein gutes Orchester immer
auch nur aus guten Musikern bestehen konnte. Er musste
sich nur noch daran gewöhnen, nicht mehr die erste Geige
spielen zu können. Ob ihm das gelang, wusste er selbst auch
nicht. Seine Vernunft sagte ihm aber, dass er in seinem
momentanen Zustand keine andere Wahl hatte.

Bei Paul gab es seit dem letzten Treffen mit Lukas in der
Praxis von Karla nur noch einen Gedanken: Wie kann ich
meinem Freund helfen. Immer wieder hatte er Karla gefragt
und jedes Mal dieselbe Antwort bekommen: Erkläre deinem
Freund, wie du es gemacht hast, wenn es dir nicht gut ging.
Das hatte er dann verstanden und fieberte dem nächsten
Treffen mit Lukas entgegen.

Jetzt saß er im Wartezimmer von Karla und wartete auf
seinen großen Auftritt. Er war richtig aufgeregt. Seine
Hände waren feucht und in seinem Bauch rumorte es
gewaltig. Im Stillen wiederholte er die Sätze, die er seinem
Freund sagen wollte. Dann endlich erschien Lukas im
Warteraum. Paul begann mit unsicherer Stimme, seine ein-

geübten Vorschläge vorzutragen. Erschrocken registrierte Paul, dass Lukas sofort abwehrende Handzeichen machte. Unmittelbar danach begann er, in seinen Notizblock eine Nachricht zu schreiben:

«Langsam, noch mal von vorne.»

Pauls anfängliche Enttäuschung über die ablehnende Haltung seines Freundes wich einem erleichterten Grinsen. Lukas wollte ihm zuhören. Davon war er überzeugt. Lukas meinte, dass er zu schnell sprach. Das war ihm überhaupt nicht aufgefallen, aber es leuchtete Paul ein. Also begann er ein zweites Mal, dieses Mal langsamer:

«Ich weiß, wie es dir geht, will dir helfen.»

«Gerne, nach Therapiestunde.»

«Ich warte.»

Als Lukas Karla gegenübersaß, stieg seine Stimmung. Die Therapie war ihm dabei zweitrangig. Anfangs hatte er sich noch gefragt, was das Ganze überhaupt sollte. Eine Sprachtherapie bei Schluckstörungen. Doch der Erfolg belehrte ihn eines anderen. Karlas Anweisungen, nie in liegender oder halbliegender Position zu essen, wie er es gerne am Abend vor dem Fernseher praktizierte, zeigte schnell Wirkung. Seit er nur noch in leicht vorgebückter Haltung aß, verschluckte er sich kaum noch. Auch die kombinierte Brust- und Bauchatmung sowie die Nasenatmung beherzigte er fortan. Die größte Herausforderung aber war für Lukas, langsamer zu essen: Bedächtig vor jedem kleinen Biss den Kopf vorzubeugen, mit äußerster Sorgfalt zu kauen und erst dann zu schlucken, um gleich danach das Schlucken zu wiederholen. Das war alles sehr lästig, aber erfolgreich. Mit dem Ergebnis: Er hielt sich auch penibel daran. Sogar die kleinen Pausen nach ein paar Bissen und anschließende tiefe Atemzüge beherzigte er. Lukas hatte zu seiner eigenen Bewunderung sogar die Trinkgewohnheiten freiwillig geändert, nachdem er sich laufend heftig verschluckt hatte. Normale Säfte waren seither tabu, Smoothies nahmen jetzt ihren Platz ein.

Jetzt aber überstrahlte diese Frau ihm gegenüber alles. Er verstand sich selbst nicht mehr. Wie konnte das sein? Er lebte doch in einer wunderbaren Beziehung mit zwei liebenswerten Kindern. Natürlich hatte es auch Streit zwischen den Ehepartnern gegeben und die Konfrontationen mit den Kindern wuchsen mit zunehmendem Alter. Aber sie standen zu ihm, trotz seiner Behinderung. Das sollte er aufgeben, um seinen verstörenden Fantasien folgen zu können?

«Herr Keller, hier spielt die Musik! Sie sind mit den Gedanken schon wieder meilenweit vom Geschehen entfernt. Wir sind auch gleich fertig. Solange werden Sie schon noch durchhalten. Also: Tief durchatmen, zuerst über die Brust und dann über den Bauch.»

Dabei ergriff sie die Hände von Lukas und legte sie ihm über Brust und Bauch.

«Sie müssen sehen, wie sich Ihre Hand hebt und senkt. Dann machen Sie alles perfekt! Aber atmen Sie ruhig langsamer aus und ein.»

Lukas war höchst erregt. Die Berührung von Karlas Händen mit den seinen hatten in ihm eine kleine Explosion der Gefühle bewirkt. Sie redete sich schon leicht, ruhiger zu atmen, wenn er so erregt war. Er gab Karla keine Antwort. Er versuchte einfach, seine Empfindungen zu dämpfen, was ihm nur halbwegs gelang. Lukas musste sich zurückhalten, nicht mit dem Fuß aufzustampfen oder mit der Faust auf den Tisch zu schlagen. So verärgert war er über seine Unzulänglichkeit, Karla nicht antworten zu können. Schriftlich schaffte er es nicht. Ihm fiel nichts Gescheites ein. Es war schon etwas anderes, ob man sich mündlich oder schriftlich mit jemandem auseinandersetzte. Eigentlich hätte es bei ihm als Anwalt keine Rolle spielen dürfen. Doch hier war die Emotion überaus wichtig. Und genau diese konnte er nicht aufs Papier bringen. Es würde hölzern klingen und überhaupt nicht seinen Gefühlen entsprechen. Also blieb er eine Antwort schuldig. Vorerst jedenfalls. Er würde Karla einen Brief schreiben und darin seine Gefühle ausdrücken. Dann konnte er sich jedes Wort überlegen, präzise seine Stimmung und seine Zuneigung beschreiben. Hopplahopp ging da gar nichts.

Paul riss ihn aus seinen Gedanken.

«Wars gut?»

Lukas nickte und streckte teilnahmslos den Daumen in die Höhe. Paul war völlig in Vergessenheit geraten. Karla hatte seine gesamte Aufmerksamkeit in Anspruch genommen. Lustlos setzte er sich Paul gegenüber und harrte der kommenden Dinge. Was wollte Paul schon Aufregenden berichten, was er nicht schon selbst wusste? War das schon wieder seine Überheblichkeit, die in seiner Lage sicherlich nicht angebracht war? Er musste sich zurücknehmen und seinem früheren Freund eine längere Erfahrung im Umgang mit der Sprachlosigkeit zubilligen.

«Wenn ich zornig war, auf Zettel geschrieben: Idiot!»

Paul fuchtelte wie wild mit den Armen:

«Nein, hab Arschloch geschrieben. Danach Zettel fest zerknüllt und verbrannt. Das hat mir gutgetan.»

Lukas schaute seinen Freund ungläubig an. So kannte er ihn nicht. Er konnte ja emotional werden. Nicht stark, aber deutlich erkennbar. Anscheinend wollte er mit dieser Aktion all seine Aggressionen auf andere schieben und somit aus seiner Welt schaffen. Diese Vorstellung imponierte Lukas. Es steckte in Paul doch Potenzial, das er bisher nie vermutet hatte. Hatte er doch richtig entschieden, Paul zuzuhören. Gleichzeitig war Lukas ungemein verunsichert, da jetzt plötzlich in ihm der Verdacht aufkam, dass Paul damals bei der Hütte für den Brand verantwortlich war. Hatte er da aus Ärger und Frustration einen derart beschrifteten Zettel verbrannt und die Hütte abgebrannt? War er auch verantwortlich für die Brände in der Klinik, die unaufgeklärt waren?

Diese letzte Information hatte er von Marie bekommen. Warum sie von diesen Vorfällen Kenntnis hatte, wusste Lukas auch nicht. Er vermutete aber, dass seine Frau dies von Karla bei ihrem damaligen Gespräch erhalten hatte. Er schüttelte den Kopf und dachte sich nur: Was diese Frauen alles besprechen, wenn der Tag lange genug andauert.

«Willst du das nicht ausprobieren? Es hilft wirklich!»

Jetzt notierte Lukas:

«Doch, doch. Das ist eine gute Idee! Danke für diesen tollen Tipp. Hilft sicher!»

Karla saß wieder einmal auf ihrer Bank am Ufer des Bodensees und dachte über die letzten Wochen nach. Wie sie sich mit Paul gefreut hatte, dass Lukas seine Vorschläge annehmen wollte. Paul sprach die ganze Zeit nur noch davon. Es war ihm ungemein wichtig, seinem Freund helfen zu können.

Die Therapiestunden mit Lukas waren beendet. Karla hatte es unter seiner kräftigen Mitwirkung geschafft, dass er sich beim Essen und Trinken nicht mehr verschluckte. Dies bedeutete eine erhebliche Verbesserung seiner eh schon verminderten Lebensqualität. Es hätte alles so schön und harmonisch in ihrem Leben sein können, wenn sie nicht gestern Post erhalten hätte. Einen Brief von Lukas. Ihr war schon beim Öffnen unwohl. Was wollte Lukas von Ihr? Karla war schon aufgefallen, dass Lukas sie dauernd von oben bis unten taxierte. Aber sie hatte dem keine größere Bedeutung beigemessen. Das war eine deutliche Fehleinschätzung. In dem gestrigen Schreiben gestand er ihr seine Zuneigung und wie sehr er sie bewunderte. Schon seit er Zeuge von den Geschehnissen bei der Hütte im Wald geworden war. Rein zufällig, wie er betonte. Genaueres schrieb er nicht. Hier drückte er sich schon sehr nebulös aus. Im Gegensatz zu seinen Gefühlen zu ihr. Das war ihr furchtbar peinlich.

Wie sollte sie sich jetzt verhalten. Sollte sie Lukas klipp und klar mitteilen, dass sie keinerlei Interesse hegte, mit ihm eine Beziehung einzugehen? Oder sollte sie in Anbetracht seiner Behinderung behutsamer vorgehen und ihm einen Rest Hoffnung erhalten? Eine Lösung wäre, seinen Brief zu ignorieren, und diese Episode einfach vergessen. Persönlich wollte sie sich nicht mit ihm auseinandersetzen. Sie fasste den Entschluss, Lukas in einem kurzen Brief mitzuteilen, dass sie die Zeit der Therapiestunden mit ihm sehr positiv empfunden habe. Mehr könne er von ihr nicht erwarten. Vielleicht wisse er nicht, dass sie mit Paul freundschaftlich verbunden sei und eine weitere Beziehung für sie nicht infrage komme. Zufrieden machte sie sich auf den Heimweg.

In den nächsten Wochen erhielt sie von Lukas weitere Briefe, die auf ihre Nachricht aber überhaupt nicht eingingen. Er schwärmte weiterhin von ihr, Brief um Brief, obwohl Karla keinen Einzigen mehr beantwortete. Lukas verhielt sich wie ein liebestrunkener Pennäler. Wo führte das hin? Musste sie Lukas näher über ihr Verhältnis zu Paul aufklären? Würde Lukas dann mit diesem Wissen seine Briefe an Karla einstellen?

Ihren Paul wollte Karla nicht aufgeben. Sie fühlte sich beglückt von dieser Verbindung. Sie wusste, dass Paul Distanz brauchte. Sie gab sie ihm. Ihr waren seine Schwächen in der Kommunikation bekannt und sie ermöglichte ihm die Pausen, die er benötigte, um sich von zu großer Nähe erholen zu können. Sie kam sich oft wie eine Mutter, manchmal aber auch wie eine Liebhaberin vor. Dabei spielte es keine Rolle, dass Paul Emotionen und auch Zuneigung nicht richtig ausdrücken konnte. Es wirkte lediglich oft nur als Begierde.

Karla wusste, dass Paul nicht imstande war, ihr mehr zu geben. Sie spürte, dass er mehr wollte, aber nicht konnte. Aber für sie war diese Beziehung mehr. Sie hatte ihn mitgeformt. Er war ein Teil von ihr geworden. Wegen Paul und durch ihn konnte sie diesen ihren Weg beschreiten. Gemeinsam hatten sie so viel erreicht!

Entspannt und zufrieden lehnte sich Karla zurück und betrachtete die sanften Wellen, die sich am Ufer des Bodensees fast lautlos brachen. Es war so friedlich und entspannt hier. Ob der Freund von Paul auch wieder in die richtige Spur fand und einsah, dass er bei ihr chancenlos war? Eigentlich war dieser Lukas ja ein netter Kerl, der ihr schon gefallen könnte. Sofort erschien der Student vor ihren Augen, den sie während ihrer Ausbildungszeit zur Sprachtherapeutin näher kennengelernt hatte. Eine schöne und spannende Zeit! Es hatte alles so harmlos angefangen. Seinen Namen Knut fand sie erst einmal sehr ungewöhnlich. Aber seine unaufdringliche, verständnisvolle Art faszinierte sie. Er konnte stundenlang zuhören und lächelte dabei, ohne überheblich zu wirken. Nach einigen Wochen wartete sie darauf, dass er sich ihr auch körperlich näherte. Doch er hielt

Abstand. Als sie dann einmal abends zusammen im Biergarten reichlich Alkohol konsumiert hatten, übernahm sie die Initiative und schmiegte sich an ihn. Darauf schien Knut nur gewartet zu haben. Der zurückhaltende Knut war plötzlich gar nicht mehr so reserviert und bescherte Karla eine heiße Liebesnacht. Viele Weitere folgten, bis Knut eines Tages verschwand. Einfach so, ohne ein Wort des Abschieds. So sehr Karla die intime Zeit mit Knut genossen hatte, so wütend und enttäusch war sie nach seinem unrühmlichen Abgang. Seither war sie mit näheren Bekanntschaften vorsichtig, obwohl sie schon gerne ab und zu eine kurze Affäre eingegangen wäre. Sie erinnerte sich da besonders an einen jungen Assistenzarzt auf der Reichenau, der ihr schon sehr gut gefallen hätte und der bei ihre starke erotische Fantasien ausgelöst hatte. Der aber war zu ihrem Leidwesen bereits verheiratet und eine intime Beziehung hätte sicher Probleme nach sich gezogen. Also verabschiedetet sic sich von diesen Gedanken und widmete sich ganz ihrer neuen Aufgabe: Paul das Sprechen beizubringen.

Kapitel 12

Für Lukas schien sich ein neues Kapitel in seinem Leben zu öffnen. Dank der intensiven Suche nach einer Beschäftigung für ihren Mann hatte Marie unter den Anwälten einen Kollegen gefunden, der Lukas anstellte. Er sollte für ihn Schriftsätze anfertigen. Anfangs war Lukas etwas skeptisch, aber auf das Drängen seiner Frau hin willigte er ein. Und er machte ganze Arbeit. Bereits nach kurzer Zeit arbeitete er Plädoyers aus, die hochgeschätzt waren. Dies sprach sich schnell unter den Anwälten herum und so wurde er wieder ein gefragter Anwalt, der zwar nicht sprechen, aber durch seinen geschliffenen Geist brillieren konnte.

Marie begann auch, Lukas so oft es möglich war, in den Haushalt einzuspannen, damit er auf andere Gedanken kam. Erst kürzlich wagte sie es, ihren Mann auf den Markt zu schicken, um Käse einzukaufen. Anschließend sollte er noch beim Bäcker vorbeischauen. Sie war gespannt, ob Lukas das ohne größere Probleme hinbekam.

Lukas nahm ohne Widerspruch oder Bedenken den Einkaufszettel und machte sich auf den Weg. Einkaufen war zwar nicht so seine Leidenschaft, aber er konnte ja mal Marie seinen guten Willen zeigen. Sein Selbstbewusstsein ließ keinen Zweifel aufkommen, dass er das schaffte.

Seine momentan gute Stimmung sank rapide, als er sich dem Käsestand näherte. Eine lange Schlange von Hausfrauen und vereinzelt älteren Männern, die sich hier auf dem Markt scheinbar ihre Zeit vertrieben, passte nicht in seine Vorstellungen. Missmutig reihte er sich in die Reihe ein. Nach zehn Minuten hatte gerade einmal eine Kundin ihren Einkauf erledigt. Was diese Frauen zwischen ihren Einkaufswünschen alles zu erzählen hatten, war unbeschreiblich. Was hatte der kaputte Rasenmäher, den der faule Ehemann immer noch nicht hatte reparieren lassen, mit dem Käseeinkauf zu tun? Nichts, rein gar nichts! Aber Hauptsache, alle anderen mussten warten. Bei der nächsten Kundin war es aber nicht anders. Hier diskutierte sie mit der Verkäuferin, ob es sinnvoll ist, die Kinder gegen Masern und Röteln zu impfen. Jetzt war ihm klar, warum so viel Menschen an diesem Stand anstanden. Bei ihm würde es anders sein. Eine Unterhaltung war mit ihm ja nicht möglich. Vorsorglich griff er in seine Jackentasche, um den Notizblock schon mal parat zu haben. Aber er griff ins Leere. Verärgert stellte er fest, dass er eine andere Jacke angezogen und vergessen hatte, den Block umzustecken. Jetzt musste er ohne auskommen. Aber er hatte ja noch seinen Einkaufszettel, der müsste genügen.

«Ja, Herr Keller, Sie heute beim Einkaufen? Ist Ihre Frau krank?»

Lukas schüttelte den Kopf und gab der Frau seinen Einkaufszettel.

«Leni, kommst du mal, ich kann das nicht lesen. Habe meine Brille nicht zur Hand.»

«Vier Semmeln, einmal Toastbrot, einmal Mehrkorn.»

«Das ist für den Bäcker. Dreh den Zettel um, vielleicht steht da der Käse.»

«Genau! Moment mal. Da steht Gouda, Bergkäse, Camembert, Frischkäse. Halt und ganz unten steht noch Butter.»

«Danke dir! Kannst wieder die Kasse weitermachen.»

«So, Herr Keller, jetzt sind wir zwei wieder beieinander. Welcher Gouda solls denn sein? Alt oder neu?»

Lukas deutete mit einem Finger an, dass er einen Alten wünscht.

«Also einen Alten, ja?»

Lukas nickte.

«Wie viel hätten wir gerne?»

Hoffentlich kapierte sie die Handzeichen. Er streckte ihr fünf Finger entgegen und deutete anschließend mit Daumen und Zeigefinger an, wie dick die fünf Scheiben sein sollten.

«Sie wollen so dünne Scheiben? Das kann ich ohne Maschine hier nicht machen. Ich kann Ihnen mit dem Messer Scheiben herunterschneiden, aber die sind dann halt dicker. Oder gleich am Stück und Sie schneiden sie sich zu Hause herunter? Die Frau hat ihn immer am Stück gewollt!»

Bevor die Diskussion ins Uferlose driftete, machte er ein Zeichen, sie solle den Gouda im Ganzen schneiden.

«Gerne! Wie viel darfs denn sein. Ein Pfund oder einein-halb?»

Mit einem Finger deutete er an, dass ein Pfund genügte. Bei den anderen Käsesorten ein ähnliches Spiel. Die Geduld bei Lukas neigte sich dem Ende zu. Er war richtig genervt. Dabei ärgerte er sich maßlos über die hinter ihm wartenden Hausfrauen, die mit süffisantem Lächeln und ohne sich auch nur im Geringsten zu entrüsten die gesamte Prozedur begleiteten. Anscheinend bereitete es ihnen größtes Vergnügen, einen Mann hilflos bei einem für sie selbst alltäglichen Einkauf zu erleben. Wegen seiner durch die Erregung leicht zittrigen Händen fiel ihm bei der Bezahlung auch noch ein Euro zu Boden. Sofort bückte sich eine Hausfrau und reichte ihm die Münze. Lukas kam sich schäbig vor. Machte er denn einen so hilflosen Eindruck, dass eine ältere Frau sich für ihn bücken musste? Es hätte gerade noch gefehlt, wenn sie seine Hände getätschelt und dabei gesagt hätte:

«Gar nicht so einfach, das Einkaufen auf dem Markt. Aber wir halten hier alle zusammen und helfen den Kranken und Schwachen, wo es nur geht! Ist eh schön, dass ein Mann seiner Frau auch mal unter die Arme greift.»

Lukas nickte verlegen und schaute, dass er nach Hause kam. Beinahe hätte er den Bäcker vergessen. Dort passte er aber auf, dass er die richtige Seite des Einkaufszettels abgab. Anscheinend hatten hier in Lindau alle Verkäuferinnen, mit denen er in Kontakt kam, Probleme, ohne Brille zu lesen. Denn die Verkäuferin gab den Zettel an eine junge Auszubildende weiter. Lukas befürchtete ein noch größeres Chaos als beim Käsestand, wenn ein so junges, unerfahrenes Mädchen seine Wünsche erfüllen sollte. Aber da hatte er sich gewaltig getäuscht. Die große Überraschung: Die gut aussehende, junge Türkin behandelte ihn wie einen völlig normalen Menschen und hatte keinerlei Scheu vor seiner Behinderung. Sie stellte routiniert die gewünschten Brotsorten zusammen und bat ihn zur Kasse. Er zahlte und als er gehen wollte, sprach in die junge Frau an:

«Sie sind doch der Herr Keller. Sagen Sie bitte einen schönen Gruß an Ihre Frau. Von der Aysun. Auf Wiedersehen.»

Dabei schenkte sie ihm ein bezauberndes Lächeln. Wie wohltuend der Einkauf bei der jungen Verkäuferin war. Ein kleiner Lichtblick an diesem heutigen Tag. So konnte er sich weitere Einkäufe gut vorstellen. Die düsteren Gedanken waren für kurze Zeit wie weggeblasen. Er hatte für kurze Zeit vergessen, dass er behindert war und nicht sprechen konnte.

Trotzdem war Lukas unzufrieden mit sich selbst. Das nicht Sprechen können nagte an ihm. Er fühlte sich unvollkommen, minderwertig. Er freute sich zwar über den Auftritt der jungen Türkin und die lobenden Worte der Kollegen. Ihn deprimierte aber der häufige Zusatz nach den anerkennenden Worten: Er kann halt nicht sprechen. Er wollte doch richtig dazugehören. Er war doch immer noch ein Anwalt, sogar ein Guter. Aber er war auch der Sprachlose.

Das verkraftete Lukas nicht. Seine Frustrationen ließ er immer öfter an seiner Frau und den Kindern aus. Keiner in der Familie konnte es ihm recht machen. Lukas blendete aus, dass Marie sich vorbildlich und liebevoll um ihn kümmerte.

Dies empfand er immer mehr als Bevormundung und Bemutterung. Er sträubte sich mit aller Kraft dagegen und bemerkte dabei nicht, dass er sich auf einem fatalen und folgenschweren Irrweg befand.

Marie und die Kinder ließen ihn lange Zeit gewähren. Aber nach einigen Wochen begannen sie, Abstand zwischen sich und Lukas zu legen. Nicht nur räumlich, sondern auch mental. Das wiederum nahm Lukas zum Anlass, die Schuld an der schlechten Stimmung zu Hause Marie und den Kindern anzulasten. Klärende Worte wären nun nötiger denn je gewesen. Aber in Lukas sträubte sich der Gedanke an ein schriftliches Gespräch, wie er es für sich titulierte. Als Folge zog er sich nun zurück und versank in Träumereien. Mittelpunkt seiner Schwärmerei war Karla. Trotz ihrer deutlichen Absage an ihn ließ sie ihn nicht los. Im Gegenteil, seine Sehnsucht nach einem von Erotik dominierten Leben mit ihr nahm beängstigende Ausmaße an. Oftmals unterbrach er seine schriftlichen Aufträge und notierte seine Fantastereien auf einem Blatt Papier, um sie später in einen Brief an Karla zu übertragen.

Anfangs versteckte er diese Zeilen akribisch in seinen Unterlagen. Mit der Zeit wurde er aber nachlässig. Es hatte den Anschein, als wäre es ihm egal, ob ein anderer diese erotischen Zeilen zu Gesicht bekam. Für ihn hatte seine eigene Zufriedenheit größte Priorität. Dass er heimlich Karla vor ihrem Haus in Friedrichshafen nachspionierte und dort seinen schwülstigen Fantasien freien Lauf ließ, passte trefflich zu seinem Erotikwahn.

So kam es, wie es kommen musste. Lukas war wieder einmal wie auch die Wochen zuvor in Lindau am Seeufer spazieren. Anschließend genehmigte er sich noch ein Glas Wein in seinem Stammlokal. Pech, dass zwischenzeitlich ein Kollege zu Hause angerufen und nachgefragt hatte, ob sein Schriftsatz schon fertiggestellt sei, da ein Termin vorverlegt worden war. Da Lukas nicht greifbar war, machte sich Marie auf die Suche und stöberte in den bearbeiteten Akten ihres Mannes. Ohne lange suchen zu müssen, fiel ihr der ungewöhnliche Text eines losen Blatts auf.

Neugierig, wie sie war, setzte sie sich auf Lukas Sessel und begann zu lesen. Erst fand sie das Geschriebene geschmacklos, dann ekelhaft. Warum schrieb Lukas solch einen Schund? Halt! Da war doch ein Name! Sie konnte ihn kaum lesen, da ihr sofort Tränen über das Gesicht rannen. Sie rieb sich die Augen. Tatsächlich stand da der ihr bestens bekannte Name Karla. War Lukas nun von allen guten Geistern verlassen? Was war denn in ihn gefahren, dass er seiner Therapeutin so fürchterliche Zeilen schrieb? War ihm seine eigene Frau nicht mehr gut genug? Hatte sie etwas falsch gemacht? Das konnte sie sich nicht vorstellen. Er hätte ja etwas sagen können. Erschrocken hielt sie sich die Hand vor den Mund. Er kann ja nicht sprechen! Aber er hätte schreiben können. Dieser Karla schrieb er ja auch. Da steckte vielleicht doch etwas anderes dahinter. Sie wollte ihren Mann nicht überstürzt vorverurteilen.

Angewidert von dem Gelesenen legte sie den Zettel mit erotischen Geschmacklosigkeiten wieder zurück und zog sich ins Wohnzimmer zurück. Marie spürte nur noch Leere. Sie war nicht in der Lage, zum jetzigen Zeitpunkt einen klaren Gedanken zu fassen. Sie war zutiefst gekränkt. Wie sollte es nun weitergehen? Gab es unter diesen Voraussetzungen überhaupt noch eine gemeinsame Zukunft? Musste sie auf die Kinder Rücksicht nehmen? Nachdem sie zuerst entsetzt war, kämpfte sie jetzt gegen ihre Verzweiflung und Traurigkeit. Das Loch, in das sie gefallen war, war abgründig tief. Und sie hatte Angst, noch tiefer zu fallen. War das überhaupt möglich?

«Hoffentlich bleibt Lukas noch eine Zeit lang fort,» dachte sie, «und trinkt einen Schoppen mehr als sonst nach seinen Spaziergängen üblich.» Sie wollte ihn jetzt nicht sehen. Dieser undankbare Kerl. Alles hatte sie für ihn aufgegeben und ihm jeden Wunsch erfüllt. Hatte während der ganzen schweren Zeit zu ihm gestanden und zu Hause alles zusammengehalten. Und jetzt das. Das hatte sie wahrlich nicht verdient.

Oder tat sie ihm doch unrecht? Verhielt sich alles anders, als sie es in ihren Vorstellungen vermutete? Vielleicht sollte sie sich etwas abregen und abwarten, was er dazu zu sagen hatte. Plötzlich verspürte sie Lust auf ein Glas Limoncello. Der tat ihr gut und so langsam regulierte sich ihr Puls wieder auf Normalwerte. Nach dem dritten Glas vom Zitronenlikör erfasste sie eine starke Müdigkeit und sie schlief auf dem Sofa ein.

Aus dem einen Viertel waren drei Schoppen Wein geworden und Lukas musste aufpassen, beim Zahlen den richtigen Betrag auf der Rechnung zu lesen. Er war Alkohol nicht mehr gewöhnt, zu lange war er nach seinem Unfall enthaltsam geblieben. Beim Verlassen der Kneipe rempelte er eine ältere Dame an, die mühsam ihren Einkaufskorb auf einem Trolley hinter sich herzog. Es war gottlob nichts passiert, aber die Dame schimpfte lauthals los:

«Pass doch auf, du Rüpel!»

Und nachdem von Lukas keine Reaktion kam, grantelte sie weiter vor sich hin:

«Keiner nimmt mehr auf uns Ältere Rücksicht! Jeder denkt nur noch an sich selbst. Ich, ich, ich! Wenn sie wenigstens Mitleid zeigen würden. Aber nein. Kein Wort des Bedauerns. Früher war alles ganz anders, viel besser!»

Dann stapfte sie vor sich hinmaulend weiter und ließ einen frustrierten Lukas zurück. Ihm tat die alte Dame leid und er hätte sich sehr gerne entschuldigt für seine Ungeschicklichkeit. Er konnte es aber nicht. Hätte er seinen Schreibblock zücken und in großen Lettern, gut lesbar für die Dame, Entschuldigung schreiben sollen? Sich vielleicht noch anbieten, ihr den Einkaufswagen nach Hause zu fahren? Das alles in schriftlicher Form? Was für eine Vorstellung! Lukas war zornig. Auf sich und die gesamte Welt. Dieses beschissene Nichtsprechenkönnen. Wie sollte man damit leben können? Ohne Konversation, keine Rechtfertigungen, kein Mitteilen von Gefühlen? Wollte er dies alles, musste er erst umständlich seinen Notizblock hervorkramen, falls er ihn überhaupt in der Aufregung fand. Das fand er aber für sich unter aller Würde. Er war doch wer! Er war der Anwalt Lukas Keller!

Lukas musste auf andere Gedanken kommen. Ohne große Anstrengung zauberte er Karla vor sein inneres Auge. Was war sie doch für ein herrliches Prachtweib! Sofort stieg seine Stimmung wieder. Für sie unternahm er alles, um ihr nahe zu sein. Er erinnerte sich an die vielen Stunden, in denen er in Friedrichshafen vor ihrer Praxis ausgeharrt hatte, nur um einen Blick von ihr zu erhaschen. Er wollte aber mehr erfahren, wie sie lebte, welchen Umgang sie besaß, einfach an ihrem Leben teilhaben. Seit der Beendigung der Therapiestunden bei Karla empfand er in seinem Inneren eine riesengroße Lücke.

Anfangs war er sehr enttäuscht, dass außer ein paar Müttern mit ihren Kindern keine Verehrer von Karla das Haus betraten. Dann erschien plötzlich Paul auf der Bildfläche. Karla hatte ihm zwar mitgeteilt, dass sie mit Paul verbunden sei. Aber doch nicht so, dass er nach den allgemeinen Therapiestunden Karla besuchte. Womöglich kam er öfter zu Besuch?

Wie gerne hätte er gewusst, ob Paul auch über Nacht blieb. Aber solange konnte er nicht von zu Hause fortbleiben. Er war eh froh, dass bisher seine langen Spaziergänge, wie er sie benannte, keine Nachfragen bei Marie auslösten.

Lukas redete sich ein, dass Paul hauptsächlich wegen Sprachübungen mit Karla zu tun hatte. Eine richtige Beziehung mit Küssen und Sex konnte er sich nicht vorstellen, dazu war Paul doch gar nicht in der Lage. Aber er! Er war wie geschaffen für alle Arten von innigem Sex. Schon war sein Kopf voller erotischer Bilder und er bemerkte nicht, dass Karla das Haus verlassen hatte und direkt auf ihn zusteuerte. Er, der Stalker, war enttarnt.

«Was soll denn das? Warum beobachtest du mich heimlich? Genügen dir diese ekelhaften Briefe nicht mehr. Musst du mich jetzt auch noch auf der Straße verfolgen? Du bist ein solch widerliches Schwein! Wenn du nicht augenblicklich von hier verschwindest, rufe ich die Polizei. Und deiner Frau sag ich auch Bescheid. Vor mir hast du jetzt keine Ruhe mehr, solltest du noch einmal hier auftauchen.»

Und nach kurzem Atemholen:

«Pornosau!»

Dann drehte sie sich wutentbrannt, aber mit sich zufrieden, um und verschwand hinter der nächsten Straßenkreuzung. Sie atmete tief durch. Diese Schimpftirade hatte sich gut angefühlt. Das hatte sie gebraucht nach diesen Briefen, über die sie sich so geärgert hatte. Die kleine Hoffnung keimte auf, dass jetzt endgültig Schluss mit diesem Schweinkram an Briefen war.

Lukas stand da wie ein begossener Pudel und hätte am liebsten geheult. Er hatte ein schlechtes Gewissen und konnte seine Schuldgefühle nicht verbergen. Er fand sofort einen Schuldigen: Seine fehlende Kommunikationsmöglichkeit. Ich bin doch das ärmste Schwein auf der Welt. Sogar der Dümmste könnte sich verteidigen, vielleicht sprachlich nicht so geschliffen und präzise, wie ich es früher beherrschte, aber er könnte im Unterschied zu ihm wenigstens sprechen. Ich dagegen musste wieder einmal alles über mich ergehen lassen, ohne die Möglichkeit zu erhalten, mich zu verteidigen.

Es war zum Verzweifeln. Das Leben war für Lukas mit einem Mal nicht mehr lebenswert. Es zu beenden, fehlte ihm aber der Mut, zum jetzigen Zeitpunkt jedenfalls. Verzweifelt machte er sich auf den Heimweg. Seine Träumereien waren mit einem Schlag in sich zusammengebrochen. Er konnte nur noch hoffen, dass Karla sich beruhigte und seine Frau nicht kontaktierte. Das wäre ein Fiasko. Das wollte er nicht auch noch erleben müssen.

Lukas war vor der Haustüre angekommen. Er hatte es nicht eilig. In seinem alkoholisierten Zustand hatte er Mühe, den Schlüssel zu finden, um aufzusperren. Leise schlich er in das Wohnzimmer und fand Marie schlafend auf der Couch. Vor sich am Tisch eine Flasche Limoncello, der man ansah, dass einige Gläschen fehlten. Marie trank doch untertags nie! Lukas beschlich eine düstere Vorahnung. Er beschloss, am besten gleich in seinem Büro zu verschwinden, bevor Marie aufwachte. Wenn etwas Zeit verstrich, würde er auch etwas nüchterner und vor allem etwas gelassener sein. Dass zu Hause etwas schief gelaufen war, konnte er sicher annehmen. Lukas erschrak. Seine Frau regte sich, sie hatte doch nicht so tief geschlafen, wie er es erhofft hatte:

«Du bist auch nicht mehr ganz nüchtern, wie du herumschwankst. Dein Kollege hat angerufen und wollte von dir die Unterlagen für den Prozess Hintermayer gegen Vukovic. Hast du ihn schon fertig? Der Prozess wurde nämlich vorverlegt. Ich hab das Schriftstück nicht gefunden. Ich suchte danach, weil es dein Kollege richtig dringend gemacht hat. Das war doch in Ordnung?»

Ohne auf eine Reaktion von Lukas zu warten, fuhr sie, jetzt mit wütendem Blick, fort:

«Was aber nicht in Ordnung geht, ist ein Blatt Papier, das mir bei meiner Suche in die Hände gefallen ist.»

Dieser giftige Blick von Marie ließ Lukas auf einen Schlag nüchtern werden. Sie fuhr fort:

«Ich wusste gar nicht, dass du in einem brieflichen Kontakt zu Deiner früheren Therapeutin stehst? Oder habe ich da etwas falsch interpretiert? Handelt es sich gar nicht um einen Brief, sondern um irgendeine anwaltliche Angelegenheit? Das kann ich aber nicht so recht glauben. So viele Karlas gibt es nicht. Außerdem klang der Text alles andere als anwaltlich. Also, was sagst du dazu? Steh nicht so belämmert herum, als gehe dich das alles gar nichts an.»

Erschrocken hielt sie sich die Hand vor den Mund.

«Tut mir leid, so war es nicht gemeint! Ich meinte, schreib es mir einfach auf, was es mit diesem seltsamen Schriftstück auf sich hat.»

Lukas wusste, mit beschwichtigenden Worten konnte er jetzt nicht punkten. Seine Frau war nicht dumm. Sie hatte anhand des Briefs genaue Vorstellungen, wie er zu Karla stand. Der beste Beweis dafür war, dass Marie mit jedem gesprochenen Wort gefährlich lauter geworden war. Gleichzeitig spürte er bei der Erinnerung an den Brief seine Erregung in sich aufsteigen. Wie sollte das gut gehen? Wie sollte er in seiner aufkommenden Erregung einen vernünftigen Satz aufs Papier bringen?

Seine Hände zitterten. Auch wenn er sich hätte rechtfertigen wollen, er konnte es nicht. Wollte er es? Seine Lippen bebten, er wollte schreien, aber aus seinem Mund war nur eine Art Röcheln zu vernehmen, gepaart mit einer alkoholgeschwängerten Atemluft. Er fühlte sich mit einem Mal hilflos wie ein kleines Kind nach der Strafpredigt der strengen Mutter. Er wollte mit den Füßen aufstampfen, mit geballten Fäusten auf dem Tisch herumtrommeln. Irgendwie musste er doch seiner Frustration freien Lauf lassen können. Einfach still stehen und überlegt seiner Frau eine schriftliche Antwort mit Hand und Fuß geben, schlug er sich sofort aus dem Kopf. Es scheiterte allein schon an seinen zitternden Händen. Je mehr er nachdachte, desto überzeugter war er, dass Marie nur auf diesen Augenblick gewartet hatte, um ihn vorzuführen. Sie hatte nichts anderes im Sinn, als seine Unzulänglichkeit, nicht sprechen zu können, lustvoll auszukosten. Dagegen musste er sich wehren. Das konnte er sich nicht gefallen lassen. Er musste Kontra geben. Jetzt sofort! So gut er konnte, kritzelte er mit zittrigen Händen auf seinen Notizblock:

«Du kannst mich mal!»

Er vergewisserte sich, ob seine Schrift einigermaßen lesbar war, und schleuderte den Block in Richtung Marie. Danach machte er sich auf den Weg in sein Zimmer.

Ohne die Nachricht gelesen zu haben, rief ihm Marie aufgebracht nach:

«Das heißt wohl, dass du mich mit dieser Karla betrügst? Und dann einfach abhauen? Das ist typisch für dich.»

Jetzt hatte sie seine Zeile gelesen:

«Bist du jetzt von allen guten Geistern verlassen? Aber nicht mit mir! Mach doch deinen Scheiß selber. Auf mich kannst du jedenfalls nicht mehr zählen. Ich werde mit den Kindern ausziehen und bei meiner Schwester in Ravensburg wohnen. Du bist ja nicht mehr auszuhalten, du spinnst ja!»

Marie kullerten ein paar Tränen über die Wangen. Sie war sich nicht sicher, ob aus Wut oder aus Traurigkeit. Sie wusste nur, dass sie heute noch mit den Kindern sprechen musste. Sie wollte nicht mehr mit ihrem Mann hier leben.

Lukas saß wie ein begossener Pudel in seinem Sessel im Arbeitszimmer. Jetzt hatte er den Salat. Seine Familie weg, Karla weg, seine Stimme weg, sein Beruf weg. Was hatte er überhaupt noch? Sein Blick irrte im Büro umher und blieb an einer alten Flasche Armagnac hängen. Richtig, den hatte er noch. Ein verlegenes Lächeln überzog sein Gesicht: Dein Freund, der Alkohol! Er stand auf und ergriff die Flasche, öffnete den Verschluss und trank einen tiefen Zug. Dann noch einen und noch einen. Seine Gedanken fingen an, verrückt zu spielen. Danach wähnte er sich wissender als je zuvor.

Ihm war jetzt klar, wer schuld war an diesem ganzen Schlamassel: Natürlich Paul! Wer sonst! Zuerst der Brand in der Hütte und die unerfüllte Liebe zu Karla, die er seit seiner

Jugend gehegt und erfolgreich verdrängt hatte. Klar, dass der Paul an allem Schuld hatte: Er hat mir meine Sehnsucht genommen!

Lukas litt unter der Zerrissenheit zwischen Rachegefühlen und schlechtem Gewissen. Rachegefühle, da Paul ihm seine Liebe raubte und das schlechte Gewissen, weil er Gefühle für Karla hegte, die er begehrte und gerne mütterlichen Schutz bei ihr suchen würde. Schutz, den er bei seiner Frau nicht fand. Ihre fürsorgliche Art belastete ihn sogar.

Diese Zerrissenheit würde er gerne abstreifen, hinter sich lassen. Dafür aber müsste er mit jemandem sprechen. Er konnte es niemandem erklären, was ihn bedrückte. Reden war ihm ja nicht möglich. Er wüsste auch nicht, mit wem er momentan überhaupt sprechen könnte. Mit wem würde er eigentlich reden wollen? Vermutlich würde es am fehlenden Gesprächspartner scheitern.

Er war allein. Verlassen von Frau und Kindern. Dass Louisa das Weite vor ihm suchte, schmerzte besonders. Sein Augenstern sollte aus seinem Leben verschwinden. Es war zum Kotzen. Nochmals ein Schluck aus der Flasche Armagnac. Erneut nahm er die Wut wahr, die ganz langsam in Verbrüderung mit dem Armagnac seinen letzten Verstand angriff. Die Absturzspirale drehte sich immer schneller.

Kapitel 13

Für Paul begann in seinem Leben ein neues Kapitel. Er sollte heute ein richtiges Zuhause bekommen. Bei Karla. Bisher gab es für ihn nur Zwischenstationen. Zu Hause und Waldhütte, dann im Vollzug und bei den Fischern. Und jetzt der Höhepunkt: Wohnen mit Karla, seiner Karla.

Die Wechsel in seinem Leben waren nicht einfach für ihn gewesen. Er hasste jegliche Form von Veränderungen. Denn er musste sich jedes Mal danach neu eingewöhnen, nachdem er seinen sicheren Bereich verlassen hatte. Doch dieses Mal war es anders. Er kam zu Karla. Sie war der Mensch, den er nach seiner Mutter und Schwester näher an sich heranließ. Bei ihr spürte er nicht diesen Drang, sich abschotten zu müssen. Im Gegenteil! Sie hatte das Privileg, ihn in den Arm nehmen zu dürfen. Aber auch erst seit ein paar Monaten. Damals war er erschrocken, dass er bei Ihrer Berührung keine Abwehrreaktion spürte. Keinen Widerwillen wie sonst. Nichts war ihm bei ihr unangenehm.

So war es für Paul und Karla bald keine Frage mehr, ob sie zusammenziehen sollten, sondern nur, wann dies geschehen sollte. Paul freute sich höllisch auf sein neues Reich. Denn Karla hatte ihm zusätzlich einen Raum zur Verfügung gestellt, in dem er weiter schnitzen konnte.

Sobald er von seiner Arbeit bei der Fischerin heimkam, verschwand er in seiner neuen Werkstatt und schnitzte. Aber keine Masken, wie Karla es erwartet und vorgesehen hatte. Er schnitzte Krippen! Tatsächlich Krippen, mit allem, was dazu gehörte: Maria und Joseph, das Christuskind, Ochs und Esel, die Heiligen Drei Könige, Schafe und Lämmer. Karla war zutiefst erstaunt, als sie seine neue Leidenschaft entdeckte. Wie kam er dazu? Paul war doch alles andere als religiös und gläubig. Er war unfähig zu Spiritualität oder einem Glauben. Auf ihre Nachfrage antwortete er ihr ganz gelassen:

«Ich habe viel gelesen. Ist schön, eine Familie zu haben. Ein Zuhause, wo alles immer gleich ist. Keine Veränderung. Das alles ist bei der Krippe der Fall.»

Karla hatte ihn danach umarmt. Die ganze Mühe, die sie aufgebracht hatte, um Paul ein einigermaßen vernünftiges Leben zu ermöglichen, hatte sich gelohnt. Mehr noch, er war zu einem echten Partner geworden, der eigene Gedanken auch umsetzen konnte und auch vor Neuem keine krankhafte Scheu mehr zeigte. Karla war zufrieden mit sich. Das konnte sie wahrlich sein! Paul, wie er sich heute präsentierte, war ihr Werk!

Von einem erfolgreichen Werk war Lukas weit entfernt. Alles war den Bach hinuntergeschwommen: Seine Stimme war weg. Seinen Beruf konnte er nicht mehr so ausführen wie früher. Seine Familie hatte ihn verlassen. Er war bedeutungslos. Sogar die Verbindung zu Paul war abgebrochen.

Schuld war er selbst. Nicht Paul. Lukas wollte keinen Kontakt mehr zu dem früheren Freund. Schämte er sich etwa, dass er nicht mehr über ihm stand? Ja, er schämte sich. Er befand sich nicht einmal mehr auf gleicher Augenhöhe!

Richtig schmerzhaft war, dass sich Karla von ihm abgewandt hatte. Mit viel Alkohol schaffte er es, dass das Bild von seiner unerfüllten Liebe von Tag zu Tag schwächer wurde. Bald hatte er überhaupt keine Bilder aus früheren Zeiten vor den Augen. Nur noch das Verlangen nach mehr Alkohol. Zuerst leerte er die Vorratsbestände seines Weinkellers. Danach begab er sich in diverse Weinbars. Als er bemerkte, dass sein Geldvermögen endlich war, verkehrte er nur noch in verruchten Bierkneipen, in denen sich all diejenigen trafen, deren Beruf das Trinken war und die kein Dach über dem Kopf hatten. Viele unter ihnen mussten durch Betteln die Kosten ihrer Sucht begleichen.

War das jetzt sein neues Leben? Konnte er da gar nichts dagegen unternehmen oder wollte er das nicht? Lukas fehlte der Antrieb, um aus diesem Sumpf herauszukommen. Der Alkohol genügte ihm, überdeckte die Probleme, die nüchtern schwer auf ihm lasteten. Ihm war schon bewusst, dass er auch im Rausch nicht sprechen konnte. Aber mit genügend Schnaps und Bier war das Nichtsprechenkönnen plötzlich für ihn kein großes Problem mehr. Nur noch ein lästiges Übel.

Andauernd gab es unter den Trinkern Streit: Um einen Schlafplatz, um Zigaretten, um eine Wollmütze, um Pfandflaschen, um einen Schlafsack. Sie kämpften manches Mal auch um die Gunst von Frauen, die sich in geringer Anzahl in ihrer Gemeinschaft aufhielten. Das war dann die Stunde vom Schlichter, wie Lukas schon nach kurzer Zeit genannt wurde. Denn er hatte die Fähigkeit entdeckt, trotz hohem Alkoholpegel mit ein paar Wörtern, die er auf ein Blatt Papier kritzelte, Streithähne zum Einlenken zu bewegen. Unter den Voraussetzungen, dass sowohl die Streithansel als auch der Schlichter unter erheblichem Blutalkohol standen, eine Meisterleistung, die auch von allen anerkannt wurde.

Dabei war es anfangs gar nicht gut um die Akzeptanz von Lukas in der Säuferkommune bestellt. Ein noch jüngeres Mitglied unter ihnen hatte Lukas sofort erkannt, als den Opferanwalt bei einer Körperverletzung. Dort war der junge Säufer aufgrund eines brillanten Plädoyers von Lukas zu einer Haftstrafe ohne Bewährung verurteilt worden. Da der Verurteilte allen erzählte, wie schäbig dieser Neuankömmling zu ihm gewesen war, wusste nun jeder, dass er ein Anwalt war, der, aus welchen Gründen auch immer, in diesem Sumpf gelandet war. Da sich aber Lukas völlig unauffällig benahm und keinen Anlass zu Klagen gab, musste er keine Nachteile befürchten. Als dann alle merkten, dass er für sie ein Segen sein konnte und sie von ihm nur profitierten, wurde er unantastbar. Als Zeichen der Bewunderung erhielt er fortan den Namen: Der Schlichter. Dass er nicht sprechen konnte, war für die meisten uninteressant. Hauptsache, es gab in der Gruppe weniger heftigen Streit und damit auch geringere Polizeipräsenz.

Nur einer in dieser Gemeinschaft wollte das alles nicht wahrhaben. Der Verurteilte. Er stichelte dauernd gegen Lukas, veräppelte ihn, indem er in seiner ohnehin schon verwaschenen Sprache mit Stottern andeutete, dass Lukas mit dem Sprechen Probleme hatte. Lukas ließ das an sich abprallen, als würde er dies nicht hören. Nicht so die anderen. Sie waren gehörig genervt von den immer wieder gleichen Pöbeleien gegen einen der ihren, der nur Vorteile für alle brachte.

«Halt Deine böse Goschen und lass den Schlichter in Ruhe! Sonst kriegst es mit mir zu schaffen. Kapiert?»

Ein schon etwas Älterer aus der Runde war aufgestanden und hatte den üblen Lästerer in die Schranken gewiesen. Doch der war unbelehrbar und maßlos von sich überzeugt. Er baute sich breitbeinig vor den Fürsprecher von Lukas auf und hob drohend seine rechte Faust:

«Was willst denn du Kasperl mir drohen? Kannst selber kaum gerade auf deinen Latschen stehen. Hock dich hin und halt die Klappe. Er und mir drohen. Wo kommen wir denn da ... »

Bevor er den Satz aussprechen konnte, hatte er sich die blitzschnelle Faust seines Gegenüber eingefangen. Man hörte ein lautes Knacken der Nase, aus der es unmittelbar nach dem Schlag heftig blutete. Den Schmerz schien er klaglos einzustecken. Als er aber das Blut sah, das über den Mund und das Kinn tropfte, wurde sein Gesicht bleich wie ein Leintuch. Er verdrehte die Augen und stürzte mit dem Gesicht voran auf den harten Steinboden. Schnell bildete sich eine große Blutlache, verursacht durch eine erhebliche Platzwunde an der Stirn. Sofort standen die anderen Zechkumpane auf und bildeten einen Kreis um den Verletzten. Keiner der Außenstehenden sollte etwas von dieser Auseinandersetzung mitbekommen. Vor allem nicht die Polizei. Ihm wurde eine Wollmütze über die Stirnwunde gezogen, nachdem eine Obdachlose mit etwas Erfahrung in Erster Hilfe die blutende Wunde mit einem speckigen Tuch ein paar Minuten abgedrückt hatte. Hygiene war hier nicht so wichtig. Hauptsache, die Obrigkeit bekam keinen Anlass, in ihren Reihen Unruhe zu stiften. Jetzt sah es aus, als schliefe er seinen Rausch aus, und alle gruppierten sich wieder in alter Formation.

Lukas nickte als Dank für die kräftige Unterstützung seinem Helfer freundlich zu. Der sagte nur:

«Sind wir dir schuldig!»

Daraufhin legte sich eine Hand auf die Schulter von Lukas. Die heilige Maria hatte sich ihm unbemerkt genähert. Ihren Namen hatte sie erhalten, weil sie ständig aus der Bibel zitierte und es sich zur Aufgabe gemacht hatte, allen diesen hart gesottenen Gesellen den Glauben näher zu bringen. Da sie Maria hieß, war sie fortan nur noch die heilige Maria.

«Schlichter, wir stehen alle hinter dir. Du bist etwas Besonderes. Du bist der Auserwählte. Bete für uns bei allen Heiligen und bei der Gottesmutter. Sie sollen uns beschützen, so wie wir dich beschützen.»

Danach bekreuzigte sie sich und setzte sich wieder auf ihren Platz. Lukas stand unschlüssig herum und wusste nicht, wie er reagieren sollte oder ob er so tun sollte, als wäre nichts geschehen. Er hatte aber das Bedürfnis, diesem frömmlerischen Weib zu zeigen, dass er sie nicht verspottete wie die meisten anderen der Gruppe. Also hob er den Arm etwas und lächelte in die Richtung der heiligen Maria. Das musste reichen. Die war über diese unerwartet freundliche Reaktion so erfreut, dass sie Anstalten machte, erneut aufzustehen und auf Lukas zuzugehen, um ihm einige Bibelzitate mit auf den Weg zu geben. Zur Erleichterung aller legte ihr Nachbar die Hand auf die Schulter und hinderte sie so am Aufstehen. Der Gruppe war somit eine unliebsame Bibelstunde erspart geblieben. Lukas atmete tief durch und genehmigte sich einen tiefen Schluck aus einer Flasche mit billigem Kognak, die ihm gereicht wurde. Er war sich der Ehre bewusst, dass einer der Obdachlosen seinen Alkohol mit ihm teilte. An den billigen Fusel hatte er sich bereits gewöhnt. Aber mit seiner Gesamtsituation kam er hinten und vorne nicht zurecht. Immer wieder haderte er mit seinem Schicksal. Besonders nachts, wenn er alleine war. So viel Alkohol konnte er gar nicht trinken, um zu innerer Ruhe zu gelangen. Er trank noch einen Schluck und noch einen.

«Wann besuchen wir Lukas?»

«So langsam nervst du mich, Paul. Wir haben doch ausgemacht, dass wir nächsten Samstag nach Lindau fahren und versuchen, deinen Freund anzutreffen. Freue dich nicht zu früh, wer weiß, ob wir ihn antreffen. Ans Telefon ist er auf jeden Fall nicht gegangen. Vielleicht wohnt er auch gar nicht mehr dort. Versprochen, am Samstag fahren wir und hoffen, dass wir ihn auch treffen. So lange musst du dich schon noch gedulden.»

«Versprochen wird nicht gebrochen! Prima, Samstag fahren wir mit dem Z-Z-Zug!»

«Ganz ruhig, Paul. Keine Hektik.»

«Bin ruhig!»

«Ich kenne dich doch. Keine Angst, alles ist gut.»

«Habe keine Angst!»

Endlich war Samstag und noch dazu herrliches Wetter. Die Zugfahrt lenkte Paul etwas ab und es schien ein entspannter Ausflug zu werden. Die Adresse von Lukas hatte Karla in ihren Unterlagen gefunden. So fanden sie problemlos das Haus der Kellers. Es musste früher ein sehr schöner Besitz gewesen sein. Jetzt wirkte er verwahrlost und verwaist. Verunsichert, ob sie hier auch richtig waren, schritten sie durch das Gartentor und klingelten an der Haustüre. Niemand öffnete. Sie versuchten es erneut. Keine Reaktion. Paul wurde unruhig.

«Nochmal klingeln!»

«Paul, das bringt doch nichts. Es ist niemand da. Vielleicht wohnen sie gar nicht mehr hier. Das wird auch der Grund sein, dass wir deinen Freund telefonisch nicht erreicht haben.»

«Er muss da sein. Nochmal klingeln!»

Karla musste sich sehr zusammenreißen, um nicht wieder laut zu werden. Dieses permanente Beharren an der Vorstellung, Lukas müsse zu Hause sein, strapazierte ihre Nerven gewaltig.

«Suchen Sie den Herrn Keller? Da werden Sie Pech haben. Der ist um diese Zeit immer unterwegs.»

Eine ältere Frau mit Haushaltsschürze und Kopftuch musterte die beiden Fremden abschätzig von oben bis unten. Dann fuhr sie voller Neugierde fort:

«Was wollen Sie eigentlich von ihm? Sind Sie verwandt?»

«Wir sind gute Bekannte und wollten unseren Freund besuchen. Wir hatten länger keinen Kontakt mehr zu ihm. Telefonisch konnten wir ihn leider nicht erreichen. Da machten wir uns Sorgen und sind aufs Geratewohl hierhergefahren.»

«Sorgen müssen Sie sich zurecht machen. Ja, dann wissen Sie ja noch gar nicht, dass die Frau Keller mit ihren beiden Kindern vor Monaten schon ausgezogen sind? Haben den armen Herrn Keller Hals über Kopf alleine gelassen. Jetzt macht er eine ganz schwere Zeit durch. Das sieht man ihm auch an. Er war früher ein so fescher Mann. Und jetzt, ich will gar nicht darüber reden. Der arme Mann! Ich würde ihm ja helfen, aber er ist ja nie da. Muss seinen Kummer in irgendwelchen Kneipen ertränken. Ein so gescheiter Mann, und so ein Schicksal. Schade um ihn. Das hat er wahrlich nicht verdient.»

Die Alte holte tief Luft und wartete auf die Reaktion der beiden Fremden. Keine noch so kleine Gefühlsregung durfte ihr verborgen bleiben.

«Das ist ja furchtbar. Das wussten wir alles gar nicht. Danke, dass Sie uns aufgeklärt haben. Wir suchen jetzt auf gut Glück in Lindau in den Wirtschaften nach Herrn Keller. Vielleicht finden wir ihn ja. Kennen Sie seinen bevorzugten Aufenthaltsort?»

«In welchen Kneipen sich Herr Keller aufhält, weiß ich leider auch nicht. Sie finden ihn am ehesten in der Bahnhofsgegend oder am Seeufer. Vielleicht sehen Sie ihn auch in den Anlagen etwas außerhalb der Touristenströme. Auch hinter dem Segelhafen könnte er sein.»

«Nochmals vielen Dank!»

Paul war schon die ganze Zeit unruhig von einem Fuß auf den anderen gestiegen. Jetzt legte er ein Tempo vor, dass Karla kaum folgen konnte.

«Nicht so schnell, Paul. Ich komme ja kaum nach. Wir haben noch den ganzen Tag vor uns.»

«Ich bin nicht schnell. Ich will aber Lukas finden!»

Da hatte sich Karla auf ein nicht erwartetes Abenteuer eingelassen. Dass sie Lukas einmal von sich aus freiwillig suchen würde, wäre ihr nach seinen unangenehmen und teils widerlichen Belästigungen niemals in den Sinn gekommen. Paul zuliebe hatte sie sich aber schweren Herzens darauf eingelassen. Einen Vorteil in der Aktion sah sie: Ein herrlicher Spaziergang am Bodenseeufer, mit den Schweizer Bergen im Hintergrund, brachte sie auf angenehmere Gedanken. An einem Imbissstand lud sie Paul zu einer Currywurst ein. Obwohl er nur die Suche nach Lukas im Sinn hatte, willigte er in diese kurze Pause ein. Currywurst war seine Lieblingsspeise.

Es wurde Nachmittag und Lukas war nicht auffindbar. Man merkte Paul an, dass die ergebnislose Suche an seinen Nerven nagte. Aber Aufhören kam für ihn nicht infrage. Dann, als Karla zur Heimfahrt drängen wollte, entdeckten sie ihn doch noch. Beinahe wären sie an ihm vorbeigelaufen, so verändert war sein Aussehen. Wie sich ein Mensch innerhalb von ein paar Monaten so verändern konnte. Sein Gesicht, oder was man davon sehen konnte, war aufgedunsen und gerötet. Die Haut war schuppig und ungepflegt. Ein äußerst strenger Geruch erleichterte es, Abstand zu ihm zu halten.

Doch das galt nicht für Paul. Er ging auf den auf einer Parkbank zusammengekrümmt schlafenden Lukas und berührte ihn an der Schulter:

«Lukas, ich bin es, der Paul! Aufwachen!»

Aber Lukas zeigte keine Reaktion. Dazu war er viel zu betrunken. Der viele Schnaps hatte ihn in eine Art von Narkose versetzt.

«Hey, Finger weg vom Schlichter. Lass ihn in Ruhe!»

Ein recht heruntergekommener Penner war plötzlich aufgetaucht und näherte sich in bedrohlicher Pose Paul. Er schubste ihn von Lukas weg:

«Was willst du von ihm? Verschwinde einfach!»

«Ich bin ein Freund von Lukas. Der heißt nicht Schlichter. Das ist Lukas!»

«Schleich dich! Hau einfach ab! Oder willst du Streit? Den kannst du haben!»

Jetzt schaltete sich Karla ein und versuchte Paul von Lukas wegzuziehen. Der hielt sich an der Bank fest. Jetzt, wo er seinen Freund gefunden hatte, wollte er nicht einfach wieder fortgehen, ohne mit ihm gesprochen zu haben. Als aber der Penner ausholte, um ihm ins Gesicht zu schlagen, gab er dem Drängen seiner Freundin nach und folgte ihr widerwillig. Paul tat Karla leid, aber es nützte alles nichts, er musste aus diesem Gefahrenbereich gebracht werden, bevor es zu einer handfesten Prügelei kam, bei der Paul mit Sicherheit unterlegen wäre.

Bevor sie aber mit dem Zug die Heimreise antraten, wollte Karla nochmals zu der Nachbarin von Lukas, um die neue Adresse seiner Familie zu bekommen. So konnten sie Lukas nicht zurücklassen. Irgendjemand musste sich um ihn kümmern. Paul alleine, konnte es nicht und sie selbst war beruflich zu eingespannt, als dass sie sich um ihn hätte kümmern können. Bei der Vorgeschichte wären es sicher nicht besten Voraussetzungen, Vertrauen aufzubauen. Denn das war jetzt sicher notwendig, um Lukas erfolgreich auf einen anderen Weg zu bringen.

«Entschuldigung, wenn wir Sie schon wieder belästigen. Wir haben Ihren Nachbarn gefunden, in einem fürchterlichen Zustand. Wir würden gerne seine Familie kontaktieren und sie aufklären. Haben Sie die Adresse von ihr?

Oder haben Sie eine Ahnung, wie wir sie erreichen können?»

«Dann kommen Sie doch herein. Ich müsste da schon etwas haben. Kleinen Moment. Ich schau mal nach. Setzen sie sich doch da an die Eckbank. Wollen Sie etwas trinken?»

«Nein, danke! Wir haben erst etwas gegessen und getrunken.»

Nach einer Weile tauchte sie wieder mit einem Stapel Briefe auf. Nach kurzer Suche nach ihrer Lesebrille gesellte sie sich zu Karla und Paul.

«Hier habe ich einen Brief von Frau Keller. Es ist eine Adresse in Ravensburg. Da müssten Sie die Familie erreichen. Schreiben Sie sich hier die Adresse auf. Ich gebe Ihnen noch Papier und Kugelschreiber.»

«Herzlichen Dank! Sie haben uns sehr geholfen. Dürfen wir uns bei Ihnen melden, wenn wir noch Fragen hätten?»

«Selbstverständlich, das ist doch keine Frage. Ich helfe Ihnen gerne, wenn es um den Herrn Anwalt geht. Der arme Kerl. Er war so ein netter Mann. Das hat er nicht verdient!»

Kapitel 14

«Frau Keller, sind Sie es? Hier spricht Karla Wagner. Wir kennen uns von der Sprachtherapie Ihres Mannes in Friedrichshafen.»

«Ah, Frau Wagner, selbstverständlich kenne ich Sie. Aber warum rufen Sie mich an? Ist etwas Schlimmes passiert?»

«Noch nicht. Ich rufe Sie an, weil Paul seinen früheren Freund Lukas besuchen wollte. Wir haben ihn total betrunken in einem desolaten und jämmerlichen Zustand angetroffen.»

«Und was soll ich Ihrer Meinung nach unternehmen? Ich habe keine Verbindung mehr mit ihm. Ich will es auch nicht. Warum kümmern Sie sich nicht um Lukas. Er hat Ihnen doch so flammende Briefe geschrieben.»

«Frau Keller, ich habe erstens keine Zeit. Mein Beruf nimmt mich sehr in Anspruch. Und zweitens habe ich wegen dieser widerlichen Briefe jegliche Verbindung zu ihm abgebrochen. Wenn Sie kein Interesse daran haben, sich um Lukas zu kümmern, dann verstehe ich das. Aber vielleicht ihre Kinder? Ihre Tochter müsste doch auch schon bald erwachsen sein. Könnte doch sein, dass das Schicksal des Vaters ihr zu Herzen geht und sie helfen will.»

«Entschuldigen Sie Frau Wagner, wenn ich bei Lukas allergisch reagiere. Sein Verhalten uns, vor allem aber mir gegenüber, war nicht mehr zu ertragen. Dass Sie von ihm auch so abstoßend behandelt wurden, wusste ich nicht. Ich werde Louisa einmal darauf ansprechen, wie sie heute zu ihrem Vater steht. Sie war ja immer der Augenstern von ihm. Aber sie wird erst 17 Jahre alt. Ich könnte mir schon vorstellen, dass sie nach ihm schaut. Sie geht immer noch in das Bodensee-Gymnasium in Lindau. Von daher wäre es kein Problem für sie. Wenn sie will.»

«Vielen Dank! Eine Frage noch, können wir Louisa über dieses Telefon erreichen oder wohnt sie woanders?»

«Sie erreichen sie über diese Nummer. Sie wohnt noch hier.»

«Herrschaften, zehn Minuten halten wir doch noch durch! Ich weiß, eine Deutschstunde in der Mittagszeit ist nicht einfach. Louisa, wach aus deinen Träumen auf. Hier spielt die Musik.»

Durch das Klassenzimmer ging ein unzufriedenes Gemurmel. Jeder wünschte sich das Ende der Schulstunde herbei, um endlich nach Hause verschwinden zu können. Nur Louisa nicht. Sie erlebte seit dem Gespräch mit ihrer Mutter eine Zerrissenheit, wie noch nie in ihrem Leben. Zuvor war es für sie schon nicht einfach, als die Mutter entschieden hatte, aus dem Haus, ihrer Heimat, auszuziehen und den Vater zu verlassen. Sicher, auch sie hatte sich maßlos über ihn geärgert. Als es aber so weit war, bekam sie

Angst, den Vater für immer zu verlieren. Sie hatte ihn doch so sehr lieb gehabt. Durfte sie das jetzt nicht mehr, den Papa lieb haben? Die Mutter hatte ihr zwar versprochen, ihr nichts in den Weg zu legen, wenn sie ihren Vater sehen wollte. Bisher fehlte ihr der Mut, den Papa zu besuchen. Den wollte sie nun aufbringen und Kontakt aufnehmen. Nicht nur das. Es könnte ja sein, dass er ihre Hilfe benötigte, die sie sicher nicht verweigern konnte. Schaffte sie das? Konnte sie das schlimme Verhalten vergessen und an die Zuneigung von früher anknüpfen? Wollte der Papa das überhaupt? Kannte er sie noch? Sie war sehr gewachsen und fraulich geworden. Wie reagierte er bei ihrem Anblick? Fragen über Fragen! Eine Antwort bekam sie aber nur, wenn sie den Mut aufbrachte, den Papa auch zu treffen.

«Louisa, ausgeträumt? Dann können wir ja im Unterricht mit der gesamten Mannschaft fortfahren. Wenn du willst, kannst du uns an deinen Träumen teilhaben lassen.»

Ein schrilles Läuten der Pausenglocke erlöste Louisa von den spöttischen Anspielungen des Lehrers. Wie sie ihn hasste. Gottlob war das Schuljahr bald zu Ende.

Jetzt stand sie vielleicht vor einem neuen Lebensabschnitt. Sie gab sich einen Ruck und besuchte als erstes ihr früheres Zuhause, wo sie den Vater aber nicht antraf. Sie wusste, wo sich die Alkis, wie sie unter Schülern genannt wurden, vornehmlich aufhielten. Den Papa hatte sie aber dort noch nie gesehen. Aber sie hatte auch nicht danach Ausschau gehalten. Hatte er sich am Ende so verändert, dass sie ihn gar nicht erkennen konnte?

Sie entdeckte ihn, ihren Papa. Um Gotteswillen, wie schaute der denn aus. Sie vergewisserte sich, ob er es auch wirklich sein konnte. Er war es. Zaghaft näherte sie sich ihm. Er war alleine, ohne seine Saufbrüder. Sie atmete tief durch und trat ihm gegenüber.

Erst machte er eine abweisende Bewegung, um diesen ungebetenen Fremden aus der Sonne zu verscheuchen. Dann hielt er inne, blinzelte zuerst ungläubig, dann verschämt eine junge Frau an, deren Anblick ihm beinahe das Herz zum Stehen brachte. Ungläubig senkte er seinen Blick zu seinem Bauch. Er hatte das Gefühl, eine Lanze durchbohrt seinen Körper. Er schnappte nach Luft und schaute erneut zu dem so geliebten Gesicht. Er schämte sich. Nein, es war mehr. Es war Verachtung vor sich selbst, die er spürte. Warum kam Louisa zu ihm? Wenn er das gewusst hätte ....

«Papa, ich bin Louisa!»

Lukas nickte.

Louisa fiel ein Stein vom Herzen. Der Papa hatte sie sofort erkannt, schien sich aber fürchterlich erschrocken zu haben. Aber er ging nicht weg. Also hatte er nichts gegen ihren Besuch. Er war halt über ihr Erscheinen überrascht. Sie war sich aber sicher, dass er sich bei ihrem Anblick schämte. Kein Wunder, er sah ja fürchterlich aus. Aber für sie war er immer noch die Person, zu der sie eine tiefe Bindung spürte. Einen Mann wie ihren Papa wollte sie als kleines Kind immer schon heiraten. Mit einem Schlag waren alle Zweifel wie weggeblasen. Ja, sie wollte ihm helfen. Sie musste es tun. Eine tiefe Traurigkeit über den fürchterlichen Zustand befiel sie. Sie hatte keine Ahnung, was sie tun sollte. Sie musste sich Hilfe holen, aber wo?

«Wie geht es dir, Papa?»

Lukas griff mit zittrigen Fingern in seine ausgebeulte Hosentasche. Nach längerem Suchen zerrte er einen vergilbten Schreibblock hervor. Ganz langsam setzte er Buchstaben um Buchstaben. Zu einer flüssigen Schreibschrift war er nicht in der Lage.

Louisa hätte weinen können. War das ihr Papa? Sie spürte, dass er es war. Egal, was Mama sagte, sie musste ihm helfen. Und Mama musste ihr dazu auch die finanziellen Mittel geben. Davon würde sie keinen Millimeter abweichen. Sie fühlte Trotz und Stärke hochkommen. Wäre doch gelacht, wenn sie das nicht hinbekommen würde.

«Schön, dich zu sehen! Mir geht es schlecht. Tut mir alles leid.»

«Können wir uns morgen gegen zwölf Uhr bei dir zu Hause treffen. Geht das?»

Lukas nickte. Dabei wirkte er äußerlich auf Louisa irgendwie abwesend, als ob alles gefühllos an ihm vorbeizog. Ihr kam das schon megakrass vor. Die Vorstellung, dass ein Mensch und ihr Vater noch dazu, emotional so tief sinken konnte, entsetzte sie. Es war unvorstellbar für sie. Sie dachte an den alten Spruch ihrer Großmutter:'Wer hoch steigt, fällt tief!'Ihr Papa, der so weit oben war, ist ganz fürchterlich tief gestürzt.

Konnte sich so ein Mensch überhaupt noch ändern? Er musste es einfach! Er war immer noch ihr Vater! Ihr zuliebe musste er wieder stark werden. Wenn er es nicht schaffte, wer denn sonst? ‚Dann kann ich mich doch gleich zu ihm gesellen!'Ihr war zum Heulen zumute, aber sie bekämpfte erfolgreich ihre Tränen.

Ihr war klar, dass sie mit einem anderen Menschen über ihre Zweifel sprechen sollte. Aber mit wem? Mit der Mama? Eher nicht, sie wollte ja mit dem Papa nichts mehr zu tun haben. Ihre Freundinnen waren zu jung, sie benötigte schon eine Person, die Erfahrung besaß. Wie wäre es mit dieser Karla und dem früheren Freund von Papa? Die hatten die Mama angerufen, weil sie in Sorge um Papa waren. Die Adresse würde sie leicht herausfinden, ohne die Mama zu nerven. Der Gedanke gefiel ihr und die Welt erschien wieder in einem neuen Licht. Jetzt mussten nur noch alle mitspielen. Erleichtert verabschiedete sie sich von ihrem Vater, der sie dabei regungslos anstarrte, als wäre sie eine Halluzination.

Am nächsten Mittag erlebte Louisa die erste Enttäuschung. Auf ihr mehrmaliges Läuten an ihrem Elternhaus wurde nicht geöffnet. Der Papa hatte sie einfach vergessen. Oder hatte es einen anderen Grund? War es ihm doch peinlich, in diesem Zustand seiner Tochter gegenüberzutreten? Vielleicht war sie zu spontan das Ganze angegangen. Jetzt rächte es sich, dass sie diese Karla noch nicht angerufen hatte, um ihren Rat einzuholen. Enttäuscht machte sie sich auf den Heimweg. Sicher war sie sich nur, dass sie nicht aufgeben würde, komme, was wolle.

«Schlichter, du hattest Besuch. Ein vogelwilder Typ wollte was von dir. Angeblich ein Freund von früher. Hab ihn weggeschickt. Hatte eine Hübsche bei sich. Die passte aber überhaupt nicht zu dem komischen Kauz.»

Als sich Lukas nicht regte, legte er nach:

«Hab ich was falsch gemacht?»

Jetzt schüttelte Lukas den Kopf, hob zum Dank für die Mitteilung die Hand und macht sich auf den Heimweg. Er musste jetzt alleine sein. Sein ganzes Leben war durcheinandergeraten. Seine Gedanken kreisten wie ein Kettenkarussell nur noch um eine Person. Seine Tochter Louisa. War sie aus freien Stücken bei ihm aufgetaucht? Hatte sie jemand geschickt? Er hatte keine Ahnung. Um klarer denken zu können, benötigte er jetzt dringend Alkohol, der würde in dieser Situation bestimmt helfen! Oder ritt er sich nur noch tiefer in sein Schlamassel, wenn er sich jetzt erneut betrank? In den paar lichten Momenten am Morgen dachte er tatsächlich daran, ab sofort auf Alkohol zu verzichten oder wie er nach ein paar Minuten Besinnung einschränkte, wenigstens etwas reduzieren sollte.

Er hörte die Glocke einmal schlagen. Ein ungutes Gefühl beschlich ihn. Irgendetwas in seinem Unterbewusstsein piesackte ihn, das war schon lange nicht mehr passiert. Deshalb fühlte er sich unwohl. Was könnte der Grund sein? Hatte er etwas Schlimmes angestellt? Es musste mit Louisa in Zusammenhang stehen. Denn immer, wenn er an sie dachte, verstärkte sich seine Unruhe. War er ihr gegenüber ausfällig geworden? Das konnte er sich überhaupt nicht vorstellen. Aber da war was!

Kurz bevor er sein Haus erreichte, sah er schon die Nachbarin, die ihn zu sich heranwinkte.

«Herr Keller, gerade eben hatten Sie Besuch. Und raten Sie, wer? Ihre Tochter Louisa wollte Sie besuchen. Sie haben sie ganz knapp verfehlt. Schade! Der Besuch hätte Sie sicher gefreut!»

Lukas hob dankend seine Hand und verschwand im Haus. Es war richtig verärgert, nein verzweifelt, dass er Louisa einfach so vergessen hatte. Dieser verdammte Alkohol. Er machte alles kaputt und ruinierte letzten Endes auch sein Leben. Nein, er hatte es schon getan. Wie lange wollte er untätig zusehen, wie alles endgültig den Bach hinunterrann? Er fasste sich mit beiden Händen an den Kopf, hämmerte darauf herum und schmiss sich auf sein Sofa. Tränen rannen über seine Wangen. Seit seiner Kindheit hatte er nicht mehr geweint. Jetzt brach es aus ihm heraus. Die ganze Frustration über die verheerenden Folgen seines Unfalls, seine Trennung von Marie und das Schlimmste, das Verlassen worden zu sein von den Kindern. Jetzt kam Louisa zu ihm zurück, und wie reagierte er? Statt zu feiern und glücklich zu sein, vergaß er die Tochter. Einfach so! In seinen Gedanken rief er:

«Louisa, komm zurück. Dein Papa liebt dich doch. Ich will dich doch nicht noch einmal verlieren. Bitte, bitte, komm wieder. Ich brauch dich doch so dringend.»

Lukas raffte sich vom Sofa auf. Er begab sich zielstrebig zum Bauernschrank, in dem er seine eiserne Reserve versteckt hatte. Ein alter Whiskey, den er von einem Klienten für einen grandiosen Erfolg in einem schwierigen Prozess geschenkt bekommen hatte. Den wollte er jetzt trinken. Den garantiert letzten Alkohol. Danach würde er nie mehr wieder ein Schluck zu sich nehmen. Das war heute der letzte Alkohol, den er trank. Danach würde er seiner Tochter zuliebe darauf sein weiteres Leben lang verzichten. Nie wieder Alkohol. Das schaffte er!

Verzweifelt trank er diesen letzten Schluck und bemerkte, dass er ausgezeichnet schmeckte. Das war doch etwas anderes als der Fusel, den er in letzter Zeit gesoffen hatte. Noch ein Schluck. Jetzt musste er genießen. Noch einer. Nur noch ein großer Schluck. Ein feiner Stoff. Und der letzte Schluck! Einer geht noch! Ist eh alles egal.

«Frau Wagner? Hier ist Louisa Keller. Meine Eltern kennen Sie ja. Mein Vater war bei Ihnen in der Sprachtherapie. Ich habe eine Bitte an Sie.»

«Schön, dass Sie anrufen Louisa. Ich will Ihnen gerne helfen, wenn Sie es wünschen. Es geht sicher um Ihren Papa.»

«Ich habe niemanden, mit dem ich darüber sprechen kann. Meine Mama will damit nichts mehr zu tun haben. Und da sind Sie mir eingefallen.»

«Wo sollen wir uns treffen?»

«Ich kann gerne zu ihnen nach Friedrichshafen kommen. Von Ravensburg bin ich mit dem Zug in 15 Minuten in Friedrichshafen. Das ist für mich kein Problem. Ginge es an einem Samstag, wenn keine Schule ist?»

«Das passt mir bestens. Dann kommen Sie doch gleich diesen Samstag ab neun Uhr bei mir in der Praxis vorbei. Ich freue mich schon. Und besonders der Freund von Ihrem Papa, der Paul. Er ist die treibende Kraft bei der Hilfe für Ihren Vater.»

«Danke, danke! Ich freue mich schon, Sie beide kennenzulernen. Bis Samstag!»

Danach legte Louisa zufrieden den Hörer auf und berichtete ihrer Mutter von dem Gespräch. Obwohl sie nichts mit alledem zu tun haben wollte, war sie doch neugierig genug, um Louisa nicht von der Seite zu weichen. Aufmerksam lauschte sie den Worten ihrer Tochter. Ihr einziger Kommentar:

«Wenn du deinem Vater helfen willst, dann tue es. Aber hoffe nicht auf eine Unterstützung von mir, wenn es um den Papa geht. Mit ihm will ich nichts mehr zu tun haben.»

«Ich komme ganz gut ohne dich zurecht!»

Sagte es und verschwand leicht verärgert in ihrem Zimmer. Eigentlich verstand sie sich mit ihrer Mama ganz gut. Viele Mädchen in ihrer Klasse jammerten, mit ihrer Mutter überhaupt nicht mehr zurechtzukommen. Sie selbst konnte sich nicht über das Verhältnis zur Mutter beklagen, außer es ging um ihren Vater. Da endete das gegenseitige Verständnis. Positiv empfand sie nur, dass sie bei allem, was den Papa betraf, freie Hand hatte und ihre Mutter sich dann vollkommen zurücknahm. Wie deren Beziehung zu Frau Wagner aussah, war sie sich nicht so sicher. Anfangs schwärmte ihre Mutter von der Therapeutin. In letzter Zeit hatte sie eher den Eindruck, als wären die beiden nicht mehr beste Freundinnen. Seit der Trennung der Eltern wurde über Frau Wagner nicht mehr gesprochen. War sie vielleicht der Grund für die Trennung? Die Mama hatte doch erst kürzlich mit ihr telefoniert. Das hätte sie sicher nicht gemacht, wenn da etwas gewesen wäre.

Eigentlich hatte sich Lukas vorgenommen, den ganzen Tag zu Hause zu bleiben. Er wollte abwarten, wie es ihm ohne jeglichen Tropfen Alkohol erginge. Seiner vagen Erinnerung nach hatte er gegen 21 Uhr den letzten Schluck gemacht. Jetzt am Nachmittag erfasste ihn eine unangenehme Unruhe. Sein Herz begann wie wild zu pochen. Er, der sonst nie schwitzte, bemerkte, wie sich sein Hemd unter den Achseln verfärbte. Als er sich ein Glas Wasser einschenkte, zitterten seine Hände so stark, dass er die Hälfte des Wassers am Boden verspritzte. Panik erfasste Lukas. Wenn sein Zustand sich verschlimmerte, konnte er unmöglich alleine bleiben. Auf jeden Fall wagte er es nicht, in diesem desolaten Zustand seiner Tochter gegenüberzutreten. Das wollte er unbedingt. Aber nur in einer akzeptablen Verfassung. Dafür nahm er diese ganze Mühe auf sich.

Ziellos irrte er durch Lindau, immer darauf bedacht, ja keinem seiner Kumpane zu begegnen. Die hätten sofort erkannt, dass er unter Alkoholentzug litt. Sicher würden sie wissen wollen, warum er nicht mehr trinke. Das aber ging sie nichts an. Das war seine ganz persönliche Angelegenheit. Der Kampf gegen sich selbst.

Kurzzeitig fühlte er sich besser. Das Glas Wasser und die Bewegung in der frischen Luft waren wie Medizin. Er wusste aus Erzählungen von der Straße und auch aus seinem Anwaltsleben, wie so ein Alkoholentzug abläuft. Dass er sich so schlimm anfühlte, war eine ganz neue Erfahrung.

Zu dem Herzrasen spürte Lukas jetzt auch noch Übelkeit in sich aufsteigen. Bevor er auf die Straße kotzte, trat er auf der Stelle den Heimweg an. Ihm war jetzt klar, so wie er sich das alles vorgestellt hatte, funktionierte es nicht. Diesen harten Entzug packte er nicht. Er musste auf einen weichen Entzug übergehen, wollte er in den nächsten Tagen seine Louisa treffen. Das bedeutete, immer wieder geringe Mengen Alkohol zu sich zu nehmen. Er sollte in keinen Rauschzustand mehr fallen und versuchen, täglich weniger von diesem Teufelszeug konsumieren. Das dauerte dann recht lange, aber ohne diese fürchterlichen Nebenerscheinungen. Außenstehende bekamen kaum etwas mit. Das war wichtig für Lukas Vorhaben. Schaffte er das? Konnte er nach einem Glas Wein aufhören?

Schon nach wenigen Schlucks Wein spürte Lukas, wie langsam wieder Ruhe in ihm einkehrte. Das Zittern und die Übelkeit verschwanden. Er war mit sich zufrieden. Er musste jetzt nur noch eine Lösung finden, wie er Louisa wieder treffen konnte. Anrufen wäre das Einfachste. Das ging aber nicht. Auf einen Schlag nahm ihn dieser tiefe Groll auf sein Schicksal in Beschlag. Er wurde einfach nicht damit fertig, für immer vom Sprechen ausgeschlossen zu sein. Aber es nützte alles nichts, er musste eine Lösung finden. Als Behinderter wurde er immer nur von einer Ecke zur anderen geschoben. Ihn ärgerte es maßlos, dass sein Schweigen oft als eine Form des Widerstands angesehen wurde. Seine Individualität wurde aus seiner Sicht von den Mitbürgern ignoriert. Erinnerungen an die Kindheit wurden wach: Er darf nicht mehr mitspielen! Diese Art von moralischer Bevormundung kotzte ihn an.

Am ehesten traf er Louisa an dem Platz wieder, an dem sie ihn gefunden hatte. Aber wo war das wieder. Er grübelte verzweifelt nach. Dann, nach einer Weile, erinnerte er sich an die Bank in dem kleinen Park, von dem aus man den Lindauer Hafen sehen konnte. Ihm fiel ein Stein vom Herzen. Genau dahin würde er jetzt jeden Tag hingehen. Egal, wie das Wetter war. Er wollte es nicht noch einmal vermasseln. Er würde sich baden und zum Friseur gehen, die Haare und den Bart zurechtstutzen lassen. Er wollte manierlich seiner Tochter gegenübertreten. Sie sollte sich nicht wegen seines Aussehens schämen müssen. Er lehnte sich zufrieden zurück. Ja, so würde er es machen. Er griff zur Weinflasche, zuckte aber erschrocken zurück. Nein, jetzt kein Alkohol. Erst vor dem Schlafengehen wieder ein Glas, damit er nicht die ganze Nacht wach lag. Da musste er jetzt konsequent sein, so schwer es ihm auch fiel. Trotz dieses Glases Wein machte er in dieser Nacht kaum ein Auge zu. Gegen morgen schlief er dann erschöpft ein.

In Friedrichshafen warteten Karla und Paul auf die Ankunft von Louisa. Was beschäftigte sie so sehr, dass sie sich Rat bei Karla suchte? Bald würden sie es wissen. Der sonst eher unbeteiligt erscheinende Paul war aufgedreht und löcherte Karla unaufhörlich mit Fragen: Wie alt ist Louisa? Wie schaut sie aus? Wann kommt sie? Hast du sie schon einmal gesehen? Karla beantwortete geduldig alle seine Fragen. Louisa ist 17 Jahre alt. Nein, ich hab sie noch nie gesehen und weiß nicht, wie sie ausschaut. Den genauen Ankunftstermin wisse sie nicht, aber sie komme am Vormittag.

Dann war es soweit. Beide waren überrascht von dem selbstbewussten Auftreten des blendend aussehenden Mädchens. Paul wirkte etwas verwirrt. Er hatte alles erwartet, nur nicht diese intensive Wirkung auf ihn. Konnte es sein, dass Louisa das gleiche Talent wie Lukas hatte, leicht Zugang zu anderen Menschen zu finden? Beim ersten Anblick von Louisa spürte er eine ungewohnt vertrauliche Nähe zu dem unbekannten Mädchen. Es musste ihrem Vater schon sehr ähnlich sein. Er würde Louisa mögen. Sagen konnte er ihr es nicht. Aber er konnte dies mit einem Geschenk sichtbar machen. Sofort fiel ihm ein von ihm geschnitztes Lamm aus seiner Krippe ein, das ihm besonders schön gelungen war.

Karla wunderte sich schon, warum Paul so plötzlich in seinem Zimmer verschwand. War etwas vorgefallen, was ihr entgangen war? Kurz danach klärte sich alles auf. Stolz erschien Paul mit seinem geschnitzten Schaf und gab es Louisa. Die war sichtlich irritiert, lächelte dann aber Paul an und bedankte sich für das wunderbare Geschenk:

«Das ist ja toll! Vielen, vielen Dank! Sie sind sicher Paul, der Freund von Papa! Haben Sie etwa das Lamm selbst geschnitzt?»

Verlegen schaute Paul zu der Tochter seines Freundes. Innerlich aber platzte er vor Freude. Sein eher verspannter Gesichtsausdruck lockerte sich etwas und ließ ein Lächeln erahnen.

«Das hab ich selbst geschnitzt! Ist für dich!»

«Super! Danke!»

Louisa und Karla verstanden sich von der ersten Sekunde an blendend. Die drei machten den Eindruck, sich schon seit Jahren zu kennen. Dieses Vertrauensverhältnis von Beginn an machte alles leichter. Louisa konnte die Probleme offen ansprechen. Ein großer Stein fiel ihr vom Herzen:

«Ich habe meinen Papa vor ein paar Tagen das erste Mal seit Langem wieder gesehen. Dass er sich in einem so schlimmen Zustand befand, hat mich fürchterlich erschrocken. Ich will ihm helfen und weiß nicht wie. Ich habe auch starke Zweifel, ob man ihm in diesem Zustand überhaupt noch helfen kann. Mit Mama will und kann ich nicht sprechen, sie will mit Papa nichts mehr zu tun haben. Das verstehe ich ja nach dem, was alles vorgefallen war. Aber er ist immer noch mein Papa. Als ich ihn gesehen habe, war ich entsetzt, aber gleichzeitig hatte ich richtig Mitleid mit ihm.

Ich spürte wieder die starke Verbindung, die sofort wieder vorhanden war. Wie damals, als ich noch ein kleines Kind war.»

«Louisa, mach dir keinen Kopf. Das kriegen wir hin. Wir helfen dir gerne. Ich kenne deinen Papa nur von der Therapie und von Paul. Aber er muss vor seinem Unfall ein toller Mann gewesen sein. Einer, der sogar Zugang zu Paul hatte, was ich für sehr bemerkenswert halte. Ich weiß nicht, ob du erfahren hast, dass Paul ein Autist ist und man ihm nur schwerlich näher kommt. Deshalb finde ich es erstaunlich, dass Paul dir seine Schnitzfigur geschenkt hat, die er sonst wie seinen Augapfel hütet. Stimmt das Paul?»

Paul wirkte fast verlegen, aber er nickte eifrig mit dem Kopf.

«Richtig! Louisa ist wie Lukas.»

Paul hielt erschrocken inne. Jetzt hatte er sein Geheimnis doch gelüftet und tatsächlich ausgesprochen, dass er bei Louisa dieselbe Nähe verspürte wie zu Lukas. Vor Karla konnte er nichts verborgen halten.

«Nun wieder zu dir, Louisa! Eins kann ich dir von vorneherein mit auf den Weg geben: Man kann immer helfen! Klar, die Hilfe muss auch angenommen werden. Aber bei der Bindung zu deinem Papa gehe ich mal davon aus, dass er sie annimmt. Aber es kann ein langwieriger Prozess werden. Darauf musst du dich einstellen. Und du wirst professionelle Hilfe benötigen. Sei es der Hausarzt oder ein Psychiater oder Psychologe.»

Der Besuch bei Karla und Paul war ein voller Erfolg für Louisa. Sie wollte alle Ratschläge, die sie erhalten hatte, befolgen. Zuletzt kamen sie überein, sich das nächste Mal in Lindau zu treffen. Vielleicht dann auch mit Lukas.

Im Nachhinein hielt Karla es nicht für richtig, Lukas noch einmal zu sehen. Sie war ihm schon einmal als Helfern begegnet und hatte schwer darunter zu leiden gehabt. Es wurmte sie noch heute, dass sie seine Versessenheit nicht wahrgenommen hatte und ihr erst viel später bewusst geworden war, warum er in den meisten Therapiestunden so abwesend erschienen war.

Kapitel 15

Das neue Leben gestaltete sich für Lukas alles andere als problemlos. Er suchte einen Friseur. Vor dem, den er früher aufsuchte, schämte er sich in seinem jetzigen Zustand. Da wollte er auf keinen Fall hingehen. Aber einen Neuen aufzusuchen, erforderte von ihm eine Entscheidung. Und damit tat er sich äußerst schwer. Er hatte verlernt, sich entscheiden zu müssen. Außerdem konnte er ja auch nicht telefonieren. Einfach in einen Laden gehen und umständlich einen Termin schriftlich aushandeln? Dazu fehlte ihm jegliche Lust. Es nützte alles nichts, er muste sich aufraffen, wenn er jetzt alles über die Bühne bringen wollte. Er blieb vor einem türkischen Friseur stehen. Hier wurde alles, was mit Haaren zu tun hatte, geschnitten und gepflegt. Die kannten ihn mit Sicherheit nicht von früher. Hier konnte er nichts falsch machen.

Er trat ein. Eine Glocke über der Türe schrillte laut, sobald sie geöffnet wurde. Wie früher in seiner Kindheit. Sogleich fühlte er sich besser. Seine Zuversicht wuchs, als er sah, dass auf einer Bank mehrere, vermutlich türkische Männer, auf ihren Haar- oder Bartschnitt warteten. Sein Erscheinen blieb nicht unbemerkt. Sofort unterbrach der junge Friseur die Bartpflege eines Kunden. Er drückte diesem eine Zeitung in die Hand und wendete sich an Lukas:

«Haben Sie einen Termin?»

Lukas schüttelte den Kopf.

«Dann nehmen Sie doch an der Bank Platz. Haarschnitt? Der Bart bräuchte auch noch etwas Zuschnitt.»

Lukas nickte und streckte den Daumen nach oben.

«Oh, Sie haben Probleme mit dem Sprechen? Ich gebe Ihnen etwas zum Schreiben. Wir kommen schon klar.»

Der junge Mann holte einen Stift und einen Papierblock und reichte ihn Lukas. Der notierte sofort:

«Einfach alles so schneiden, dass es gepflegt ausschaut. Der Bart kann ganz ab.»

«Auf keinen Fall! Warten Sie einen Moment, ich habe da eine Idee!»

Er vertröstete seinen Kunden, der ihm freundlich zunickte und verschwand hinter einem Vorhang. Kurze Zeit später kam er mit seinem Vater im Schlepptau zurück. Einem älteren Herrn, der seine türkische Abstammung nicht verleugnen konnte. Haare hatte er kaum noch, dafür aber einen äußerst gepflegten Bart. Als Lukas dessen tiefe Stimme und seine gediegene Ausdrucksweise vernahm, fühlte er sich bestens aufgehoben. Hier wurde er als Mensch erster Klasse behandelt und nicht als Behinderter, der den anderen nur eine lästige Pflicht abnötigte.

«Wenn der Herr bitte mit mir kommt? Haben Sie bestimmte Vorstellungen? Mein Sohn sagte mir schon, dass Sie Probleme mit dem Sprechen haben. Schreiben Sie einfach alles auf. Wir kommen schon zurecht!»

Wie wohltuend das doch alles war. Lukas machte es sich auf dem Sessel bequem und schrieb:

«Alles soll ordentlich aussehen. Der Bart kann ab.»

Der Alte schüttelte vehement den Kopf.

«Das machen wir auf keinen Fall. Sie haben so schöne Haare.»

Dabei fuhr er mit seinen Fingern sachte durch sein wirres Barthaar. Lukas durchströmte ein wohliges Gefühl. Diese Berührung tat genauso gut wie das Gefühl, als ebenbürtiger Mensch angenommen zu werden. Hier war er keiner, der ausgeschlossen oder abgesondert wurde. Hier durfte er einfach mitspielen. Seine Behinderung wurde nicht als Makel angesehen. Nicht als lästiges Übel. Sie wurde als Teil des Lebens akzeptiert. Balsam für die Seele von Lukas. Hier war er jemand. Er war kein Anwalt, kein Behinderter, kein Streuner. Einfach ein Kunde. Ein Mensch.

«Schneiden Sie Haare und Bart, wie sie meinen.»

«Das mache ich gerne! Es wird Ihnen gefallen!»

Lukas streckte erneut den Daumen nach oben und entspannte sich, wie schon seit Langem nicht mehr. Gott sei Dank hatte er vorher noch ein Glas Wein getrunken. Entzugserscheinungen wollte er die nächsten Stunden nicht bekommen.

Hätte er gewusst, wie herrlich Haareschneiden sein konnte, er wäre schon früher hier aufgetaucht. Allein das Schamponieren war für Lukas eine Sensation. Dass Berührung ohne sexuellen Hintergrund so schön sein konnte, ein so gewaltiges Wohlbefinden hervorzaubern konnte, war die eine Seite. Für ihn drängte sich etwas anderes in den Vordergrund: Er wurde genau so wie alle anderen Menschen behandelt. Er wurde als Individuum angesehen. Sein Fehler, die Sprachlosigkeit, war plötzlich kein Makel mehr. Sie spielte keine Rolle. Er fühlte sich respektiert und das stärkte sein Selbstbewusstsein, wenn er denn überhaupt noch eines gehabt hatte. Jetzt konnte er sogar fremde Hilfe akzeptieren, die ihm bisher nur seine Hilfsbedürftigkeit signalisiert hatte. Und das alles, weil ihm ein türkischer Friseur durch die Haare fuhr? Nicht nur! Nein, es war die Akzeptanz, die er hier in diesem Laden erfuhr. Natürlich spielte auch eine Rolle, dass sein Gehirn nicht mehr durch diesen verdammten Alkohol vernebelt war und er wieder Stimmungen fühlen konnte. Er war Louisa unendlich dankbar. Sie hatte ihn auf den Weg gebracht. Ohne sie würde er sich nicht so wohl fühlen wie schon lange nicht mehr. Und das alleine war es schon wert, den eingeschlagenen Weg weiter zu gehen.

Jedes Haar, das entfernt oder gekürzt wurde, machten seine Last leichter. Er fühlte sich freier. Die Fesseln und die Blockade, die er sich selbst angelegt hatte, waren kaum noch zu spüren. Für eine kurze Zeit wähnte er sich in einer anderen Welt. Seiner neuen Welt, die er mithilfe von Louisa erobern wollte.

«Mein Herr, gefällt es Ihnen?»

Abrupt wurde Lukas aus seinen Träumen gerissen. Ein großer Spiegel zeigte aus allen Blickwinkeln das Kunstwerk des Friseurs. Ein stolzes und zugleich erwartungsvolles Lächeln des Alten begleitete diese Vorführung. Ein Nicken von Lukas war aber zu wenig. Erst das folgende Lächeln stellte den Meister des Friseurhandwerks zufrieden. Zu diesem Lächeln musste sich Lukas fast zwingen, da er von dem Anblick, der sich ihm im Spiegel bot, völlig überrumpelt wurde. War er dieses Gesicht im Spiegel? War das Lukas Keller? War das der Schlichter von der Straße? Statt wirrer Lockenpracht sah er sich einem Kurzhaarschnitt gegenüber. Passend zu den hier sitzenden Männern ein akkurat geschnittener Schnauzbart anstelle eines wüsten Bartgestrüpps. Ob ihn Louisa noch erkannte? Egal. Wichtig war es jetzt, dass er einen sauberen und vorzeigefähigen Eindruck machte. Das war bestens gelungen.

Auf dem Heimweg achtete er penibel auf jede Reaktion der Menschen, die ihm begegneten. Er war es gewohnt, dass die Leute ihn kurz anstarrten und dann ihren Blick hastig in eine andere Richtung schwenken ließen. Waren sie in ihrem ästhetischen Anspruch verletzt oder fühlten sie sich in ihrer Sicherheit gefährdet? Lukas wusste es nicht. Er wusste nur, dass niemand von diesen Leuten mit ihm in näheren Kontakt hatten treten wollen. Jetzt machte er eine neue Beobachtung, dass er entweder überhaupt nicht beachtet wurde oder die Blicke neugierig an ihm hängenblieben. Auf jeden Fall eine sehr angenehme Erfahrung. Hurra, ich bin wieder wer! Ich werde zumindest nicht geschnitten!

Louisa fieberte dem Schulschluss entgegen. Heute wollte sie in Lindau die Stelle am Bodenseeufer aufsuchen, an der sie

ihren Vater das erste Mal getroffen hatte. Ob es wohl klapp-
te?

«Kommst du mit auf ein Eis, Louisa?»

«Erik, sehr gerne. Ich habe nur heute keine Zeit. Ich
treffe mich mit meinem Papa. Ein anderes Mal gerne! Sau-
dumm!»

«Schade, dann ein anderes Mal.»

So etwas Blödes. Erik war ein Mitschüler, mit dem sie
sich blendend verstand und mit dem sie sich eine spätere
Beziehung gut vorstellen konnte. Mist! Aber Papa ging vor.

Je näher sie dem vermutlichen Aufenthaltsort ihres
Vaters kam, desto aufgeregter wurde sie. «Lieber Gott, lass
ihn auf der Bank sitzen, wo ich ihn das letzte Mal getroffen
habe. Bitte, bitte! Ich lerne dann heute noch für die
Geschichtsprüfung. Bitte, bitte, lass ihn auf der Bank
sitzen!» Als sie sich ihr näherte, war sie maßlos enttäuscht.
Die Bank war bereits besetzt. Irgend so ein Türke, der hier
seine Mittagspause machte. Sie entschied spontan, sich
dazuzusetzen und zu warten. Vielleicht kommt der Papa
noch? Ich warte auf jeden Fall.

«Ist hier noch Platz?»

Der Mann lachte sie an und zeigte mit einer Handbewegung, dass sie Platz nehmen sollte. Dieses Lachen elektri-
sierte Louisa. Das kannte sie doch. Nein, das gibt es doch
gar nicht. Das ist ja der Papa! Wahnsinn!

«Papa, bist du es? Du schaust ja toll aus! Ich freue mich
ja so, dass ich dich hier getroffen habe. Du hast dich ja ganz
schön verändert! Lass dich umarmen!»

Louisa fiel auf, dass sie ihren Vater beim letzten Treffen nie genau angeschaut hatte. Sie hatte immer an ihm vorbeigeblickt. Sein Aussehen war ihr offensichtlich zu peinlich gewesen und hatte sie zu sehr verstört. Das musste die Erklärung dafür sein, dass sie den eigenen Papa jetzt nicht wiedererkannt hatte.

Sie ging auf ihren Vater zu. Lukas stand auf und nahm seine Tochter in den Arm. Tränen kullerten über seine Wangen. Glückseligkeit durchströmte ihn. Dafür wollte er alle Widrigkeiten, die ein Entzug mit sich brachte, in Kauf nehmen. Jetzt nur keinen Fehler machen und alles zerstören. Er wollte Louisa nicht mehr aus der Umarmung freigeben. Doch seine Tochter löste sich aus ihr und setzte sich neben ihn auf die Bank.

«Dir geht es besser als letztes Mal, als wir uns trafen. Ich bin gekommen, weil ich dir helfen will, wieder ein normales Leben zu führen.»

Louisa hielt sich die Hand vor den Mund.

«Entschuldige, ich meinte natürlich, in dem Rahmen deiner Möglichkeiten nach dem blöden Unfall.»

Lukas zog seinen Schreibblock aus der Tasche:

«Du hast schon geholfen, weil du gekommen bist. Danke dir! Werde mich ändern. Ich schaffe es, wenn du mir weiter hilfst. Du bist so lieb! Danke! Treffpunkt immer hier?»

«Gerne! Wir können uns auch bei dir zu Hause treffen. Ist ja nicht immer schönes Wetter. Aber das kannst du entscheiden. Wie es dir lieber ist.»

«Später einmal. Muss erst aufräumen.»

«Beim Aufräumen helfe ich dir gerne. Hast du eigentlich einen Hausarzt? Wenn du dein Leben ändern willst, brauchst du sicher professionelle Hilfe. Ich kann das gerne für dich arrangieren. Du kannst ja nicht telefonieren.»

«Tue das. Bin froh!»

«Es wollen dir auch andere helfen!»

Als ihr Vater sie fragend anblickte, fuhr sie fort:

«Ich war bei Karla und Paul in Friedrichshafen. Es war sehr ...»

Louisa hielt erschrocken inne. Ihr Vater hatte mit der Erwähnung von Karla und Paul plötzlich seinen Gesichtsausdruck verändert.

«Hätte ich das nicht machen sollen? Willst du das nicht? Ich dachte mir nur, weil der Paul doch dein Freund ist, rede ich mit den beiden. Mit Mama geht das ja nicht.»

«Doch, doch. Das war überraschend für mich. Alles in Ordnung!»

«Dann bin ich froh. Beide sind nämlich sehr besorgt um dich und wollen dir helfen. Wenn es dir nichts ausmacht, kommen sie einmal mit mir, um dich zu besuchen. Du hast ja nichts dagegen?»

Lukas schüttelte den Kopf und ergriff Louisas Hand und drückte sie. Dann schrieb er:

«Wenn es nicht regnet, bin ich jeden Tag an dieser Bank.»

«Ich habe immer um diese Uhrzeit aus. Dann komme ich her. Und überlege dir noch, wann wir uns bei dir treffen können. Mein Angebot steht nach wie vor, ich helfe dir beim Aufräumen. Servus, bis morgen!»

Voller Zuversicht auf seine weitere Zukunft blickte er seiner Tochter nach, bis sie in der Menschenmenge verschwunden war. Was war er nur für ein Glückspilz, dass er eine so tolle Tochter hatte. Jetzt meldete sich sein Körper. Es wurde höchste Zeit, nach Hause zu gehen. Er spürte die nahende Unruhe und ein leichtes Schwitzen seiner Hände. Die harte Realität hatte ihn wieder in Besitz genommen.

Lukas hatte über eine Woche sein Haus nicht mehr verlassen, trotz schönen Wetters. Er ernährte sich nur noch von Keksen und Ravioli mit Tomatensoße aus der Dose. Zum Einkaufen fühlte er sich zu schwach und für ein Treffen mit Louisa fand er eine Ausrede nach der anderen. Entweder er war zu müde, oder er befürchtete, krank zu werden. Dann wieder war es zu windig. Wenn er ehrlich zu sich war, wusste er um den Grund seiner unguten Verfassung. Eigentlich waren es zwei Anlässe, die ihn so belasteten.

Louisa hatte mit Lukas Hausarzt einen Termin ausgemacht, den er auch wahrgenommen hatte. Doch das Gespräch verlief nicht nach seinen Vorstellungen. Dass er nahezu ein halbes Jahr in einer Rehabilitationseinrichtung verbringen sollte, hätte er gerade noch toleriert. Aber dass er seine Probleme vor wildfremden Menschen ausbreiten sollte, ging ihm aus heutiger Sicht entschieden zu weit.

Der andere Grund war der letzte Besuch seiner Tochter. Sie war nicht alleine gekommen. Im Schlepptau erschienen

Karla und Paul. Anfangs lief alles ganz entspannt. Dann aber fühlte sich Lukas zunehmend unwohl in seiner Haut. Er hatte bemerkt, dass Karla und Paul anscheinend ein Paar waren. Er bekam seinem Freund gegenüber ein schlechtes Gewissen, wie er sich Karla gegenüber verhalten hatte. Einem Freund die Freundin streitig zu machen, war ja recht schäbig. Aber wusste Paul überhaupt etwas von seiner Belästigung von Karla? In der Folge beteiligte sich Lukas nur noch wenig an dem Gespräch. Ab und zu nickte er kurz, zu mehr war er nicht fähig. Eigentlich schade, da besonders Paul ihm immer wieder mit interessanten Vorschlägen wie zum Beispiel kleinen Bergwanderungen seine Hilfe anbot.

Lukas stellte nur fest, dass er seit diesem Treffen unruhiger war. Scheinbar ertrug er keinerlei Belastungen mehr. Er bemerkte auch, dass er täglich mehr Alkohol benötigte, um wieder ruhiger zu werden. Wohin das führen würde, war ihm bewusst. Gleich morgen würde er wieder zur Parkbank gehen, um Louisa zu treffen. Alleine hatte er keine Chance, das leuchtete ihm ein. Ihm wurde auch langsam klar, dass er nicht in der Position war, Ansprüche zu stellen.

Dann ging alles recht schnell. Lukas bekam überraschend schnell einen Platz in der Klinik zum körperlichen Entzug. Anschließend wurde ihm in Aussicht gestellt, in der Suchthilfe Fachklinik Ringgenhof seine Sucht behandeln zu lassen.

Nun musste alles ruck zuck gehen, bevor es sich Lukas wieder anders überlegte. Deshalb begleitete Louisa ihren

Vater nach Hause und packte mit ihm eine kleine Reisetasche. Sie ließ nicht locker, auch wenn er auffällig langsam seine Wäsche zusammensuchte. Lukas hatte keine Chance, zu entkommen. Louisa fuhr im Taxi mit ihm in die Klinik unweit von Lindau und wartete, bis er in seinem Zimmer untergebracht war. Unter Tränen, aber erleichtert verabschiedete sich Louisa von Lukas. Beiden war bewusst, dass nun eine schwierige Zeit anbrechen würde.

«Louisa, musst du denn nichts mehr für die Schule tun? Du bist ja seit Wochen nur noch unterwegs! Hast du einen neuen Freund?»

«Mama, was soll denn das schon wieder. Du willst doch nur wissen, wo ich in letzter Zeit immer war. Keine Angst, in der Schule läuft alles bestens und einen neuen Freund habe ich auch nicht.»

«Ich mach mir halt Sorgen. Das verstehst du doch?»

«Du musst dir keine Sorgen machen. Ich bin in der letzten Zeit wegen Papa viel unterwegs. Der braucht mich momentan. Ich hab dir nichts gesagt, weil du ja mit dem Kapitel Papa nichts zu tun haben willst.»

«Was ist mit deinem Vater? Ist ihm etwas Schlimmes passiert? Ist er im Krankenhaus? Hat er sich jetzt doch zu Tode gesoffen?»

«Da bist du auf dem Holzweg. Ich verstehe nicht, wieso du immer noch so böse auf ihn bist. Du weißt doch, dass er sich ändern will. Aber ich kann dich beruhigen. Er ist bei bester Gesundheit, soweit man bei ihm von Gesundheit sprechen kann, wenn das Sprechen nicht funktioniert wie bei uns. Ich wäre froh, wenn du etwas normaler von Papa sprechen könntest. Er ist schließlich mein Papa und war lange Zeit dein Mann. So blöd kann er ja dann nicht gewesen sein!»

Louisa hatte sich in Rage geredet. Ihr Gesicht glühte und ihre Hände zitterten ein wenig. Schon seit einiger Zeit störte sie das Verhalten ihrer Mutter. Als sie jetzt fragte, ob sich ihr Vater zu Tode gesoffen hätte, war das Fass übergelaufen. Nur langsam konnte sie sich beruhigen. Als sie sah, wie erschrocken ihre Mutter auf ihren Gefühlsausbruch reagiert hatte, tat es ihr schon wieder ein wenig leid. Gerade wollte sie sich entschuldigen, als ihre Mutter entgegnete.

«Louisa, es tut mir leid, wenn ich eben über deinen Vater schlecht gesprochen habe. Der Stachel sitzt halt noch tief in meinem Inneren. Was ist mit ihm, dass du so viel Zeit für ihn aufbringen musst?»

«Papa krempelt gerade sein ganzes Leben um. Er ist schon über drei Monate in der Reha in der Fachklinik Ringgenhof. Da besuche ich ihn, so oft ich kann. Er hat ja außer mir, Paul und Karla niemanden mehr. Du willst ja nichts mehr von ihm wissen. Dabei würde er sich sicherlich freuen, wenn du ihn auch besuchen würdest. Ich glaube, dass er es zutiefst bereut, was er Dir angetan hat.»

«Das wusste ich alles nicht. Ich verstehe, dass du deinem Vater in dieser Zeit beistehen willst. Für mich ist dieses Kapitel ein für alle Mal vorbei. Das solltest auch du einmal akzeptieren. Lukas hat mich so tief verletzt, das lässt sich nicht mehr reparieren.»

«Ich werde Papa weiter unterstützen, so gut ich kann. Das musst du auch verstehen. Davon lasse ich mich auch nicht abbringen.»

«Das tue ich auch nicht, Louisa. Mach, was du für richtig erachtest. Ich lege dir auf jeden Fall keine Steine in den Weg. Versprochen! Vertragen wir uns wieder?»

«Klar, Mama!»

Und schon verschwand Louisa in ihrem Zimmer, um die nötigen Schularbeiten zu erledigen. Außerdem musste sie sich noch mit Paul und Karla absprechen, wann sie zusammen ihren Vater besuchen wollten. Da es ja ein Wochenende sein musste, gab es von ihrer Seite keine Terminprobleme. Mit Erik traf sie sich unter der Woche. Mit ihm hatte sich nach anfänglichem Abtasten eine tiefere Beziehung entwickelt. Er akzeptierte auch, dass ihr Vater momentan immer an erster Stelle stand. Er fand dies nicht nur gut, sondern unterstützte Louisa bei der Hilfe für ihren Vater, wo es nur ging.

Kapitel 16

Lukas sog die Bodenseeluft ein, als wäre er soeben vom Ertrinken gerettet worden. Er war dem Gefängnis entronnen. Seinem Gefängnis, dem Alkohol. Jetzt spürte er die Freiheit der Gedanken. Zufrieden blickte er auf sein Haus und den Garten. Alles war aufgeräumt. Der Rasen gemäht, die Beete von Unkraut befreit. So ordentlich kannte er sein Zuhause nicht. Auch im Inneren des Hauses herrschte Ordnung. Er traute seinen Augen nicht. Er war doch nüchtern. Hier sah er die Realität. Louisa sah ihrem erstaunt und ungläubig umherschauenden Vater an, dass ihre Überraschung geglückt war. An zwei Wochenenden und unter der Woche am Abend hatten Louisa, Paul und Karla Haus und Garten auf Vordermann gebracht. Damit sie es bis zum Eintreffen von Lukas schafften, hatte sogar Erik noch mitgeholfen.

«Papa, das hab ich alles nicht alleine geschafft. Paul und Karla haben mir viel geholfen. Zum Schluss zu war auch mein Freund Erik mit dabei. Wie ich sehe, gefällt es dir.»

Lukas nickte, hob den Daumen und nahm Louisa in beide Arme. Er musste seiner Tochter nicht antworten. Er zeigte ihr seine Freude und Dankbarkeit mit dieser Geste.

«Das haben wir gerne gemacht, Papa. Hauptsache, du fühlst dich zu Hause wohl.»

Louisa setzt Wasser auf, um Tee zu machen.

«Du trinkst doch Tee?»

Lukas nickte heftig und lächelte dabei. So schön dieser Augenblick für ihn auch war, seine Behinderung, nicht sprechen zu können, war geblieben. Nur nahm er sie zum Unterschied zu früher jetzt an. Es war ein harter und anstrengender Kampf. Aber er hatte ihn aufgenommen und hatte durchgehalten. Er hatte ihn bescheidener gemacht, aber er war trotzdem stolz auf sich und seine Tochter. Er wusste, dass er trotz aller Zurückweisungen nicht alleine war.

Er hatte in den letzten Monaten gelernt, damit umzugehen, geduldig zu sein. Er ging Problemen auf den Grund, suchte den Schuldigen nicht nur bei den anderen, sondern auch bei sich selbst. Er hatte erkannt, dass die Lösung von Problemen nicht der Alkohol war. Er vergrößerte sie nur. Er musste zu seinen Fehlern stehen. An sich arbeiten, damit sie nicht ein zweites Mal geschahen. Dass er nicht mehr sprechen konnte, war sicher nicht die Schuld eines anderen. Er selbst hatte einen folgenschweren Fehler begangen.

Lukas ging ein langes Gespräch mit einem Therapeuten nicht mehr aus dem Kopf. Es ging um die Sprache. Er erfuhr, dass sie ein wichtiges Element in der Kommunikation zwischen den Menschen ist. Aber nicht das Einzige. Er erfuhr von Spiegelneuronen, die dafür verantwortlich sein sollen, dass wir die Mimik und die Gefühle des anderen unbewusst reflektieren wie ein Spiegel. Bei diesem Gespräch wurde auch bewusst, dass ihm durch den Wegfall der Sprache und der so ausbleibenden Resonanz bei der Kommunikation die Anerkennung fehlte, die für ihn doch so

eminent wichtig war. Durch den übermäßigen Alkohol-
genuss war sein Spiegel völlig verzerrt. Die Kumpane auf
der Straße erschienen ihm als die Normalität. Ihr Verhalten
färbte auf das seine ab.

Den anderen Menschen war er ausgewichen. Es gab
keine Korrektur mehr für sein verzerrtes Bild von der Welt
und von sich selbst. Erst seine Tochter hatte ihm den Spiegel
vorgehalten und erst der Aufenthalt in der Klinik hatte ihm
beigebracht, das Bild, das er von sich sah und sehen musste,
zu akzeptieren.

Er, dem früher alles zugeflogen war, musste kämpfen,
um etwas zu erreichen. Er, der sich selbst die Regeln
gegeben hatte, musste sich nach den Regeln der anderen
richten. Er, der sich als unabweisbar gehalten hatte, musste
sich an Zurückweisungen gewöhnen. All das war nicht mit
Worten abgetan, auch nicht mit den smarten Vorschlägen
eines Juristen.

Die Kehrtwende aus der Gosse schaffte er erst, als er in
seiner Tochter den Spiegel wiederfand. Seither war das
Fehlen der Sprache nicht mehr sein Hauptproblem. Jetzt war
der Alkohol sein Feind. Den hatte er aber jetzt hoffentlich
aus seinem Leben verbannt.

Lukas hatte in den letzten Monaten hart mit sich ringen
müssen. Seit er diese Sprachlosigkeit nicht mehr als das böse
Ungeheuer ansah, ging es ihm besser. Er hatte langsam
gelernt, damit zu leben. Er erkannte jetzt, dass sein nicht
Sprechen können ab sofort zu seinem Leben gehörte und er
in seinem eigenen Interesse damit zurechtkommen musste.

Seither fühlte er sich selbst nicht mehr als Behinderter, was zur Folge hatte, dass er selbstbewusster auftreten konnte. Sein Leben war einfacher geworden. In ihm hatte Alkohol keinen Platz mehr. Probleme konnte er ohne dieses Teufelszeug viel besser lösen. Und er hatte Louisa. Seinen Spiegel und sein Fels in der Brandung.

«Papa, wenn du alleine sein willst, musst du es mir nur sagen. Bevor ich gehe, muss ich aber noch eines loswerden. Ich war bei einem Kollegen von dir, bei dem du schon einmal gearbeitet hast. Er würde sich freuen, wenn du dich bei ihm einmal melden würdest. Er war mit deiner Arbeit damals sehr zufrieden.»

Lukas lächelte und nickte. Er zog seinen Schreibblock aus der Tasche und schrieb:

«Gute Idee! Habe mir selbst Gedanken gemacht. Ich möchte diesen armen Alkoholikern und Obdachlosen helfen. Sie in juristischen Fragen beraten. Helfen, dass sie ihr Recht bekommen. Sie sind die Verlierer der Gesellschaft. Wenn dass über eine Kanzlei ginge, wäre es wunderbar. Werde den Kollegen gleich morgen aufsuchen. Zufrieden?»

Für sich dachte er: Ich will ihnen ihren Spiegel wieder zurückgeben. Ich will für sie die Tochter sein, die ihren Vater rettet.

«Das wäre toll! Ich schaue jetzt öfter bei dir vorbei, falls du Unterstützung brauchst. Passt das für dich?»

Eine innige Umarmung ersetzte erneut die Antwort. Sie war erstaunt, wie ruhig und gelassen ihr Vater seine Vorstellungen zu Papier gebracht hatte. Nicht so ungeduldig und fahrig wie früher. Dann ging Louisa. Sie wollte noch Erik treffen. Es gab ja viel zu bereden.

«Herr Keller, schön Sie wieder zu sehen. Wir haben Sie schon vermisst. Ihre klaren und erfolgreichen Vertragsausarbeitungen vermissen wir sehr. Ihre Tochter berichtete mir, dass Sie Interesse hätten, erneut bei uns einzusteigen. Im gleichen Tätigkeitsfeld wie früher oder haben Sie in der Zwischenzeit andere Vorstellungen? Es genügt, wenn Sie Notizen machen.»

Lukas nickte kurz und begann aufzuschreiben, wie er sich seine Tätigkeit in dieser Anwaltskanzlei vorstellte. Er begann ohne Eile, seine Wünsche aufzuschreiben.

«Herr Keller, lassen Sie sich Zeit. Ich lasse Sie mal alleine. Ich komme dann später auf Sie zurück, dann können wir alles zusammen besprechen. Geht das in Ordnung für Sie?»

Lukas nickte kurz und hob den Daumen als Zeichen, dass er dieses Vorgehen ebenfalls befürwortete.

«Meine Vorstellungen für eine Tätigkeit in Ihrer Kanzlei sind: Ich habe in der Gosse viel Übles erlebt. Die Menschen dort sind mittellos und häufig krank. Ihnen fehlt nicht nur Geld und Gesundheit, sondern auch der Zugang zu unserer Rechtsprechung. Ich will es nun diesen Menschen ermöglichen, an unserem Rechtssystem teilzunehmen. Ich will sie beraten, wann es Sinn macht zu klagen und wann sie die Finger davon lassen sollten. Sind sie ungerecht behandelt worden, will ich ihnen zu ihrem Recht verhelfen. Haben sie

selbst unrecht getan und müssen vor Gericht, will ich ihnen zur Seite stehen. Bisher verweigern sie oft die rechtliche Hilfe aus Angst vor hohen Kosten. Ich will ihnen zeigen, wie der Staat sie finanziell unterstützt. Wie sie unbeschwert von finanziellen Ängsten ihr Recht einklagen können. Dabei denke ich auch an Ihre Kanzlei. Ein eigenständiges Ressort für Bedürftige, verschuldet oder unverschuldet, würde sicher auch das Renommee für Sie erhöhen. Finanziell würde es sich auch nach Abzug des Gehalts von mir und einer Hilfskraft sicher rechnen. Aber es gibt noch ein Anliegen, das mir sehr am Herzen liegt. Viele in der Gosse sind behindert, geistig oder körperlich oder beides. Ein Behinderter von der Straße ist ein Mensch zweiter Klasse. Er wird von einer Ecke in die andere geschoben. Wenn man wie ich nicht sprechen und somit nicht wehren kann, ist es ganz besonders verletzend. Diese Wortlosigkeit wird von vielen in der Bevölkerung als Widerstand angesehen. Und Andersartigkeit wird einfach ignoriert. Man darf in der Gesellschaft nicht mehr mitspielen. Wir kennen das ja aus der Kindheit. Diese moralische Bevormundung will ich nicht mehr mit Alkohol zuschütten. Ich toleriere sie nicht mehr und will deshalb für diese benachteiligten Menschen kämpfen, indem ich ihnen helfe, ihr Recht zu bekommen.»

Die Tür öffnete sich und eine Sekretärin brachte Kaffee und Gebäck.

«Herr Keller, Dr. Noldau kommt auch gleich. Lassen Sie es sich schmecken!»

Und schon war sie wieder verschwunden. Es dauerte tatsächlich nicht lange, dass der Anwalt zurückkehrte. Lukas reichte ihm seine Wünsche. Dr. Noldau setzte sich und las aufmerksam Zeile für Zeile. Aus seiner Mimik war nicht abzulesen, was er von Lukas Vorstellungen dachte. Kein Stirnrunzeln, kein Verziehen der Mundwinkel, kein Lächeln. Dieser Anwalt war mit allen Wassern gewaschen, seine Gedanken behielt er für sich. Auch Lukas verzog keine Mine und wartete geduldig auf eine Antwort des Anwalts.

«Herr Keller, beim Lesen Ihrer Wünsche bekam ich ein leises Gefühl dafür, was Sie in letzter Zeit durchgemacht haben müssen. Dass Sie mir heute mit so klaren Vorstellungen und einem hohen Maß an Selbstbewusstsein gegenübersitzen, nötigt mir den größten Respekt ab. Eine eigene Abteilung scheint mir aber eher das Ergebnis als der Anfang einer neuen Tätigkeit zu sein. Ich kann mir vorstellen, dass Sie an den Fällen mitbearbeiten, bei denen es sich um Probleme mit Kosten für Anwalt und Gericht dreht.»

«Die Kosten sind auch ein Problem. Aber die Menschen aus der Gosse muss man führen, anleiten. Ohne Anstoß geht nichts. Man muss vor Ort sein. Die Menschen müssen wissen, zu dem muss ich gehen, wenn ich etwas Juristisches benötige. In eine Kanzlei würden sie nie und nimmer gehen. In einen separaten Raum neben dem Supermarkt zum Beispiel schon. Sie dürfen nicht schon durch die noble Umgebung eingeschüchtert werden.»

«Da muss ich Ihnen recht geben. Ob ich Ihren Vorschlag umsetzen kann, weiß ich noch nicht. Dafür benötige ich etwas Zeit. Je länger ich darüber nachdenke, desto sympathischer erscheint er mir aber. Vielleicht kommen Sie in einer Woche noch mal vorbei. Ich prüfe bis dahin, ob Ihre Anregung für uns passend und auch umsetzbar ist. Einverstanden?»

Lukas nickte und verließ die Kanzlei mit einem guten Gefühl. Es trügte ihn nicht. Lukas erfuhr nach einer Woche: Er war ab sofort Mitarbeiter der Kanzlei Dr. Noldau. Er bekam sogar ein eigenes Büro mit einer Mitarbeiterin außerhalb, aber nahe der Kanzlei für seine künftige Arbeit. Ein alter Tante-Emma–Laden um die Ecke hatte aufgeben müssen und stand zum Verkauf.

Nun konnte er es nicht mehr erwarten, Louisa mit dieser neuen Nachricht zu überraschen. Sie wollte ihren Vater heute besuchen und das Haus wieder ein Stück weiter auf Vordermann bringen. Am Wochenende wollten Paul und Karla zu Besuch kommen. Da sollte es schon ordentlich ausschauen.

«Hallo Papa, wie war es bei Dr. Noldau?»

Lukas hob beide Daumen und lächelte seine Tochter an.

«Da musst du mir schon noch genauer darüber berichten. Ich will genau wissen, was du erreicht hast!»

Lukas setzte sich an den Esstisch und schrieb seiner Tochter genau auf, welche Tätigkeiten in Zukunft auf ihn zukommen würden.

«Das ist ja viel mehr, als wir beide erhofft hatten! Super! Das freut mich riesig für dich. Dann hat sich diese Schinderei im letzten halben Jahr doch gelohnt. Toll! Da werden

Paul und Karla aber Augen machen, wenn sie erfahren, dass du wieder in deinem alten Beruf arbeiten kannst. Freust du dich schon, wenn du sie wieder triffst?»

Er nickte und streckte den Daumen hoch. Die Aussicht auf ein Leben als Jurist mit sozialen Ambitionen und sein häufiger Umgang mit Louisa gaben ihm die nötige Kraft, auch ohne Alkohol ein gemütliches und zufriedenes Leben genießen zu können. Dass er dabei fast ausschließlich auf sich schaute, empfand er nicht als Egoismus. Das musste er, wenn er überleben wollte. Das wollte er und noch vieles mehr. Dazu gehörten Zufriedenheit und seine Tochter Louisa, ohne die er das alles nie geschafft hätte.

Versunken in diesen Gedanken musste er aber irgendetwas vergessen haben. Er spürte es ganz deutlich, es wollte ihm einfach nicht einfallen. Dann funkte es plötzlich. Paul! Den hatte er völlig vergessen. Dabei spielte er doch eine so wichtige Rolle, als er in der Entzugsklinik lag und mit seinem Schicksal haderte. Als er unbeholfen und hilflos in seinem Zimmer lag und sich bemitleidete. Ohne Besitz der Sprache war er doch der ärmste Hund auf der weiten Welt. Ein Säugling konnte wenigsten lauthals brüllen, wenn er Hunger oder Schmerzen hatte. Er aber lag da und hatte Schmerzen und Hunger und Durst und konnte nicht schreien. Er musste warten, bis eine Schwester oder ein Pfleger kamen. Und dann? Im Liegen etwas auf einen Block kritzeln, das dann nicht oder nur schwer entziffert werden konnte, war quälend gewesen. Dann kam noch das Gefühl dazu, durch seine Langsamkeit den ganzen Betrieb aufzuhalten. Trotz seines desolaten Zustands hatte er die Eile und die Hast gespürt, die dann um sich griff.

Das war dann der Moment, dass er an Paul dachte. Wie es ihm wohl ergangen war, als er nach dem Brand im Krankenhaus lag und sich nicht gegen die Anschuldigungen und Verdächtigungen wehren konnte. Auf der Insel Reichenau war es sicher nicht viel anders gewesen. Aber er hatte sich durchgesetzt. Hatte eine Tätigkeit begonnen, hatte mit sicher gewaltigem Aufwand das Sprechen wieder gelernt. Und das alles mit dem Handicap eines Autisten.

«*Wenn Paul das alles geschafft hat, kann ich es auch. Das wäre doch gelacht. Natürlich schaffe ich das.*» Dies war ihm im Entzug durch den Kopf gegangen und hatte ihm die nötige Kraft gegeben, nicht aufzugeben. Dass er das fast vergessen hatte, ärgerte ihn. Wenn Paul ihn in ein paar Tagen besuchte, wollte er ihm dies mitteilen. Paul sollte ruhig wissen, welche Bedeutung sein mühsamer Werdegang für sein künftiges Leben hatte.

Lukas holte sich noch ein paar Kekse. Er musste sich etwas bremsen, sein Gewicht stieg in den letzten Wochen rasant. Diese Naschereien zwischendurch, besonders am Abend, sowie die regelmäßigen Mahlzeiten waren nicht ohne Folgen geblieben. Missen wollte er diese süßen Verführungen nicht. Sie schenkten ihm ein Wohlgefühl, das er sonst nur durch den abendlichen Rotwein und mit einer Zigarre erlebt hatte.

Ja, der Paul war ein Freund. Nein, das stimmte nicht. Er ist ein Freund. Das wollte er ihn am Wochenende spüren lassen. Und Karla? Für sein Verhalten schämte er sich jetzt. Was war da nur in ihn gefahren, als er sie so gestalkt hatte? Das musste für immer Vergangenheit bleiben. Karla war mit Paul zusammen. Das durfte nicht mehr zerstört werden. Schon gar nicht von ihm. Das schwor er sich.

Hätte Lukas geahnt, was ihn am Wochenende erwartete, wäre er nicht so nachdenklich gewesen.

Paul und Karla wollten ihren Besuch bei Lukas mit einem Paukenschlag beginnen. Er sollte als Erster erfahren, dass beide vorhatten, zu heiraten. Karla und Paul waren sich einig geworden, dass es an der Zeit war, ihre Verbindung endlich öffentlich zu machen. Sie wussten nur nicht, wie das geschehen sollte. Das Thema Hochzeit wagte keiner anzusprechen. Dies sollte sich ändern, als Paul eines Tages unaufhörlich eine Melodie summte. Karla kannte sie und sang sie mit. Es war einer ihrer Lieblingssongs: «Purple Rain» von Prince. Sie hatte sich gefragt, wie Paul wohl gerade auf dieses Lied gekommen war, das sein Schicksal so treffend widerspiegelte.

«Paul, wie kommst du auf dieses Lied?»

«Habe es im Radio gehört, gefällt mir ganz gut! Warum?»

«Weißt du, um was es in diesem Song geht?»

«Keine Ahnung! Die Melodie gefällt mir. Geht mir nicht mehr aus dem Kopf.»

«Purple Rain bedeutet: Lila Regen. Prince hat dieses Lied seinem gewalttätigen Vater gewidmet. Das Rot des

Blutes vermischt sich mit dem Blau des Himmels als Hoffnung zu der Farbe Lila. Wenn das Leben in die Brüche geht, sollte man sich auf seine Liebsten besinnen und nie die Hoffnung aufgeben. Das kennst du doch!»

Paul überlegte eine Weile und bestätigte Karla:

«Wie bei mir!»

Und nach einer kurzen Pause:

«Und wie bei Lukas! Wir sind uns gleich. Das Lied soll einmal bei meiner Hochzeit gespielt werden. Und der Lukas soll mein Trauzeuge sein.»

Karla war damals sprachlos. Ausgerechnet Paul sprach als Erster die Hochzeit an. Für ihn schien ihre Verbindung also in eine Hochzeit zu münden. Diese Selbstverständlichkeit freute Karla und war der Anlass, dass sie beide Hochzeitspläne schmiedeten.

Doch Paul wollte Lukas nicht nur seine Hochzeit verkünden. Er wollte ihm auch mitteilen, dass er und Louisa, die demnächst ihren 18. Geburtstag feierte, die Trauzeugen von Karla und ihm werden sollten.

Mit verklärtem Gesichtsausdruck summte Paul leise «Purple Rain».

Am Abend lag Lukas auf seinem Sofa im Wohnzimmer und lauschte einem Jazzkonzert im Radio. Er hatte es sich bei Kerzenlicht und einem Glas Tee gemütlich gemacht. Er feierte den Wiedereinstieg in seinen Beruf. Nicht mit einem erlesenen Glas Rotwein und einer Zigarre, wie er es früher gewohnt war.

Das war lange vorbei. Er hatte Zeit gehabt in der Therapie und danach. Er konnte nachdenken und sich Alternativen überlegen. Spazierengehen schien ihm erst nicht so reizvoll. Je öfter er jedoch unterwegs in der Natur war, desto mehr Gefallen fand er daran. Es hatte für ihn etwas Gleichmäßiges.

Manchmal kam er sich vor wie ein Boot, das in der Brandung auf und nieder schwappte und trotzdem im Gleichgewicht blieb. So sah er auch sein Ziel: Sich bewegen und im Gleichgewicht bleiben. Jeden Morgen vor dem Frühstück und jeden Abend nach dem Abendessen genoss er seine Bewegung und fühlte sich in seinem Gleichgewicht pudelwohl. Manchmal setzte er sich spontan auf eine Bank, nur um zu träumen oder nachzudenken. Oft verlor er sich dabei in seinen Gedanken. Wie er jetzt so auf der Bank saß, betrachtete er einen Bauernhof, der auf der anderen Straßenseite ein heimeliges Gefühl von Feierabend und Genuss in der Abenddämmerung verbreitete. Noch war auf dem Hof keine Ruhe eingekehrt, aber es würde nicht mehr lange dauern. Hektische Bewegungen waren noch deutlich am Taubenschlag zu erkennen. Die Vögel kamen in den Schlag zurück und einige verließen ihn und saßen gurrend auf den angrenzenden Dächern.

«Die geben doch nie Ruhe» kam es Lukas in den Sinn. Plötzlich befiel ihn eine seltsame Unruhe. Hier herrschte ein automatisches Kommen und Gehen, Landen und Starten. Jedes Tier hatte seine Aufgabe und kam seinen Verpflichtungen nach, ohne denken zu müssen. Die Aktivität und Unruhe der anderen Tauben ließ keine Wahl, als dem Zwang nachzukommen, selbst weiter zu hetzen. Wie in einem Gefängnis, obwohl Fliegen die größte Freiheit versprach. Das alles glich einem Hamsterrad, in dem man selbst nicht die Drehgeschwindigkeit bestimmen konnte. «Wie in meinem früheren Leben», entfuhr es Lukas. Das wollte er unter keinen Umständen nochmals erleben! War es wirklich das, was er früher wollte? War er nicht gerade auf dem besten Weg, dahin wieder zurückzukehren?

Er musste mit irgendjemand darüber reden! Aber mit wem? Wer war ihm noch geblieben? Paul? Der wusste nichts von einem solchen Leben im Taubenschlag. Er hatte sich von Anfang an frei gemacht. Ob Lukas deshalb früher so fasziniert war von Paul?

Oder sollte er es bei Karla versuchen? Mit der hatte er es sich sicher für immer verscherzt. Bei ihr hatte er den unüberwindbaren Prinzen spielen wollen. Wollte er ihr jetzt eine solche Schwäche und Hilfsbedürftigkeit signalisieren? Konnte sie das vielleicht doch als die neue Masche einer Annäherung sehen?

Marie? Die war nicht mehr für ihn zu sprechen. Selbst wenn sie bereit wäre, sie hatte ihn doch andauernd in seiner Hamsterradmentalität bestärkt. Obendrein hatte sie die soziale Anerkennung genossen und war stolz, in einem solchen Taubenschlag zu leben. Mit ihr wäre es nie möglich gewesen, aus dem Gefängnis der gesellschaftlichen Verpflichtungen auszubrechen.

Wer blieb da noch? Mit wem war er noch vertraut? Seine Tochter Luisa? Aber durfte er sie mit den Gedanken eines für sie älteren Mannes belasten? Mit einem Mann in einer Midlife-Crisis? Er lächelte vor sich hin: Midlife-Crisis war ihm plötzlich in den Sinn gekommen. War es das?

War es nur eine Midlife-Crisis oder war sein Unbehagen schon viel früher da? Bereits zu der Zeit, als er seinen Eltern mit ihrem lehrerhaften Bildungsdünkel und ihrer biederen Anpassungsmoral entkommen wollte? Hatte er damals Paul deshalb beneidet, weil er sich von allen Verpflichtungen befreit hatte?

Das Experiment Paul war danach gescheitert und er war in seine alten Fußstapfen als angepasster und erfolgreicher Anwalt zurück gestiegen. Er hatte Gefallen an seinem Taubenschlag gefunden und wäre unzufrieden gewesen, wenn die Anfragen seiner Klienten nicht auf ihn eingeprasselt wären. Auch nach seinem Unfall war er seinem Gefängnis nicht entkommen. Er war zwar nicht mehr im Taubenschlag, aber er war in die Betäubung mit Alkohol gefallen. Das war noch viel schlimmer! Im Taubenschlag konnte er seine Selbstachtung und sein Selbstbewusstsein bewahren. Durch das Saufen war auch das verloren gegangen.

Wie war es jetzt? Sollte er erneut in die alten Fußstapfen treten oder musste er doch etwas Neues beginnen? Er wollte mit Luisa reden. Er schrieb ihr einen Brief.

Luisa war von dem Brief ihres Vaters überrascht. Er bat sie um Hilfe, weil für ihn wichtige Entscheidungen anstehen würden. Ob sie dazu bereit wäre, hatte er gefragt.

Lukas und Luisa trafen sich zum Tee im Haus des Vaters. Lukas hatte einen weiteren Brief verfasst und ihn Luisa zum Lesen gegeben:

«Ich will nicht da wieder einsteigen, wo ich schon einmal aufgehört habe. Ich will mich nicht mehr anpassen und nicht vom Wohlwollen der anderen abhängen. Ich will etwas Eigenes machen.»

«Aber du warst doch glücklich!»

Luisa unterbrach ihren Vater. Der schüttelte zögerlich den Kopf, sein Brief war noch nicht zu Ende, er deutete auf den Text, in dem noch stand:

«Mir ist klar geworden, dass ich immer wieder unzufrieden war. Die Anerkennung und der Applaus haben mir schon gefallen, aber das war nicht, was ich wirklich wollte. Ich wollte unabhängig sein, meinen eigenen Weg gehen, mich nicht danach richten müssen, was andere von mir erwarten. Mein Freund Paul hat keine Anerkennung gebraucht. Da wollte ich etwas lernen. Das ist aber gescheitert. Dann bin ich deiner Mama begegnet und wir wurden eine glückliche Familie. Bis Paul wieder auftrat. Da habe ich gemerkt, wie weit ich mich bereits von meinen Jugendzielen entfernt habe. Meine liebe Luisa, du hast mir geholfen, in die alten Fußstapfen zu steigen. Ich will aber nicht schon wieder in den Taubenschlag einer Kanzlei

zurückkehren. Ich will etwas tun, was für mich Sinn macht. Aber ich weiß nicht, ob ich das ganz alleine schaffe?»

Luisa war baff, das hatte sie nicht erwartet. Ihr Papa, der für andere alle Probleme lösen konnte, wollte jetzt ihre Hilfe, um seine eigenen Probleme zu lösen.

«Willst du immer noch aus den Konventionen ausbrechen?», fragte sie ganz verwundert. Lukas schrieb auf den Notizblock, den er immer mit sich führte:

«Ich will etwas tun, was ich kann und was doch nicht in den Rahmen fällt. Ich will etwas tun, was mich zufriedenstellt. Ich will etwas tun für die Leute, die mir auf der Straße geholfen haben und für die Leute, die genauso wenig reden können wie ich. Ich will etwas tun, das Sinn macht für diese Leute. Einen Sinn, den sie selbst erkennen und den sie dann auch für sich suchen. Er darf auch nicht von den anderen definiert werden.»

Luisas Augen begannen zu strahlen. So begeistert hatte sie ihren Papa schon lange nicht mehr erlebt; er wirkte ganz fiebrig. Insgeheim fragte sie sich, ob er schon jemals so voller Freude war. Sie verstand ihn nur zu gut.

«Du bist richtig jung geblieben.»

Louisa war voller Stolz.

«Wollen das nicht alle jungen Leute, das tun, was sie selbst für sinnvoll halten? Aber kannst du das alleine schaffen? Ich würde dir am liebsten gleich helfen, aber ich weiß schon, was die Mama dann sagt: Erst mal auf die Universität und dann kannst du ja machen, was du willst. Aber ich will dir helfen, wann immer ich die Zeit habe.»

Lukas wusste jetzt, dass er sich richtig entschieden hatte. Ihm war aber auch klar, dass er noch weit von seinem Ziel entfernt war, und er sich langsam Schritt für Schritt seinem Ziel nähern musste. Er benötigte dringend Hilfe. Dazu musste er Leute finden, die ihm halfen, seine Ideen zu verwirklichen. Am besten jung und doch erfahren.

Der Schwung und die Euphorie nach dem Gespräch mit Luisa treiben ihn nach Hause. Er wollte festhalten, was sich schon jetzt an Einfällen in seinem Kopf sammelte. Noch atemlos öffnete er das Fenster in seinem Arbeitszimmer, setzte sich an seinen Schreibtisch und nahm aus der Schublade einen Stapel Papier. «Das ist lange her, dass ich wieder auf meinem Bürostuhl sitze». Wie er in der Schule gelernt hatte, machte er zuerst eine Stoffsammlung. Seine Gedanken überschlugen sich. Hastig griff er sich ein Blatt vom Stapel und begann zu schreiben:

Ein großes Haus beziehen, Anlaufstelle, Kontaktstätte, Sprachtherapeuten, Vorträge und Ausflüge veranstalten ... Erregt schrieb er weiter. Bald hatte er ein halbes Dutzend Blätter voll. Er erschrak. «Viel zu viel ist das, nein, eher noch viel zu wenig.» Verbissen schrieb er weiter. Seine Besessenheit gab ihm Kraft.

Inzwischen war es später Nachmittag und seine Stoffsammlung drastisch angewachsen. Wie er alles verarbeiten sollte, war ihm ein Rätsel. Es waren nur Schlagwörter, die er sich aus den Fingern gesogen hatte. Das war ihm klar. Was sollte das zum Beispiel sein, eine Kontaktstätte für Stimmlose, die sich nicht unterhalten konnten? Wie sollte das überhaupt aussehen? Er hatte keine Ahnung. Er war hungrig geworden, hatte aber nicht die Kraft, sich etwas zu Essen zu machen. Verzweiflung, Erschöpfung und innere Unruhe hatten ihn fest im Griff. Lukas stand auf und hinkte steif zu seinem Lehnsessel. Er ließ sich hineinfallen und starrte minutenlang regungslos an die Decke.

Lukas schreckte auf: Ein gewaltiger Luftzug saugte seine Notizen vom Schreibtisch. Sie sausen durch die Luft, aus dem Fenster und er wurde mitgerissen. Er flog mit ihnen. Sah unter sich die Hauptstraße. Er hörte das Hupen der Autos, vernahm kreischende Bremsen. Fußgänger flüchteten in Hauseingänge oder stürzten, wenn sie sich gegenseitig über den Haufen rannten. Aus den Dutzenden Papierblättern waren Tausende geworden. Der Schwarm bewegte sich über die Stadt. Unter sich erkannte Lukas den Verschlag, an dem er kürzlich die Tauben beobachtet hatte. Der Schwarm bewegte sich geradewegs auf ihn zu. Was wollte er da? Möglicherweise landen? Vor dem riesigen Raubvogel erschreckt schossen die Tauben panisch auseinander und flatterten weg.

Lukas war im Taubenschlag gelandet, um ihn herum wälzte sich das Gemisch aus Papier, Vogelfedern, Stroh und Kot durch den Schlag. Lukas hatte Todesangst, zu ersticken. Er bedeckt sein Gesicht mit beiden Händen.

Urplötzlich Stille. Er nahm seine Hände vom Gesicht und sah als Erstes nach, ob er verletzt und wie sehr er verdreckt war. An seinem Körper waren keine Spuren zu entdecken und er roch auch nichts Ungewöhnliches. Verdutzt stand er plötzlich im Supermarkt in der Nähe seiner Straße ausgerechnet vor dem Schnapsregal. Vor ihm erblickte er eine Flasche Branntwein, seine Lieblingsmarke noch dazu. Sie zwinkerte ihm freundlich zu. Er schaute sich verschämt um, ob er ein bekanntes Gesicht entdeckte. Glücklicherweise niemand, den er kannte. Daher nahm er sie aus dem Regal und ging zur Kasse. Er war schon gierig auf den ersten großen Schluck, am besten wäre er gleich auf dem Heimweg in einer Toreinfahrt. Er legte die Flasche auf das Transportband und verfolgte sie ungeduldig mit den Augen, da sie sich nur langsam und ruckweise zur Kassiererin hinbewegte. Ein Ruck und noch ein Ruck. Bald war sie am Ziel! Dass er trotz seiner Therapie kein schlechtes Gewissen verspürte, verwunderte ihn doch sehr. Zumindest das sollte die durchgestandene Therapie bewirkt haben. Das wäre das Minimum. Dann halt nicht. Dabei kam ihm seine Zeit mit dem Saufen bei den Stadtstreichern in den Sinn. Und dann gesellte sich der rettende Einfall hinzu: «Was wäre, wenn er den Stadtstreicher, seinen damaligen Beschützer finden könnte? Der war mutig und mehr als durchsetzungsfähig und als ein seltener Kontrast dazu, sehr geduldig.»

Lukas wusste sicher, dass er sich hier nicht irrte. In dieser Unterwelt der Stadtstreicher musste jeder schnell herausfinden, mit welchem Typ Mensch er es zu tun hatte. Das war lebenswichtig.

Wie er herausgehört zu haben glaubte, war er früher von Beruf Reporter oder Redakteur. Ein Beruf, in dem er auf jeden Fall viele Kontakte hatte. Das war sein Mann! Er würde ihn mit zu sich nach Hause nehmen und ihm anbieten, bei ihm zu wohnen. Aus den Einkünften, die seine Versicherung seit dem Unfall monatlich anwies, konnte er ihm regelmäßig etwas Geld für seinen Unterhalt geben. Das war kein Problem, trotz seiner Nebenkosten für das Haus und der Unterstützung von Marie und den Kindern konnte er sich das leisten.

Er sollte ihm beim kalten Entzug helfen und sich um ihn kümmern. Zusätzlich wollte er ihm die Aussicht auf eine sinnvolle und befriedigende Arbeit bieten, eventuell sogar mit einem kleinen monatlichen Einkommen. Als Gegenleistung dafür müsste er als echter Partner fungieren. Das beabsichtigte Vorhaben mit auf die Beine stellen, nicht nur als Sparringspartner, auch als sein Sprecher. Das war das Wichtigste überhaupt.

Lukas war sich hundertprozentig sicher, dass der Beschützer klug genug sein würde, sein Angebot anzunehmen, die letzte Chance, die er wahrscheinlich hatte. Es war aber sicher auch seine eigene letzte Chance. Das war sich Lukas bewusst. Das musste und würde gelingen. Unter allen Umständen! Er ließ die Flasche auf dem Band des Supermarkts erleichtert liegen und drängte sich rabiat an den vor ihm Wartenden vorbei. Zielstrebig verließ er den Laden.

Lukas erwachte aus seinem Traum. Er wusste jetzt genau, was zu tun war.

Danke

lieber Leser, dass Du es bis hierher geschafft hast. Daher gehe ich davon aus, dass diese Geschichte interessant bestenfalls auch noch informativ war. Dies gelang mir nur deshalb, weil ich Freunde hatte, die Ihre wertvolle Zeit opferten und mir nicht nur in vielen fachspezifischen Fragen ganz ohne Murren, nach Ihren Angaben sogar mit größter Freude, zur Seite standen.

Danke lieber Norbert Nedopil, dass Du als Forensiker zwischen Gerichtsterminen und Gutachten immer wieder einmal Zeit für mich gefunden und darüber hinaus auch noch aufgepasst hast, dass alles rechtens zuging.

Dir, lieber Reinhard Kammerer, danke, dass Du als Mathematiker immer ein Auge darauf hattest, dass die Algebra dieser Geschichte die Regeln für Struktur und Logik immer erfüllte.

Ich vergesse auch nicht die Lesebegeisterten, die sich die Mühe machten, Fehler im Text aufzuspüren. Ein großer Dank an Cordula, Ulf und meine Tochter Katrin!

Und wer ertrug meine schlechte Laune, wenn es beim Schreiben nicht so vorwärtsging, wie ich es mir vorstellte? Wer tolerierte dann mein Desinteresse an Familiengeschichten, die bei neun Enkelkindern am Ort täglich Würdigung forderten. Dir liebe Siggi, herzlichen Dank! Was für ein Glück, dass Du während dieser Zeit nicht nachtragend warst.